消失的國度

Auvinni Kadreseng

奧崴尼·卡勒盛

目　次

給Auvinni Kadreseng的序

劉可強

《消失的國度》這本書是在談好茶族人如何尋找消失的國度、好茶部落的遷徙歷程，從舊好茶到新好茶，之後遷到隘寮，兩年後再到禮納里永久屋。現在，他們要尋找回家的路。

2009年八八風災讓新好茶全村滅頂，所幸當時族人已遷至隘寮營區而無人傷亡，但是驟雨、土石帶走一切，連墓園也遭瓦解，好茶部落祖先的實體、靈魂四散，族人的哀痛無法想像。今日的新好茶村只剩下教堂的屋頂與十字架孤立其間，這樣一個失落的地景，如同好茶部落的原住民文化歷史逐漸被掩埋一般，原本看得見、摸得著的家園消失了，看不見的文化內涵也正逐漸消失中。

通往舊好茶的路

2010年台大城鄉基金會獲得中國壹基金的捐款，支持族人修築通往舊部落的路，這個行動很真實地扣合上這本書的書名。壹基金之所以捐助台灣，起因於台灣對汶川大地震的災後重建協助，八八風災發生後，壹基金認為大陸應該協助台灣做一些事情，輾轉委由台大城鄉基金會運用這筆善款。台大城鄉基金會在九二一大地震的重建經驗中，累積了一定程度的議題

敏銳度及操作策略與方法，我們動員了基金會工作團隊及台大城鄉所師生，利用這筆捐款投入屏東縣霧台鄉，在四年間執行了十個子計畫，其中有關好茶部落的子計畫包含古道修復、山林小學、隘寮營區改善，以及禮納里好茶部落公共空間改善。

這本書的內容，是在描述西魯凱族的一支，在政府的遷村政策下，由舊好茶遷徙到山下的新好茶。近代台灣各原住民族部落不論被迫或主動地與外界接觸，進入到以西方為主體的現代化脈絡中，被迫離開舊部落對原住民族而言是一個複雜的心情，牽涉到不同世代的感受與選擇。有些老人家願意遷下來，是因為他知道後代終究必須納入大社會的體系，包括現代化教育、就業等，有些人覺得要保有傳統文化，不願意遷到較靠近平地的新村，這當中有極複雜的心理矛盾與決策過程，最後形成共同決議要遷村，這部分在書中描述得很細膩。

1970 年代遷至新好茶這個決策至今仍持續被檢視與爭辯，從生態、地質的角度來看，這個地點並不合適，每年颱風過後都會有狀況，但族人還是努力地在新好茶建構家園、形成家園認同，當時已經有些族人將孩子送到城裡讀書，埋下最後流離失所的因子，族人似乎隱約知道，總有一天大難將至、村子會遭滅頂。2007 年聖帕颱風導致隘寮溪暴漲，全村一百二十七戶一百五十三人受困，此後便搬到隘寮營區，他們是霧台地區住在中繼營區最久的一群。難道，好茶部落注定失去他們的家園？

這四十年來的流離路似乎暗示好茶部落文化的消失過程，這個文化就是 Auvinni 所謂的國度，失去根源等於全面性的摧

毀，但，好茶族人仍舊試圖尋根、回到山上的家。壹基金捐助的古道修復計畫，經過台大城鄉基金會團隊與部落耆老、青年商議、討論路線後，開啓眾人企盼的那條回家的路，更在部落族人間形成某種心靈上的轉換，讓原本逐漸下滑、甚至幾近滅亡的部落文化找到一線生機，讓他們重新想像，如何可以回到原來的家，尋找自己的國度。

百步蛇的啓示

　　我認識 Auvinni 近二十年了，1997 年開始我和基金會團隊進入舊好茶，執行「好茶舊社聚落保存暨社會發展計畫」，有次我與妻兒一同上舊好茶，途中竟然遇到一隻百步蛇橫跨在羊腸小道上曬太陽，妻子並不恐懼、伸手想去摸牠，幾乎要碰到的瞬間被我及時制止。事後我們向 Auvinni 提及此事，他很訝異地說：「現在山上很少見到百步蛇了，你們遇到牠是有特殊意義的」。Auvinni 有一位叔叔，在山上被百步蛇咬一口，他為了自救，只好忍痛把自己的手砍掉。百步蛇足以致命，但看到百步蛇又是一個好的徵兆，是魯凱部落的重要精神象徵。這個故事似乎反應了原住民族的哲學觀，任何一件事總有兩面，而非全然的善、惡二分，它有可能取走你的性命，也可能給你永遠的生命。

　　修復這條路是一個很具體的行動，依靠族人對古道的知識、Auvinni 的召喚、青壯年集體勞動，用徒步、人工搬運的方式，修整、堆疊一塊塊石頭，沿著峭壁開出一條陡又窄的

小徑，象徵意義非常強大。透過這個修路的行動，呈現好茶族人的力量，儘管難保每年風災過後需要重修一遍，這便是無法改變的自然力量，也一直都在的，如同半路上的那棵紅櫸木，當周邊的石頭、台階都改變了，甚至上次停留的休息點被沖刷了，紅櫸木依然不變，這個實體存在給予族人無限的想像與力量；如，快抵達舊好茶之前，有一棵圓圓的蒲葵樹，看到它就知道快到家了；又如某塊石頭、某戶人家的石板屋等，這都是不變的。

真假石頭

八八風災後，大社、瑪家、好茶三個部落在 2010 年底終於入住禮納里永久屋安頓下來，原民會補助每間家戶十萬塊的經費妝點他們的前庭，這個空間不論在排灣、魯凱族的傳統文化中，都扮演重要的日常生活功能以及空間文化意涵。Auvinni 姪女是一位專作 FRP 人造景觀的專業者，她在家戶前布置了幾可亂真的造景山水，賣起咖啡。有一回我去喝咖啡，發現有塊石頭是假的，她解釋以前在舊好茶家門口有一塊很大的石頭，寄託了他們對家的情感，但因為實在太大了，搬不下山，因此特地翻模，複製了一個放在禮納里的家，連石頭的縫隙都一模一樣。

在民族學的討論中，一直很強調真實性（authentic），我對這顆大石頭感到疑惑，便把問題丟給 Auvinni，沒想到他的反應是：「很好啊！」，「可是它是假的耶？」，Auvinni 接著說：

「我每次經過，看到這顆石頭，家的記憶立即湧上心頭，山上的一草一木，所有的感受都會跑出來。安頓在禮納里是不得已的，我們想要尋找失落的家園，這顆大石頭召喚著我對家的思念。有什麼不好？」我恍然大悟，這顆 FRP 的人造石，跟一張舊照片、一封家書，同樣都會喚起某個真實的意義，對 Auvinni 和他的族人而言，實體、虛體之間或許沒有清楚的區分，實體也可以是虛的，虛體也許是真實的。有別於理性科學的思考邏輯，這是部落朋友帶給我的學習與啟發。

回家，想像未來

　　回家的路，是很實際的營建工作，又具有無限延伸的象徵意義。外界或許認為這條路僅堪稱為「便道」，對部落族人而言，修古道這件事，決定了是否能回到山上的家，意義非凡。好茶族人歷經種種磨難後集體入住禮納里，與現代社會更為接近，但同時他們仍思念山上的家，運用簡單的設備修路、想辦法回到山上的家，尋找他們遺失的記憶。

　　近年來透過網路、電子科技，原住民族得以超越空間阻隔，開始記錄母語、傳統知識，便於傳遞訊息、連結網絡，於是我們見證了台灣原住民族的自主意識抬頭，他們站出來保衛家園、傳承古老智慧。即便如此，現代性仍舊包圍著我們每一個人，這本書也用現代的語言、文字傳達作者生命中的故事，我似乎看見好茶族人在尋根的同時，也在尋找對於未來部落的想像，而不只是回到原來的部落，是要在回家的過程中找到新

的可能性。這是這本書重要的啓發。尋找失落的國度，同時建構、想像部落的未來。

　　劉可強，加州大學柏克萊分校建築學博士，台灣大學建築與城鄉研究發展基金會董事長，中華民國都市設計學會監事，2012年台北市文化獎得主。1990年代初期 Auvinni Kadreseng 從都市返回部落，同時期劉可強從美國加州搬到台灣，投入空間規畫教學與實務工作，至今已逾二十年。

推薦序
遷移史、歷史記憶與族群文化認同的焦慮

王應棠

　　接到奧崴尼要我為他的《消失的國度》寫序的邀請，我在閱讀文稿過程中，四年前的好茶之行所喚起的回憶與反思再度湧現。一個偶然的因緣，讓我在 2011 年四月初回到睽違十年的舊好茶。那年年初在淡水的文化研究年會碰到當時在台大城鄉基金會工作的舒楣，她跟我談起八八風災好茶搬到禮納里永久屋後，基金會正在那裡籌畫一個結合部落文化與現代教育的山林小學的事。後來又收到通知，他們計畫與部落青年在寒假籌辦山林小小學文化營，其中列有石板屋的課程，由奧崴尼主講，希望我可以參與課程後的分享會。接到邀請，我二月初參與了山林小小學文化營，清明節又跟著社區發展協會與台大城鄉基金會合辦的「重返舊好茶尋根活動」，上去一趟舊好茶。

　　與奧崴尼走在熟悉的山徑，我一方面被沿路地景的巨大改變震驚，一方面也為好茶族人艱辛的修路所感動，看來回家的力量是不會被外在環境限制住的。次日早上，我在舊好茶快速的走了一遍，沿著小徑一一巡禮各個家戶，邊看邊回想我們十幾年前在調查時的情景，心情有些複雜。奧崴尼最初返回舊好茶借住的郭乾能家，看來後繼無人；當時屋況最好的老獵人尤大木家因老人過世，家屋因而逐步解體；而最早辦活動的基地，著名雕刻師力大古最先返回重建的石板屋毀損程度最大，

連過去總是人聲吵雜又常有炊煙的戶外坐台與石板柱都不見了。另一方面，聚落內的步道都已整理得乾乾淨淨的，學校周遭也因要辦尋根活動而清理一番。還完好的或重建的家屋比過去多了幾間。

多年前，我曾探討由奧威尼倡導的好茶部落「重返雲豹故鄉」運動，認為：「回家的行動對個人而言，是家的中心從平地轉到山上老家，完成的石板家屋成為召喚親人聚集的場所，也成為個人銜接文化傳統的基地，並提供文學創作的庇護所；而在族群的層次，則是經由相互理解，提供族人一個另類生活選擇的可能性。至於更廣的社會影響，則是形成一個事件，持續藉由文學創作與重建行動的傳播在邊地發聲，讓石板屋成為其他族群與平地漢人文化工作者的聚會場所，形成一個核心，逐步發揮其影響力。好茶的例子提示了我們，儘管有諸多困難與限制，人還是可以追尋屬己的生存之道，去保護、培養、關照自己的家，使詩意的棲居再度來臨。同時經由重尋傳統文化歷史的活水源頭，使保存與創造的行動成為家園新生的起點。回家的人傾聽魯凱先人及土地的召喚，藉著築造家屋及生活實踐讓自己和族人再度發現舊好茶的適居性。它創造了一個問答的反思過程，讓人得以追問人在現實生活中的存在意義。在族人紛紛離開家園以『改善生活環境，謀求更高的發展』的潮流下，更加凸顯家園故土之特殊性，進而將此一深厚的家園與人的親密關係，一種『詩意的棲居』，具現為魯凱式『在世存有』的屬己存在方式。」現在在這個新的社會經濟與文化的時空條件，以及全球氣候變遷的環境狀況下反思上述話語，似乎過度

強調個人主觀的力量，也未討論文化傳承若無新生代的延續，是否此一「重返雲豹故鄉」運動對重尋傳統文化歷史的活水源頭的努力將煙消雲散。好茶人在禮納里的新家園重新建立的生活，想要培育出什麼樣的下一代？在這個新的地方如何與舊好茶產生什麼樣的連結？這些課題都在在牽涉族群文化的傳承與教育的議題，是族人及台灣社會今後需要共同持續關注的。

　　而奧崴尼在禮納里新家園積極參與文化傳承教育設計與實作的同時，也持續將好茶的遷移史透過文獻收集、耆老訪談與親身經歷的所思所感化成文字，銘寫進這本內容豐富又飽含情感的書中。我一直很佩服奧崴尼對維繫自身族群文化生命不懈的努力，這些努力除了重建舊好茶所帶動的實質環境保存外，更透過書寫展開族群文化的記錄與文學創作－以詩歌、散文、報導及小說等多樣的文類呈現好茶部落的歷史文化與複雜的人性。如今《消失的國度》的出版，再一次為族人留下珍貴的歷史影像與文字記錄，對好茶人與關心原住民的各界人士，都將引發好茶人何去何從的深刻反思。在本書結語中，奧崴尼說：「我們似乎是在一處歷史的匝道，以前的歷史已經封閉了，而我們正在另一段歷史的開端，當前面的大門已經開啟之後。我們諸多的理念裡，往往疑惑多過於恐懼，先看著以前我們走過的路，然後好好的從自身生命經驗裡來思考，我們如何選擇自己未來的路？」是的，假如對「歷史有何用途？」的永恆追問仍有意義，它的意義就在留下歷史記憶，讓每一代人在面對這些歷史記憶時，都要問自己：「我是誰？我從哪裡來？我可以成為什麼樣的人？我要往哪裡去？」這些與族群存續和文化認

同息息相關的永恆焦慮與問題。

2015 年 9 月 15 日寫於花蓮東華大學

王應棠，東華大學課程設計與潛能開發學系副教授。

自序

　　這本書《消失的國度》一直是用趕路的方式而寫的。因為想到我們屬古茶部安[1]人真的已經離開原始的土地和環境，而又已經在新興文明國度的邊陲入口處時，深深覺得時光已刻不容緩。但遲遲到現在才想出版，是因我本來想把我們在古茶部安部落，從神話般的「創造起源」之說一路走來之整個歷史作完整整理後再一起出版，但後來覺得歷史還不夠成熟之外，歷史歸歷史，近代歸近代。於是把整本書拆開來，只獨獨為我們還在古茶部安時，當中華民國上來執政的時代，直到部落遷下來嘟啦勒歌樂[2]地段那一段歲月先出版。整本書我以散文體現，因我們生歷其境，親眼目睹，因此賦予個人的情感和主觀意識與見解特別濃厚，所以它不是客觀的歷史。

　　在此要特別說明的，是這一本《消失的國度》為了銜接「消失的歷史」——當文明尚未來到山中部落之前，都是以古代的名稱包括：山名、地名、溪名、部落原名、家族名以及人名等等原始名稱，為了延續原始名稱對土地和人文的關連性，所以特別保留。最重要的理由是當中華民國來臨之後，把原來的名稱大施改名，使古代祖先所賦予於人文與地景名稱的意涵，造成現代的我們，無從直覺循行進入並認識內涵的謬誤。但從魯凱族語言以譯音翻成漢字時又很難對準原音之外，原來名稱的概念也會變形，因此在這一本書的各個人名或家名後面加以刮弧後以羅馬字保留原音或家名，除非比較重要的才特別加以註

1　**古茶部安（Kocapongane）**：現今霧台鄉境內之好茶社區的古名。

2　**嘟啦勒歌樂（Tulalkelhe）**：原本是魯凱人之地名，但後來當古茶部安人遷下來此處之後，該地段變成新好茶部落。

腳。

　　當在寫這一本書期間，我很感謝我唯一的女兒勒思樂絲和女婿古樂樂，他們不僅把我們的家裡穩住，還給我很大的包容和諒解，使我能夠在平靜中寫作。還有我的大妹瑟樂泊，她負責照顧我的外孫子女從小到現在，使我們三個大人能夠安心工作。特別感謝我太太娥默，她儘管知道這本書並沒有什麼經濟價值，但她認為身為魯凱人的媳婦，覺得能為祖先和族人做一點事情是應該的。然後她帶著尚嫩芽的兩個小男孩辛苦地擔待照顧的責任，使我能夠安心工作。還有我的大兒子喇阿祿和女兒朵悠・瑪紹，他們不僅是以經濟支持，也非常關心我的生活品質，更關心我寫作的能量。

　　尤其是我的姪女阿拉優慕和姪女婿白浪，他們兩位心影隨行的上來照顧山上的老家，並注入心力和精神，使即將熄滅的炊煙，重新有濃煙縷縷冒出。當我在禮納里永久屋時，儘管想隱瞞心靈的貧瘠，他們都可以感覺到我生命的氣息，並伸出援手滴一下甘露，於是我又快活得在寫作。尤其當我在經濟貧瘠中生活寫作，永遠感激城鄉基金會會長劉教授，在城鄉所為二級古蹟測繪當中，能夠把我納入其中。莊孝文教授常常帶音樂學系的學生上來，不僅留下令人振奮的音樂，還留下他們過剩的便當。戴銳（陳永龍）除了關心我之外，在他走過的路上，總是有 Padrare[3] 為我留下。當我和兩個孩子還在蝙蝠洞時，陶藝家陳淑惠老師把我們的內心重整走向正軌的人生道路。

　　最後，點燃我要寫我們屬古茶部安部落的遭遇，是一位在台南文學館的鄭雅雯小姐。她給予我最大的動力和鼓舞，使我

3　**Padrare**：魯凱族語，即寄放之意，是有心的人在他走過的路上，在某個地方特別留下東西（食物），當後來落魄的獵人走過的時候，可以拿來餬口以度過難關。

開始動筆。我在古茶部安老家當稍有一點懶散時,夏日的夕陽當緩緩西沉於台南興達港外海地平線時,使我想起她並感到非常不好意思,而內心默默地說:「美麗的 Duliipy![4] 我一定會完成。」

2014 年 5 月 18 日,於禮納里

4 **Duliipy**:魯凱語,即夕陽之意,是魯凱古茶部安人給她的魯凱名稱。

前言

　　我們屬古茶部安部落的口述歷史和近代以來的遷移史，固然存在於每一位上了年紀之老一輩的記憶裡，但是並沒有以任何文字記錄下來，作成史料以提供日後的子子孫孫能夠有解讀的依據和文本。於是在二十年前，當有了工具「漢文和羅馬拼音法」之後，我想憑藉以往從老人家們之零星的口述，以一本天眞的心念，又不時的疑問：「能否有一個可能性，把累積的資料再加以整理嘗試拚圖寫下來？」但因我始終沒有充分的勇氣和把握，直到 1978 年當部落搬遷下來到舊好茶之後，我仍然只是在做田調採集。

　　在做田野調查期間，我很幸運地取得在台中科博館製作石板屋模型的工作，使我有機會爲我們屬古茶部安之原始古聚落模型作採集工作。因爲要製作模型的樣本，並不是我能夠做得到的，還好那時在嘟啦勒歌樂地段的部落，還有很多老人家對原始聚落還有印象，使我很順利的取得寶貴的資料，也使在台中科博館能有我們屬古茶部安原始聚落那麼一點具體的歷史模型。

　　在打造歷史原始聚落模型的同時，感於已經遠離我們的祖先所賦予的內在精神，於是本人突發奇想地想寫我們祖先的歷史，主題「消失的國度」。僅僅是在古茶部安大約最少有兩千年的歷史資料少之又少，況且還有比這個更早的歷史，例如：口述裡所說：「大洪水之前，我早已存在。」的說法，因爲資料

不足，無能令人滿意。雖然如此，當初的想法是寧可有輪廓不一定說到有血淚之外，我自己想：「至少歷史脈絡也要力求正確。」

直到當第一個文明日本人上來山中殖民時期，接著是中華民國上來開始執政的年代，整個近代歷史才明朗開來。因為當下受到殖民的老一輩都還在，所以資料特別豐富。當我們的部落遷移下來嘟啦勒歌樂地段之後，起初的想法是慢慢寫，到書寫完整成熟，才獻給我的族人。

但萬萬沒有想到，我們才遷下來僅僅不到三十年的短短歷史，於西元 2007 年當聖帕（八一三）颱風來襲，把村落蹂躪得已不成形的那一天早上，因不敵天災地變而不得不宣告，我們在這一塊土地的歷史就此結束。

當援救直昇機把我們屬古茶部安人吊離故鄉，飛越與屏東平原間之最後一道防線隘口時，讓人深深感覺到「我們真正的離開祖先的擁抱了。」感於內心對故鄉之無奈的痛心和離情之不勝依依，因此趕緊把以前寫下的整本歷史再銜接最近三十年來，我們從古茶部安遷下來嘟啦勒歌樂之後的歲月。

當我們被安置期間，整個部落族人從零亂的心情，到凝聚大家的心情，希望找出一個共識「我們要往何處？」時，2009年莫拉克颱風又來勢洶洶地襲來，使古茶部安人在嘟啦勒歌樂地段的新部落徹底被淹沒消失。

在此同時，不僅新古茶部安部落徹底被淹沒消失，就連霧台鄉的村落，如：咕勒哦儿[5]、卡啦慕得思[6]、吉努啦尼[7]、阿迭爾[8]等四個村落，也因村落地表鬆動，不能再繼續居住下去

5 **咕勒哦儿（Kudrengere）**：現在霧台鄉境內之伊拉社區的古名。

6 **卡啦慕得思（Karamudise）**：現在霧台鄉境內之佳暮社區的古名。

7 **吉努啦尼（Kinulane）**：現在霧台鄉境內之吉露社區的古名。

8 **阿迭爾（Adiry）**：現在霧台鄉境內之阿禮社區的古名。

而必須撤村之外，其他屬三地門鄉的達拉達來[9]、嘟咕嗚魯[10]以及巴哩啦雅[11]等三個村落也紛紛傳出同樣的災情。使我們感覺整個屬南北隘寮溪兩邊的同胞，不僅地殼鬆動而原始聚落的結構也正在解體之外，另外令人最痛心與感慨的，是我們在內心裡對山中故鄉的情感也正在大崩盤。

雖然別的村落跟我們屬古茶部安人一樣同時是受災的村落，但沒有一個村落像我們遭遇得那麼徹底又悽慘。別的村落只是地表鬆動，但村落仍然還存在，所以還可以回家思懷。但我們的村落連影子都完全徹底不見了，就如一群小孩子們在海邊沙灘上玩起興建高聳的城堡，但漲潮一波大浪來襲之後，完全看不出曾有一絲存在的模樣。當我們把心情冷靜下來，然後想再看一看故鄉的影子，想再重新品味過往的點點滴滴，也只能以淚水收場。

如今，我們已經來到禮納里[12]永久屋，也就已經說明我們真的已經離開了山中故鄉的事實。因此，以後的命運將來如何，永遠是一個謎團。在我腦海裡的思緒，形同在謎霧裡隱約地露出那麼一絲幽光裡，總是意識到我們真的已經離開了神明和祖先特別賜予我們之最珍貴的國土。不僅離開了祖先以上千年守望的田園家鄉，我們在嘟啦勒歌樂地段之新部落也徹底消失了。於是內心覺得，僅剩的生命外殼和表層的特色，以及我們文化外衣——圖騰，也會在鑄光永恆歲月的未來，因融入多元文化的大熔爐，使我們不得不變色而後消失於融化中。

我們已經結束了這一段漫長的歷史歲月，又在新的開端，使人深深感覺到原來我們擁有過的國度，縱使是以悠久手工之

9 **達拉達來（Daladalay）**：現在三地門鄉境內之達拉達來社區的古名。

10 **嘟咕嗚魯（Tukuvulu）**：現在三地門鄉境內之德文社區的古名。

11 **巴哩啦雅（Paridraja）**：現在三地門鄉境內之大社部落的古名。

12 **禮納里（Rinari）**：位於屏東縣境內之瑪家鄉農場，現為 2009 年莫拉克颱風受災戶之永久屋。

昂貴的生命樂章寫下來的，但歷史已經敲定：「我們永遠再也不可能重新再來了。」

　　據於這種感覺，內心不時地想：「我們一路走來的人生經驗，除了曾經擁有過美麗的回憶之外，能否從中給予我們有可以學習的地方？抑或，能否從辛酸和淚水中悟出最起碼的價值意義？而我帶著天眞的內心說：「至少也要向我們曾經一度擁有過的生命搖籃──故鄉，說：『哎～依！¹³』一聲吧！」

---

13 **哎～依！**：魯凱族語，即珍重再見之意，但在此即永恆再會之意。

第一章　歷史背後的衝擊

一、短暫的平靜

西元 1945 年（民國 34 年）的深秋，當第二次世界大戰才剛剛平息不久，母親默默地把我誕生來到人間。母親描述道：「陽光依然從東方發出柔和的光輝照耀著，四周的草木已經走向枯萎。在人間空氣中充滿者死亡的氣息和淚水，因為自從 1939-1945 年以來，德國和日本引發的戰爭統計大約有五千萬個人死亡。連我們在這個最偏遠山中角落的人也不例外。」母親又說：「我們部落裡的族人，有二十幾個人去為日本人打仗，有十二個人永不回來了，而其他的人我們完全不知道他們在哪裡？」

我誕生之後才四十五天，已經是 1946 年了。「難能可貴的，是有那麼一個平靜的一年，但是……」母親說：「整個部落每一個人，都還帶著黑色的殤布，哭腫的臉還沒有消失。又因前一年久久不雨，完全沒有收穫。當春天的季節來臨，我們又遭遇空前的饑荒災難。」她又補充說：「我們硬撐到夏日過後，才剛剛鬆一口氣。那時正好是收啦嚕麥[14] 的季節，突然是屬秋天最後一道狂風來襲，族人青少年百里希，他跟他的哥哥們去中央山脈以東之知本溪狩獵，但他就此再也不回來了。之

14 啦嚕麥 (Lalhumay)：五穀類的一種農作物，學名叫龍爪稷。

後不久，當仲秋月圓的時候，新國旗（青天白日滿地紅）竟在日本駐在所的前面尖峰屋脊在飄揚。」

二、新執政者的來臨

母親所說的季節，就是國民政府把台灣島（省）從日本人的手中接管之後，藉日本時代所開闢的路之便，很快地進入山地鄉村，開始在山地施行政策。「當我第一次看到中國人，長像跟日本人一樣，但是……」母親遲疑之後便說：「等說話之後才知道他們是不一樣的人。」

在這個時段，首先是把所有部落裡每一個人的身分重新更改命名成漢人名字，然後登錄在中華民國政府的名單上。我也不例外，當我還在沉睡意識還沒有醒來，已默默地被更名。我們的家名莫名其妙地姓「邱」，我的名字也莫名其妙地為「金士」。最荒謬的，是部落裡有的家族幾個兄弟的姓氏完全不相同，當然，連命名的血液系統以及美學都完全不在乎。我們也就以這個素不認識的人給掛的名字，成為我們身為他國民之生命個人的檔案了。

我們部落原來的名稱「古茶部安（Kucapongane）」，日據時代都能被接受，但國民政府卻容不下，於是非要改變不可，從此，就變成「好茶」。我們部落的新名稱雖不難聽，但後來的人一定誤認為我們部落裡必定有高等級的茶葉。

於 1945 年開始生第一批小學生，就像在小溪裡用網子撈魚一樣，不分大小，不論年齡，都一網打盡地撈進學校，所以

國民政府剛上山來的時代，首次招生的低嗎低茂‧巴沙克尼那一班有五十幾位小學生。1946 年第二屆也就是卡勞撒尼‧佧堵他們那一班就有二十幾位小學生。

在這個時段的祖先長輩們，他們是在充滿著政治氣息之下度過六年的小學生涯，因為整個校園張貼著濃厚的政治標語，例如：反攻大陸，打倒俄寇，消滅共匪……等等標語，行進中之進行曲也是這個標語。我還記得整個校園一切都是日本人留下來的，當然是日本式的建築。連升旗台依舊是日本人所設計的，只是國旗不同而已。

三、號召青年人志願從軍

當國民政府剛上山來不久，不知道是以什麼樣的遊說或誘惑。第一批包括：達弩巴克‧佧廊、巴克勒啦斯‧莎哇魯、巴撒卡啦尼‧達依啦丹、阿爾思‧魯啦迷靈一共四個人去大陸為國民黨打共匪。後來這四個人當中，只有達弩巴克和阿爾思兩個人從大陸非常千辛萬苦地逃難回來。

據活著回來的大表哥達弩巴克說：「我在高雄中學才剛註冊入學不久，突然有一位教官從後面拍我肩膀請我去他辦公室。當我去他那裡時，還有其他原住民同學跟我一樣被邀請。教官便馬上拿起筆來面對我們說：『你們已經被選上要去大陸當兵……』然後在短短的時間內安排我們等待往大陸的船隻。」他又說：「當時，我立刻撥電話透過派出所傳話回家給父母說：『我要去當兵……』並表示『哎～依！』當我們正在等待

上船的時刻，竟然看到我父親來到碼頭為我送行。他是從古茶部安老家走路下來，又從水門走到高雄來到碼頭找我。我們兩父子在碼頭以短短的時間交談之後，就這樣在今生今世可能是我們最後一面。」

後來大表哥達弩巴克說：「在艱辛萬苦的逃難中，又在上海還殺了碼頭工人借他搬運工的衣服才順利地登上貨船。之後，我又把貨物丟空後，把我的朋友阿爾思放進貨箱後把他當貨搬運上船。我的朋友最辛苦，從上海到基隆碼頭是一趟躲藏的痛苦旅程。」但他又繼續說：「支撐我一定要回家的力量，是當想起我老爸從遙遠的山上下來，又遠途來到高雄碼頭前來為我送行的那一幕……」

「我們四個人早已商量好的。那一天晚上。」阿爾思‧魯啦迷靈回憶道：「我們是藉由巴克勒啦斯‧莎哇魯站衛兵的時段，他先讓我們三個人通過之後，他自然地離開崗哨隨我們下來先度過營區的護城河。但我們兩個人越過之後，突然是機槍掃射過來，從此之後，不見他們兩位跟上來……」

第二批又是同樣地中了什麼國民黨的魔咒，部落的年輕人包括：瑪斯格斯格‧巴沙克尼、阿爾斯‧撒派、又瑪克‧魯啦迷靈、藍豹‧沙哇魯、卯啦各‧達勒阿拉尼、白浪‧達魯巴啦司、給尼阿彎‧達勒阿拉尼、以及勒格哎‧瑪低陵一共八位一起為國民黨當兵，投身在屏東為第十四軍團。當他們後來發覺不如當初聽來之「甜美的謊言」時，於是他們紛紛逃兵回家，在山上淪為山野叢林靠蜂蜜維生的浪子。可是，我的表舅勒格哎‧瑪低陵，仍然想要隨他的同僑跟著逃兵。

有一天凌晨，突然是高呼長叫聲劃破寧靜的深夜。母親從睡夢中警醒說：「我表弟勒格哎已經來了，我要去迎接……」當母親出門時，卻聽到她一面哭號著說：「弟啊！你終於回來了。」後來母親早上回來告訴我們說：「他是從某個地方搭乘最後一列火車在逃亡中，當他發現在火車上有憲兵正在追趕他時，他從火車跳出之後就這樣死了。但令我們納悶的，是他當時投身為國民黨當兵之前，他已經是有家室，而且我表姨媽勒默樂漫已經懷有表妹巴娥樂絲（李碧芬）了，又是什麼樣的誘惑使他能夠離開表姨媽呢？後來才知道這一群人都是被強迫而去的。

　　後來我慢慢長大一點。原來是第一批逃出來的大表哥達弩巴克·佧廊終於當上了中華民國的警察，而且才剛結婚不久。有一天在一個黃昏裡，我親眼看到他握著五空雙管鼻笛，並躺在大嫂的大腿上正在吹奏我在這一生聽過最美妙的音樂。我現在才想起來，以艱辛萬苦活出來的生命，才明白之所以那麼動人。

四、組織部落青年團

　　我們已經不知道是哪一年，國民政府發布一項政令，部落裡十六歲以上的男女至四十五歲的人，除了因是跛腳而不良於行、因耳聾而無能聽口令，以及因佝僂而站立不正等等缺陷之外，一律參加青年團。警察先生不管身量矮小和體胖，除了不良於行之外，獨眼珠者也一律參加。

我還記得集合的時候，青年男女合起來正好是一個連的軍隊編制。每一週至少一次點名，每一個月必有定期訓練三天。除此之外，還有不定期之深夜裡的緊急集合。並規定一定要自己買制服，還要打造自己的木槍。地方警察當然地扮演青年兵團的指揮官或元帥。如果遲到的人，輕的處罰一定是頭破血流，若不出席，則要服勞役之災。要離開部落就必須請假，用此控制青年人的行動。事實上，這一項也是承續日本時代之青年團。

　　在那一段沒有文創的時代，當地青年人有如下的愛國創作歌曲：

反攻大陸，去中國軍隊，嗨洋～～
為了國家，為了救同胞，嗨洋～～
當了青年，進而當軍人，嗨洋～～
因此，愛人哪！
向你說：「撒悠吶啦」的時候
已迫在眉梢了。

　　以上的唱法是這樣的。「反攻」兩個字是以中國的唸法，「大陸」兩個字是日文的讀唸（Tairike）。「去」是以國語讀唸。「軍隊」是日文 hitaisan，最後「嗨洋～～」是我們魯凱族的唱法。下二行之「為了國家、當了青年」全部以日文，尾段的「嗨洋～～」才是我們魯凱族語。之後再下來都是日文的讀唸法。

　　雖然唱法是中文與日文混著交互應用，但他們都知道是什

麼意思。但是，當旋律以一百二十幾位的大合唱時，是非常雄壯而令人震撼的。對當時的人來說，或許是一種愛國情操。但從生命本身以及人格尊嚴來看，他們的靈魂在深層滴血流淚，而理性本身未必能夠醒悟。

在這個時代的年輕人，為了逃避青年團，往往是逃往平地在那裡漂泊找工作，其實若能找到工作，又陷入資本主義壓榨之下，成為賣勞力為生的勞碌人，只求換取僅夠三餐飯的代價，除了對別人負責任之外，還要以時光長期被勒住的煎熬。若不能勝任，最後便淪為街頭流浪的人。

還留在部落的青年團女性，以輪班制每天輪流看守電話，我們稱作「電話當班」。她們從早上八點鐘工作到下午五點鐘才下班，當然是完全免費服務，沒有工資。她們並不知道那也是一種剝削老百姓的生產勞力和時間。此外，除了本來就有派出所的工友之外，每天有額外的女人上來為警察先生煮飯洗碗筷，甚至於幫警察清潔住處和洗內褲。還有的人在那裡失魂，但她們要向誰投訴？回家對父母投訴也不是，向警察先生投訴更不是，因此受害的人只有在內心深處一輩子吃閉門羹。

在這個時代的青年人，在部落裡的生產線本來應該是最大的動力。但被控制之後，只剩下老弱婦孺在工作。於是本來就生活在貧瘠的環境，無形中陷入更貧窮的困窘。

當我已經是五歲時，大地遠山是一片綠海，陽光依然如故。我們的前輩祖先依然照著古老的生活模式。縱然大我一輩的哥哥他們，可能在生命中已經萌生外來的文化。但還算是在平靜中呼吸，因為自然界以外的政治之狂風暴雨還沒有來到，

因為離中心位置還有一段距離。

五、政府發布重大的政策

　　此後不久，於西元 1951 年（民國 40 年）1 月 30 日省政府頒定「台灣省山地施政要點」，明訂政府對山地「社會」、「經濟」以及「文化」等三大運動。那時，政府以「山地三大運動」，即山地定耕農業運動，山地育苗造林運動，以及山地人民生活改進運動等政令陸續發布。但政令透過宣告之後，我們以為是小事一回。誰知道那是一顆炸彈，只是先點燃引線而已，爆炸的時刻還沒有來到。

　　當我已經是六歲的人，在一個夏日雨季裡，整個部落的青年男女借用小學的課室在那裡聚集。突然一位外來之魯凱族美人，為屬古茶部安部落的青年女子們教一首新歌〈小白菜〉。之後的黃昏裡，〈小白菜（Lhenale）〉的歌聲就在部落裡處處可聽。我才恍然大悟，「小白菜」原來還可以是一首詩歌。連我們隔壁的麗慕阿沙妮小姑娘，深夜裡還在唱這首〈小白菜〉的歌。於是老爸在不勝其擾之下，悄悄地抱怨說：「中國人還沒有種過小白菜讓我們吃，但卻已經種在她的心裡了，真不可思議。」父親又以嘲諷的話說：「她本名叫麗慕阿沙妮，是瑪撒響[15] 的笑聲之意，為什麼不唱自己本身的生命之歌？」

　　後來我才知道在這一段時光，是鄉公所為配合民政廳勸導生活改進。於是在民國 40 年 3 月接受上級建議，成立霧台鄉婦女會進行勸導的工作。

15 瑪撒響（Masasiang）：魯凱人根據綠繡眼畫眉群體叫聲之整個山谷的響聲而命名的。學名：White-eyed Nun Babbler（Alcippe morrisonia）。

小少女麗慕阿沙妮，那時她才剛進入青年團，但已經開始打扮自己。她是我們那一排只有三戶人家的唯一少女又是苗條淑女，所以她是我們的明星美人。她已經學會把一朵百合貼在自己的前額，然後當她去田裡時，已經學會把野生的 Milhigy（大葉骨碎補）和 Padalathane（旋夾木）混著一起咀嚼，使她的嘴上像是吃檳榔的紅。在她的心靈裡，生命正是荳蔻年華，頭上有一朵百合，嘴上還要一點紅。

　　「我心靈的竹簍裡還少一個『小白菜』。」她說。

　　「小白菜多天才有呢！」我老哥說。

　　「平地的小白菜應該非比尋常。」她篤定地說。

　　「你的意思是？……」老哥質疑說。

　　「我一定得想辦法去野地採草藥，然後下去平地買小白菜的種。」

　　從他們短短的交談中，「小白菜」不僅是播種在一位小少女的心裡，也正說明我們的心靈正在逐漸地在改變。透過欲望的改變，使其思想逐漸地朝向與平地相近的生活方式，其結果是增加了對平地物資的消費，直接刺激了對貨幣的需求，因為必須在平地才「買」得到這些東西。其實，應該說是崇拜的心念而起的念頭。

　　我們屬古茶部安人經過日據末期的新理番政策，以及光復初期扶植保護的平地化政策，使其內部社會經濟發生了一些變化。因而，市場經濟得以逐漸進入並產生作用。所以才開始有更多的獵獲物出售以換取貨幣。其實於日據昭和年代，勒默樂漫‧阿巴哩烏素就已經開始有兼業雜貨店了。

六、西洋宗教傳入

於西元 1950 年，也就是政府發布重大的政策之後的秋天。由瓦魯陸部落的林泉茂牧師把基督教長老會的信息帶進部落。後來是藍豹·哩嗚哩嗚安（林正光）牧師首位該教會的聖職人員前來部落牧會。在卡滋歌廊 [16] 區之原來部落的靈屋卡達吶尼，他帶領信徒以茅草蓋布道所。該教會主張因信耶穌就可以得救，除了道德規範非常嚴禁，生活潔身自愛，所以不能喝酒和抽菸，之外，對大社會也非常關心。

於西元 1952 年，由勒哦樂·瑪巴哩屋把天主教的信息帶進部落，他跟長老會之信仰的宗旨「信耶穌就可以得救」一樣，對宗教道德規範也很嚴謹，但比長老會還寬鬆，所以容許信者可以喝酒抽菸，也因此很多人奔往那裡崇信。

我還記得，當我跟著父親和老哥去參加部落的獵人祭時，父親一直等他的大姪兒伯盛·瑪巴哩屋，最後當他等不到時，便明白他的大姪兒伯盛可能已經跟他的父親樂哦樂從傳統祖先的信仰改信別的了。

當年也就是民國 41 年 9 月，我還是去跟西下方之布道所的藍豹牧師說：「牧師啊！因為我要去上學了，所以我是來跟你說：『哎～依！』」他給我一本新約的約翰福音書，並說：「你雖然還不會看字，但你的書包裡有這一本書時，天使會與你同在。」此後，當我去上學的第一天，我衣服上有母親刺繡的龜殼花當護身符，空空的月桃書包裡還有約翰福音書當我的天使守護著。

16 卡滋歌廊（Kacekelane）：
魯凱語，即老聚落之意。

我們一群還嫩芽的小孩子們，生活是在這個山中，雖然一天三餐中必有兩餐是地瓜飯，但是，我們的生活非常自由逍遙，當上學校時因看到同學所以更快樂，尤其當上音樂課時。有一天，漢人老師教我們一首歌。這一首歌的主題是「吃地瓜」。整首歌的結尾是說：「為什麼吃地瓜？因為家裡沒有錢，所以吃地瓜。」

　　我們小學生很快就學會唱了，但從此之後，我們在心裡受傷了。不僅還嫩芽的心靈受傷，連我們的自尊心，從此，我們像早晨燦爛般的童年歡笑消失了。甚至於影響我們整個人生，因為已經徹底被否決這個民族的生活文化和意義。

　　不僅如此，國民政府在早期的教育，如果部落當中有一、二位或更多比較會念書的，體制內的學校又關起大門，每一個鄉每年只能保送一個或兩個升學。其他，則只有等待將來長大之後準備上戰場當爆灰。

　　然而，在濃厚的政治氣息裡，仍然還有有良知的老師。除了教應該上的課之外，以上天的良知教我們一些使人感動、智慧甦醒的課程。因他默默地把愛的種子播種在我們的心田，使我們對他特別懷念。

七、政令開始執行

　　國民政府說：「我們游耕的習慣是一種陋習。」於是又放話說：「每戶一定要有梯田。」但是我們家裡所有的地都在陡坡很屬害的地方，又怎麼能夠開墾為梯田呢？」這個時段應該是政

府在推行定耕政策。

　　同時鼓勵我們說：「造林可以增加財富。」但是母親懷疑說：「我跟你爸爸，除了知道造林可以方便拿來蓋房屋的建材和拿來當木柴燒之外，無法想像到底是什麼財富？」她又說：「別人家擁有寬闊的地，就有餘地可以造林。但我們只有耕地旁邊的斷崖峭壁爲自己擁有的自然原始林地。」她還很幽默地說：「我們耕地外圍的樹最可憐，我爲了爐灶每天有柴火燒，樹木往往還來不及長大，我就在砍它們的大腿了。」

　　在此同時，我已經是國小二年級。政府又再加以公賣之壟斷的手段，不准許抽自己種的菸草，也不准自己私下釀酒，強迫族人一定要從公賣局才能有菸抽、有酒喝。因此每當我們部落重要的祭典——豐年祭，家家要舉行生命禮儀時，就必須去叢林採草藥後，再走長遠的路下至水門販賣以換取貨幣之後，才能買到酒然後再背上來。

　　還記得「保村造林」的口號，處處張貼在每一公共場合，連最廉價的菸絲盒都是這個標語。還記得中華民國給舅公喇巴部[17]的漢人名稱叫「江漢文」。這個名稱的姓名是「江河的江」，使人不得不連想起大陸的江河那樣壯觀而浪濤沟湧。他的正名「漢文」又讓人彷彿看到一位詩人，在文海浪濤沟湧中獨行筏舟似的浪漫吟遊詩人。但哪知道，中國人竟然還把「保村造林」這個名稱張貼在完全不諳於中國文字的舅公他握著的菸絲盒，但舅公從來不過問。在他內心裡只感覺「爲什麼中國人把這個沒有味道的菸絲賣給我？」當他想到以往他所種的菸草處處都是，但現在竟然被壟斷得使他不得不勉強抽別人製作的菸絲，

17 喇巴部・嘟瑪啦啦德（1897-1987），古茶部安原始部落最後的史官。

而且當他要抽菸時，非得還要經歷大費周章地找五毛錢才能抽的痛苦。當他找不到五毛錢時，只有去他耕地直接採他種的菸草才能抽到菸。但如果他要帶一些些回家，則必須要承受躲躲藏藏的罪惡感。

中華民國不僅鼓勵所有的部落獵人，盡可能地把僅有的獵槍繳交。剩下有登記的槍枝，還以假惺惺地示好說：「我們有火藥和鉛彈免費配給你們，擁有槍枝的人請趕快登記去領。」事後所有的獵人好高興地說：「中國人那麼好。」此後不久，我還記得，獵人手中握著已經爆炸像百合盛開的槍枝，前來向在打鐵工房的父親請求說：「這一把槍還有沒有可能挽救？」但老爸只能婉轉地說：「你用火藥過頭了，所以也就沒有希望讓它復活了。」因為這個時段還不能講背後的政治因素，所以父親只能這麼說。

八、掠奪賴以維生的耕地

新政府先以威權性實施定耕政策，其實背後是一種土地緊縮政策，以方便執行其背後的後續動作。山林管處未經部落族人的同意，把整個山林直接劃定為國有土地。然後把我們僅有賴以維生的耕地，從我們屬古茶部安部落與瓦魯陸部落地段接壤處之上方吉呐啦嗎安、班班阿廊、特伯得司、卡達達蠻、卡瑞希以及古拉哇散尼等六個地段；另外是在部落東方泰柏崚至東北方峭壁達阿喇啦吉展山下方之瑪卡達德勒，以及北方啦陸部安地段全都劃定界線為林管處所管轄。使所有在這個地段耕

作的族人，不僅莫名奇妙地被掠奪祖先傳留下來給我們的地產之外，且僅只足夠養育一個家族耕地面積也無故的變小，因此我們在這個區域開墾耕作的族人，不知道如何存活下去。

九、移民潮的開始

於 1953 年，國民政府以勸誘的方式說：「在水門下方往屏東的公路旁，有一空曠的土地，如果有意願的人移往他處，歡迎報名。」那一天，部落裡的族人有二十六戶人家報名申請移出。這一塊地就是現在瑪家鄉境內的三和美園村。

部落裡二十六戶人家要移民的人群當中，有我大姑媽勒默樂漫他們一家。當她告訴我們有關他們全家要遷移他鄉的時候，不僅是我老爸非常難過得掉眼淚，我們這些她的姪兒們，也都非常難過。從姑媽說話的口吻，可以感覺到她很捨不得離開她出生的故鄉，因為她母親的靈魂還在這裡，也很捨不得離開我老爸，因老爸最疼愛大姑媽，可是姑丈邦德勒‧嘟瑪拉拉德想換個環境謀求另一種生活方式，也考慮到他的孩子們再也不能過著像我們那麼辛苦。再來是當土地被山林管理所沒收的時候，他知道部落的生活不僅已經不可能更好以外，將來只會更辛苦。所以姑丈已經決定的事不能更改，因此大姑媽在不得已之下，想以勸誘對老爸說：

「哥！我很捨不得離開你們。」她流著眼淚地說。

「我也是。」老爸說。

「難道說：您不想讓孩子們過好一點嗎？」

「誰不想呢！」語調哀怨地說。

「但是您為什麼不去報名呢？」

「我們的土地是祖傳的，怎麼能離開不管呢。」他又補充說：「何況，我們母親的靈魂還在地底下為我們守望著家園。」

「難道您忍心讓我離開您一個人嗎！」大姑媽又流著眼淚地哀求。

「妹！你還是去吧！反正我有時間，我會下去看你。」

從他們兩兄妹的交談聲可以知道大姑媽的心情萬分不捨，但也知道老爸對故鄉的熱愛。父親縱使早已知道留在故鄉，將來的生活必然一天比一天更不好過，但他最大的考量是他已經習慣了在這個土地的生活方式。雖然在此地生活比較辛苦，但是他已經對這個他出生的地方有了很深的感情。尤其當他想到我祖母，她還活著的時候，已經夠辛苦了，而他又離開的話，他不忍心又讓她孤苦零丁地苦守著家園。生活在山上當然很辛苦，可是他寧可選擇守住家園和祖傳的領地，甚至於在他內心覺得「我祖先和我母親在哪裡，我就永遠跟著在那裡」的心念。

於 1954 年當大姑媽一家要去移民他鄉的最後一夜，雖然家裡儲存的小米幾乎快沒有了，可是爸媽還是準備了小米酒和小米糕，還有她們一家路上的便當，然後邀請我大姑媽他們一家和舅公喇巴部一起開惜別會。當我們圍著「今在這一世最後一餐」享用的時候，老爸對我大姑媽和姑丈說：

「哎依～！妹夫和妹妹，」老爸哽咽地對他們說：「我很捨不得你們離開，可是，當想到我們在這裡生活那麼苦，又覺得你們選擇離開是對的。」

「哎依～！哥哥，我們也是。」大姑丈傷心地哭泣說：「我們要去的地方並不遠，你們下到水門，順便來看我們。」最後姑丈說：「我們有一塊地想送給老哥。」並指明巴拉里巫魯那一塊地段說：「那裡是我和你妹妹一起辛苦墾荒的，轉讓給別人換得幾個白素[18]，我覺得沒有什麼意義，於是我和你大妹妹商量的結果，不如留給哥哥作為永恆的紀念。」

　　離別前的這個夜晚，我們和大姑媽他們一家人吃了一頓豐富的晚餐，老人家們喝小米酒以歌送別大姑媽他們一家人。在歌聲中充滿著離情依依，感嘆人生的命運是難以掌握。尤其是我老爸和大姑媽，當想到他們兩兄妹從小是孤兒，並又相依為命的有一段歲月往事，因此他們總是流淚不停。夜漸深，酒漸空了，我們幾個小孩子也在不知不覺中睡著了，當醒來的時候，天已亮。

　　次日早上，當太陽還沒有出來的時候，我們早已準備好要送別大姑媽他們一家人，我老爸也在昨夜早已準備好了大姑媽他們一家的「靈魂的便當」，並且要護送大姑媽他們一家到更遠的地方。

　　當大姑媽他們來到我們家外面，祖先似乎知道我們這一天的一切。藍天是一片晴空萬里，鳥兒大彎嘴畫眉正在上方歌唱報告「時光」的腳步，啦啦依[19]一聲又一聲地祝福大姑媽他們一家今天的行程，也正在述說著他們未來可能的命運。

　　我們全家人尾隨在他們後面直到部落西邊郊外的榕樹下，姑丈站著向我們揮揮手並祝福說：「哎依！」然後在前頭領路。接著是兩位表姊背著很多的生活炊具也向我們揮手，並祝

18 白素（Paisu）：魯凱人對貨幣或金錢之通稱。

19 啦啦依 (Lalay)：魯凱語，即山紅頭的名稱，學名：Red-headed Babbler(*Stachyric ruficeps*)。

福我們說：「珍重再會！」之後，跟進姑丈的腳步。兩位表妹則在姑媽的前面輕快地奔跑，因為她們內心裡說：「我們終於要離開這苦難的世界。」

　　大姑媽背著我最小的表妹，向我們幾個姪兒姪女一個個親一下，然後說：「孩子們！我並不清楚為什麼我們要分開，在有生之年，再怎麼辛苦，先離開你們並非我的本意。」她低著頭久久哽咽，又說：「也許是『地』已經貧瘠了，而你們的姑丈已經不勝疲憊，也或許是外來者（林管處）管太多且無理的干涉，而我們已經無以能夠專心而有效地養育你們所有的孩子們……」

　　她握著我們的手久久不放，但又有一種無形的力量正在拉開我們之間。她內心百感交集，在無可奈何之下鬆手。尤其當她面對她的舅舅喇巴部時，她倍感傷心地說：「阿瑪！請您先原諒您大女兒，因為當您萬一有一天就像阿勒默[20]的時候，女兒可能沒有機會向您說聲「哎依～！」並送您老人家一程。」

　　表舅公喇巴部也哭泣著說：「我永不會怎樣的，因為女兒的孝心牽引著我的靈魂使我必長命。」她走下幾步，又站在「懷孕的婦人」[21]那裡，再轉頭看我們一下，然後以吶喊的哭聲祝福我們說：「哎依～！我疼愛的孩子們啊！……」接著又對我舅公喇巴部說：「哎依～！阿瑪……」

　　我可以感覺她想再多說，可是她欲言又止地說不出話了，因為她已經傷心欲絕。最小的名叫撒啦啦泊的表妹在大姑媽的背上，她不知道在發生的這一切。她可能是覺得「人生是那麼地有趣」而不時地轉頭向我們會心一笑。我們站在大榕樹下目

20 阿勒默（Adreme）：魯凱人稱呼「鐵」的意思，以形容「死亡」，因為對「死亡」這一句話不能直接說，因此用鐵來替代。例如說：「當我像鐵已經毫無知覺……」

21 懷孕的婦人（Taubalirii）：位於舊好茶古聚落之西邊途中，因神話而得其名。

送著大姑媽一家緩緩遠離我們，而老爸要護送大姑媽他們一家到底尼外地段之紅櫸木休息區那裡，他一面說服大姑媽說：「不要再哭了……」

他們越走越遠，我們仍然站在榕樹下的台面，看著大姑媽走走停停。她不時地轉頭看著我們，也看著在太陽下的這一切青山綠海。甚至於她不時地眺望五葉松那裡，因那裡一度是她和姑丈的小天地。

我們目送著大姑媽他們一家，漸漸地消失在我們眼前，往太陽日落的地方去。剩下的是我們對大姑媽他們一家的回憶，正如小表妹的名稱「撒啦啦泊」，原來大姑媽給她取這個名稱的意思，即「*Ngia salhalhalhape nga ka emeeme ki lhegelhege, lhi ka ma iluku ku lamu ku lhi thedepe ki matikuruane ta.*」直譯是說：「綿密的霧雲在山間慢慢地擴散開來，必然帶著霧雨準備要溼潤我們心靈的貧瘠（乾渴）。」而她正好以相反的形式，她帶走我們的溫暖和歡樂，留下來的是我們永遠對他們一家的回憶與思念。

以上這第一批二十六戶人家離開山中故鄉移民他處，他們有一理念說：「既然我們生活模式都是跟平地有直接的關係，那為什麼不下去至平地融入直接學習呢？再來是為我們的孩子將來讀書時能擁有好的環境。」

祖先自古以來辛苦地建構的部落，尤其在部落社會之精神心靈的和諧結構，以及生活哲學和藝術，猶如是一串琉璃般的項鍊，生命家族珠珠系統地排列，大大小小構成榮美而極為昂貴體系的部落。如今，當這二十六戶人家離開部落之後，我們

彷彿是串聯的琉璃項鍊般的心線，突然地斷裂而散落一地，永遠再也不能收回。

此後，我們在山上的耕地，當夕陽西下時，父親總是居高臨下望著在平地那濃厚的山嵐中，並當想起大姑媽以及整個族人時，他就會一面唱起「夕陽已西下，當想起往事……」那一首歌，而後且在那裡偷偷流著眼淚，因為他永無法指望還有下一個機會能夠再看到他最疼愛的大姑媽，以及他的親朋好友。再來是祖先所打造的部落已經傷痕累累，永遠再也不能癒合。

十、第三個新宗教傳入

此後，於西元 1957 年，由藍豹・卡勒盛把基督復臨安息日會的信息帶進部落。該教會主張世界末日快到了，而耶穌要再來接信者升天。並對教條道德規範非常嚴謹之外，嚴守星期六（安息日）為最原始創造論之紀念日。

當老哥發現星期六是上帝最原始創造大地的第七天為安息日之後，他為了守安息日崇拜，寧可花上三天走路來回的路程去遙遠的阿烏（現在的青葉）部落。後來有一個早上——

「吶！」突然是母親對老爸呼喚說。

「什麼事？」老爸溫柔地問。

「我們的大孩子非常可憐。」

「怎麼說呢？」

「在他信仰的國度裡，他好寂寞又孤獨。」母親稍微緩慢語調，然後又說：「我不忍心看他一個人。」

「那你的意思呢？」

「我並不是不愛妳，而只是想以信仰陪伴他。」

母親說完之後，眼神彷彿在夏日晴空萬里中突然閃電雷雨。後來父親以溫柔的語調說：「我深深感出你的心，但……」父親說：「孩子的走向，也應該是父母的走向。但是，當想起我母親，我也不能也不可以讓她又孤獨一人。」

這個時後，我已經是國小六年級，而引進這個新的教派是我的大哥。我們家裡看來尚是完整，但因為信仰而已經分兩派。哥哥帶領母親信安息日會，父親帶領我仍然走祖先信仰的老路。他們兩母子堅持要到永恆的伊甸園，而父親堅持要帶我去祖先永恆的國度──巴魯谷安。因他說：「你的祖母會等我們……」

那一年的獵人祭，母親仍然為我們準備獵人祭的便當。當老爸帶我正走向獵人祭場時，我彷彿是在深夜正走向東方尋找那一顆帶有微弱又柔和的黎明星，而母親和老哥他們母子倆，又彷彿是兩顆明亮的哈雷彗星正走向遙遠的天際。

當我們到了獵人祭場，在場的只有幾位老人家，中間的煙火比往年小了很多。他們沒有太多的話，但臉上的神色是沉重的，因為他們知道，祖先的聖火獵人祭，即將在不久的日子就要熄滅了。祭司在祭拜的當下，句句發自肺腑的禱詞伴隨著每一神位每一份祭品獻予中，充滿著歉意和離情之韻味。我還記得祭司的最後一句說：

祖先啊！

我們即將老去，而
您們留下來的煙火
即將熄滅而永不再，但
您們愛的永恆光芒
必照耀您們的子子孫孫。

我看到祭司在拭淚，我們也跟著流著眼淚。

「當想到我們的祖先，那些曾經在歷史上貢獻生命放在這一塊土地上，而我們仍然在這一塊土地上……」父親看到這場面而說之後是一片寂靜。四周的鳥兒仍然在歌唱，水源地的瀑布底層的詠鳴，使人覺得彷彿是那一位天地的創造者的聲音。獵人祭的煙火，一縷縷地往上冒煙，使我內心默默地寄語說：「*Lhi keela nga su ki la Umu si la kaingu*。您即將回到我的祖先，尤其是我的祖母……」

十一、開始造林

此後，秋天來到。山林管理處很快地派工人，把所有劃為國有的地進行全面砍草，而我們仍然還沒有意識到嚴重性。老一輩的祖先以為是國家只是要為我們種樹。將來樹長大了，不僅還可以砍柴火之外就像原始自然的叢林還可以開墾耕作。

我們還以為砍完了草後就開始種達嘟咕嚕樹 [22] 樹。又因山地新生活改進運動就要馬上執行，我們想：「到那時必然增加我們對貨幣的需求。只要去替林管處在自己原來擁有的土地上

22 達嘟咕嚕 (Tatukulu)：這個名稱原來是位於舊好茶東南方一個小村落的古名，是因長有這個樹種而得名。當林管處帶上來的樹種是同一樹種相思樹時，我們直接以他們小部落的命名。

幫他們種相思樹，就可以取得那麼一點錢，以方便購置所需。」這種模式開始成爲日常生活的一部分。但這種變相的生活形式是多麼地讓人感到非常諷刺。

我們已經是國小五年級的學生，但不知道什麼原因老師不給我們上課，反而鼓勵我們去爲林管處砍草準備種植達嘟咕嚕（相思樹）。我們是去遙遠的卡哩西地段。到了那裡工頭爲了管理方便，我們所有五年級的小學生在一起砍草，當中大多數是屬古茶部安人，而其中有屬達嘟咕嚕人之表姊弟。在此於是發生了一段小插曲。

「爲什麼一定要種達嘟咕嚕樹？」突然一位同學發問。

「因爲達嘟咕嚕樹很像達嘟咕嚕人是好種。」達嘟咕嚕人解釋道。

「達嘟咕嚕人是怎麼個好？」屬古茶部安的同學問。

「你還不認識達嘟咕嚕人嗎？」他說：「你爲什麼不去看一看或摸一摸長在校園裡的那一棵達嘟咕嚕樹呢？」他又補充說：「至少我覺得它很有詩意。」

「是什麼詩意？」

「這個我就沒有辦法給你解釋，」他說：「當夏日時，何不試試看坐在達嘟咕嚕樹底下？」他又強調地說：「夏日的蟬鳴，幾乎都在達嘟咕嚕樹上。」

「林管處種達嘟咕嚕樹到底要做什麼？」屬古茶部安的同學轉移話題說。

「達嘟咕嚕樹是因爲最有價值，所以種在我們的地上，這裡的地就會跟著有價值。」

「我還不懂。」那位女同學又說:「有了達嘟咕嚕樹之後,就會變成怎樣的價值?」

「卡車有可能會為達嘟咕嚕樹而築路上來。」

「聽說達嘟咕嚕樹是準備將來要砍下來要為火車的鐵軌製作枕木。」

「也有可能火車會上來?」

「火車太大了一點,」另一位屬達嘟咕嚕人說。

「說不定的,但……」另一位屬達嘟咕嚕的女同學懷疑地說:「我無法想像,」然後以譏笑的口吻說:「一群肚子已經餓昏了的人,在火車上是什麼滋味啊!那時候,我們又是要去哪裡?」

「屬達嘟咕嚕人種達嘟咕嚕樹,當然是要回到達嘟咕嚕老家鄉啊!」

「弟!我無法想像,」小少女又說:「背著竹簍坐在火車上,開往達嘟咕嚕老故鄉,又是什麼滋味啊!」

「你先種嘛!」他弟弟說。

「我們是屬達嘟咕嚕人,為了要回家,在這裡還要種達嘟咕嚕樹才能回家。那要等達嘟咕嚕樹長到何時?」

「達嘟咕嚕?」他故作很懂的樣子,於是說:「大約可以長到雲彩時。」

「弟!」她很失望地說:「我等不及了。」

「為什麼?」

「我覺得……」她很認真地說:「我走路回家可能還比較快吧!」

我們一群雖然年紀都還小，但談話的內容頂有意思。

又一年，還記得那時我才剛國小畢業，我和母親正好在泰柏崚地段。我們眼看著芋頭田生產得非常好，覺得今年應該可以過得更好的同時，一群自己的族人，在林管處的命令下，彷彿是一群眾多的山豬把整個芋頭田挖掘之後再改種相思樹。我特別記得，當母親看到芋頭和地瓜散落一地時，她痛心得當下跪地哭得很淒慘，而且痛心得使我們提早動身上路回家。我在母親的背後，一路看著她哭直到家裡。

這種蠻橫的手段不僅對一個家庭和部落的經濟直接嚴重傷害，使我們整個部落在短短時間內面臨日後生存的問題。此外，也造成國民政府留下給我們的印象中比土匪更毒辣與凶殘的壞印象。於是父母倆不得不回憶說：「日本人再怎麼不好，也沒有過……」

當族人被沒收了部分土地和叢林並被劃定歸為林管處之後，連帶原來長在這個地段的副產品如愛玉，也都不可以採來賣，甚至於連漂流木要拿來修護自己的家也成了很大的問題。因此部落的人在不得已的情況下只能進入叢林尋找可賣的草藥，但卻無形中也演變成是偷竊行為。因此當老一輩想起祖先是以多少個血液捍衛的傳統領域，現在卻眼睜睜地被新的威權所占有，使我們生活空間只剩下狹小的耕地，而每一家年復一年在同一地點耕作，地力隨年下降無能為力，最後，剩下一塊貧瘠的土地。老人家看了這一幕，也只能在內心裡如同吃閉門羹地默默忍受。

國民政府把台灣接手之後，基本上是延續了日據時代末期

的扶植與保育政策。亦即，光復後的山地經濟政策，事實上是一系列的「變遷計畫」方案，企圖將山地經濟透過政府的力量（政策與行政），帶動山地經濟的轉變與發展。而這些計畫性變遷政策，又和光復後台灣經濟發展越來越趨向於「資本主義」生產方式有關，是源自於日據殖民主義影響下，開始納入世界市場的結果（民族所，1983；廖文生，1984）。

以上所說的話的確是事實，是一系列的「變遷計畫」，但值得說明的是這兩個威權先後上來改革的手段是不相同的。日本人是在地執政實地操作，使人明確知道方向和目標，而中華民國只是遠遠觀看放話而已。

「資本主義」其實是一個國家所容許的一種經濟理念，納入為國家經濟體系的動脈。以一位有才能的經濟資本學家，他懂得以金錢理財像種一棵大樹，當樹長大了，使得很多人在樹底下享用它的果實，無憂無慮地生活。這個即將影響我們深遠的理念，但我們的祖先完全不知道，因為這個理念，就像在自然界中之外來種，默默地落在每一個人的心田裡發芽。

資本學家必然地懂這一棵樹整個脈絡。外圍投資者必然地是這棵樹的一部分，他們也是這一棵樹的擁有者。另外一群勞工是這棵樹的生長機制之一，當然也必然享有這棵樹的果實。但是以外的人就像叢林裡的走獸，只能偶爾來到樹底下乘涼或撿落果以裏腹。但這個現象是我們山中人完全不知道的，其實若能知道又能怎樣呢？

十二、新生活運動開始執行

於 1958 年，當我從國小畢業之後，「新生活運動」之政策也開始執行。政府要我們把石板屋完全改善成像平地漢人式的，那就是一間三開的漢人形式的家屋。那時候我所聽到的一間三開式的家屋，在三個房間最邊緣一間是要設定為廚房，中間則為接待客人的地方，另外一邊才是臥房。政府從沒有考慮過空間的問題還要拓寬，還要增加木材和石板。為了要完成這樣的設計，使我們的上一輩忙碌得幾乎賠命。再來是還要改善內部的生活方式，政府要我們完全平地漢人化的生活模式。政府永遠不知道，原始的容器跟日常生活中的食物特性有密切的關係。意味著因為好意想要改善我們的生活，使我們從原始傳統生活更進步到現代的情景，但又談何容易？日本人在這方面就比較高明多了。他們以生活方式讓你看見並且讓你想試著學習能不能做到？但他並沒有強迫你非得要學習他們的生活方式不可。

日本人反而把石板屋文化，視為是山中最珍貴的文化遺產。又精心研究並一一地測繪之後留下完整的記錄。我們現在有祖先留下完整的記錄，或部落的歷史和影像記錄，都是日本人有耐心地為我們祖先的口述保留下來的。

新生活運動雖然帶給我們非常辛苦，但也並不是完全不好的，也有一小部分對我們是有益處，那就是改善了我們從原始帶來的垢病——不衛生。還記得當我還小的時代，我們家裡彌漫著蒼蠅、蟑螂、臭蟲、跳蚤之外，在我們的身體上還有頭蝨

和體蝨。當國民政府帶著 DDT 滅除之後，至今再也看不到這些了。

　　新生活運動原本的政策應該是美好的，就像 DDT 會使垢病消失但也隱形沾留毒素造成身體上還有後續潛伏的傷害。投下那麼好的政策新生活運動，但沒有後續配套更完善的措施好好營造，而只是靜觀其變、坐視不管，讓本來是好意或好的理念，變成是惡意。例如：新生活運動的目的，是要我們的生活完全平地化像漢人一樣，但又沒有像日本人拿出魄力來疏通交通管道，讓交通更便利使族人以取得貨幣之後又方便往來市集以消費。讓本來的好意，當要執行其政策時，變成原始部落社會亂世的起頭，也成了會賠命的政策。

　　新生活運動連帶給我們的一點點好處，是國民政府免費給我們窗戶安裝玻璃，使房子內的亮光多一點投進來，從此，我們的靈魂更有陽光。國民政府還免費給我們煙囪，使我們不得不改善我們的爐灶，從此之後，自古以來在煙燻彌漫的密閉空間的家屋終於可以呼吸了，讓我們的眼睛和呼吸道也有了喘息的機會，且我們從古代祖先帶來的陋習所造成的肺癆病也減少了。進而在衛生所也有專任輔導人員並定時追蹤檢查身體的措施，如果身體上還有肺癆病（TB），還設有專屬根除肺癆病的特定醫病的地方。但在此之前，我們部落裡有很多人罹患這種病，有的很幸運的醫好，也有些人是透過教會的介紹到南投埔里愛爾蘭醫院，在那裡長期治療，生活一面受到了照顧。我們的大貴族也是長輩智高‧達喇派，就是因他罹患這種所謂肺病而去那裡就醫之後，就再也不回來了。

國民政府在山上執政的時代，僅僅是三十三年的光景，我們失去了祖先留下給我們寬闊的土地傳統領域，使生計成問題，且一個部落社會結構就這樣瓦解。尤其在大行改革的路上，不僅是我們石板文化，包括：生活文化習俗、語言，甚至於精神文化被否定之後，讓我們感到一種深深的挫敗感和沮喪之外，甚至讓人精神崩潰。但僅僅是以上有關健康的問題解決之後，就已經讓我們上一代人非常感動了。而深埋在內心深處，總是覺得是過度時期，並指望有一天，我們的國家會慢慢健康之後，並會帶領我們強盛起來。

　　我們的上一輩對國民黨投以忠心到底，除了以上有那麼一點甜頭之外，這個大國的部分移木接枝來到台灣之後，在我們的觀念裡，彷彿是一棵樹，雖然樹冠並不那麼茂盛，長得又不太正常，但自古有歷史以來，除了日本人上來就地執政後消失，之後，也只有擁有過那麼一棵外來的遮蔭大樹 —— 中華民國，還有什麼理由挑剔呢？

十三、第四個新宗教傳入

　　於西元 1968 年，由叉瑪克・莎哇魯牧師把循理會的信息帶進部落。該教會的主張和長老會完全一樣，稍微不同的是長老會是長老制。而循理會是執事制，對大社會只有給予愛不參予政事。此外，完全排斥部落原先祖先留下的原始傳統信仰。

　　我們部落的原始傳統的信仰，原來是因為卡巫隆家族的巫格勒所打下留給我們之最早信仰的基礎 —— 永恆的靈魂。但經

過幾千年之後，原始傳統信仰形成宗教之後，漸漸地越來越走向嚴禁而瑣碎之外，連帶設定太多迷信和禁忌，使人生觀宛如是一棵樹纏繞著太多的野藤，也就無法充分的釋放開來，於是人生產生悲觀。當新來的宗教入進之後，就打破傳統的種種迷信，尤其隨時禱告以舒心，代替傳統古老之必須由祭司的習俗為原則。新興的宗教也補救這個盲點，這種改變應該是很好的。但是，很不幸的是，晚近進來的新宗教完全把古代的信仰歸處於魔鬼所統治的時代，甚至於把古人祖先判定為「罪人」，也就是說：「古人祖先永遠不能得救。」等於抹煞了自古以來原始傳統信仰在精神和道德上所扮演的角色和功能。

於西元 1950 至 1968 年之後，長老會、天主教、安息日會以及循理會四個教派陸續進來帶來新宗教的觀念，使我們在原始傳統信仰文化之太多已經不合適宜的禁忌解除之後，也為我們打開另一扇天窗，使我們對生命永恆的真理之傳統信仰的模糊中更具體之外，也帶來了與神明直接溝通的方式，使我們的生命和靈魂更豐富。此外，也帶來物質協助我們度過，自古以來因土地造成貧瘠和病蟲害所造成嚴重的饑荒。若不是教會的帶領與協助，我們又怎麼能有今天呢？

但在早期之傳道的誤導之下，古代之神聖空間之無故被破壞，例如：「最早是長老會在卡滋歌廊區，把古代的卡達納呢原來的靈屋所在改成茅屋教會；以及安息日會把達喇派原來是靈屋的建地蓋成鐵皮教會。甚至於連長在最早的卡勒盛發祥地，天主教把長在神聖領域的原始樹木，看為是魔鬼的所有而無故地濫砍除滅。但我們並沒有精心的思考而任意以為「是」

或「對」的時候，我們不僅破壞了祖先留下來之古有歷史文化遺蹟，殊不知它們不僅是古代神聖空間的美化和保護者之外，也是部落的防風林。它們曾經幾度陪伴過祖先，在夏日雨季幫我們擋風使我們才有今日。以上所發生的事情，並不是新宗教本身的錯失，而是我們對新宗教之所賦予的真理之誤導所造成的結果。

最嚴重的、而且是部落社會的另一種傷害，是我們帶來的各種宗教把自古以來之單一宗教弄成四分五裂。從此之後，我們很難聚在一起，於是我們的獵人祭之神聖的煙火就此自然熄滅。

十四、我們的迷思

我從國小畢業之後不久，我當然地步入上一輩的後程。除了是在部落裡有青年團的各種活動之外，每年還有在霧台鄉公所所舉辦的各項活動，包括：鄉運以及青年節。青年節不僅舉行球類比賽之外，夜間還有才藝競賽。我們都以各部落的歌唱和舞蹈去參加。

還記得因部落裡的兩位美麗的姑娘，以「萬里長城，萬里長……」參加舞蹈節目，雖然她們跳的舞並不怎麼樣，但因為手上握有國旗表示愛國所以拿第一名。另外一位俊男，他的家在霧台，但是他以「我的家在山的那一邊……」所唱的內容，當然是指出對岸大陸那邊說：「那兒有美麗的草原……」我們霧台的故鄉那麼美麗，而且宿命地必然永永遠遠住在這裡，而

當我們仍然心虛地為外來權威歌頌。那一夜，正好有一貓頭鷹在枇杷區附近的瀑布那裡「ㄨ、ㄨ、ㄨ……」地聲聲叫著，還好牠不諳於我們山中人的歌，不然牠會說：「這裡的人發生了什麼事？」

　　誕生在這個年代的人，當認知的眼睛還來不及睜開，就已經把目光遙望不知處。當我們還來不及等待早晨的曙光，就已經否定了自己家鄉東方的太陽不比別人的太陽燦爛。我們彷彿是在舊好茶的老家，坐在家裡頭從窗戶看到窗外的達卡勞烏素，但從來沒有神往或崇拜過，因為我們的內心裡總是渴望「山外還有山」之低視觀念。對待古人祖先也是一樣，我們老是覺得別人的祖先比我們的祖先聰明。甚至於把祖先的信仰加以妖魔化，最後，我們僅有原始文化的精神彩衣，就像我們東方的五葉松，慢慢枯萎之後正逐漸地走向永恆的消失。

達卡勞烏素。

第二章　故鄉的最後一幕

一、天然資源枯竭

　　自古以來，我們的祖先對大地因過分的依賴日夜燒火，因此在部落裡僅存的長老古喇希哩‧阿魯拉登如此描述道：「我們在古茶部安部落之外圍半徑三公里之內，像大腿那麼粗的樹木都完全看不到……」我也還記得當去山裡砍柴薪時，僅僅是一個人能夠背的量竟要花一天時光的功夫，而柴薪至多也僅是兩、三天要用來煮飯而已的份量。

　　在我們僅有狹小的空間，外圍若還有樹林，往往都來不及長大，就已經被砍下來為每天當柴火燒。我們又沒有多餘的地能加以造林以補救，於是大地漸漸地疲憊後貧瘠。而我們的祖先再怎麼努力開墾，五穀雜糧的收穫量永遠無法抵平所付出的勞力，連帶而來的是旱災和各種病蟲害。

　　我還記得父母開墾耕種小米，其中還混種玉米、高粱，以及其他五穀類等等，但也因久久不雨而枯死了。最後，當收割的季節，在一大塊小米田裡，父母只收穫一竹簍而已。

　　又一年，父母仍然不妥協地繼續為小米田投下精神和努力。他們眼看著小米田就像汪洋深綠的湖泊而心喜，但他們來不及看到成熟就已經被病蟲害啃光了，從此之後農耕收穫量年

年每況愈下。最後是田鼠災，把預收的地瓜和芋頭啃食殆盡，於是整個部落裡的人遭遇空前的饑荒。但我們的祖先完全不知道，這些各種病蟲害和田鼠，是因平地的農家因過分地使用農藥的結果，因此牠們才從平地逃難到山上來。

饑荒期間，部落的人是靠著去野地叢林，尋找各種草藥帶去山下販賣，然後換取生活所需。草藥包括：大葉骨碎補（Milhigy）、萬年松（Galhaelhamace）、仙草、刺蓼（Lapicupiculhu）、菝契、Cenge、天門冬（Tilazu）……等等。但是從山裡背回來之後，需先在家裡曬乾處理，再從家裡走遙遠的路背下去平地賣。我們帶著疲累下到平地，還需經過與平地人之中盤商在秤重與價格又再周旋一番，才能拿到一點幾個錢。之後，再去換取能夠背上來的量之食物以餬口苟活。但是，去野地叢林大約兩三天後回來，爾後又下去平地輾轉來回之遙遠的路途，往往已經耗費太多時光了。坦白說：所獲得的好處，已經遠遠抵不過所付出的代價，而且能夠去野地叢林的人也不普遍，那是需要耗費很大的體力。

還有的人在不得已之下去採愛玉、小葉楠木的樹皮、野藤（Vaedre，學名不詳），以及砍伐一些有價值的樹，例如：以紅櫸木的質材製作圓木，聽說是要準備製作牛車的軸心，而爛心木是選擇彎曲的部分再製作佝僂形狀，聽說是準備製作犁田的材料等等拿下來販賣，這兩種東西很貴，但有些人很幸運地順利賣出去，有些人則沒有那麼幸運而被林管處逮到而入獄，如：瑪拉茲瑪茲・達喇派、嘉瑪爾・瑪尼蓋，以及達卡鬧・巴拉默拉默三位長輩，他們被關進監獄之後到底關多久，我們已

經不知道。

　　但還記得當嘉瑪爾‧瑪尼蓋從監獄回來時，他竟然會編製藤椅並在部落裡販售。但是他編製的藤椅使用不久之後，總是往後仰而失去重心並往後倒下去再也起不來，因為他可能還拿捏不住重心，因此他說：「假如我在監獄裡再待久一點，我一定會編得更純熟。」從這句話，就已經表明他們被關在監獄並不是很久。但他能夠學會編藤椅，也就又說明待在監獄裡的時光也並不算短。

　　也有一些人在這個時段，因不慎發生意外而身亡。例如：有兩夫婦為了要養育四個男孩，便去部落東南方之巴部丹地帶採 Milhigy（大葉骨碎補），但喇瑞‧沙哩朗因在斷崖中不慎掉落而永不回來，造成四個小孩從此變成孤兒。也有的人因去探愛玉而從樹上掉下來，在部落裡大約有三個人為愛玉而斷送生命。包括：莎撒勒‧勒勒瑪尼、藍豹‧佇廊，以及喇夫哈斯‧巴拉峨拉哦等三位長輩。

　　還有的人從山上背回來了愛玉或樹皮，下去平地的途中被林管處發現之後，雖然逃的人快但要抓人的更快，於是在不得已之下，只好把背上一大麻袋的愛玉扔掉後只得空手回到部落。雖然逃過一劫但所耗費許多時光，以及精神體力散盡，再來是全家人得面對未來一段時光可能會因食物不足而面臨更苦的困窘。

　　在那一段饑荒歲月裡，那些沒有能力去叢林採可賣的草藥的人，只能在還在開墾時靠著野生的各種山藥，或當挖到葛藤根塊時拿來餬口。抑或靠著野外菇類以及草木的各種嫩芽……

而得以過活。這是我們部落古代祖先當遭遇饑荒時最悽慘的一面。但我們的祖先仍然說：「我們終究熬過來了。」

就在此時，連我們耕地的野百合，一想到錢時就忘了它是美麗的花，將它地底下的鱗莖挖來賣；連野生的梔子樹，不僅把果實採下來賣，連它的皮也剝下來賣。我們的觀念就在此，原來看東西的時候，是看它的生命現象和外在的美麗。但現在當我們看到東西的時候，卻超越這個現象，所想像的是背後變賣之後的貨幣價值。最後連我們最神聖的靈魂守望者「阿瑪尼[23]」都抓來賣。

在那一段饑荒歲月，部落裡四個宗教就發生了很大的作用。他們把這件事情讓全世界都知道，於是有從美國的救濟品（食物和衣料）送過來，使我們能夠暫時熬過一段時光。就在嚴重饑荒的影響下，有些受過傳統信仰的老人家，對祖先的傳統信仰再怎麼有情操，為了取得救濟食物寧可放棄了。但是，仍然還有一些人固守著祖傳之傳統信仰，例如：筆者的表舅公喇巴鄒‧嘟瑪拉德和力大古‧瑪巴哩屋，以及其他少數老人家。再來是新興的宗教之教條與固有祖傳的信仰發生嚴重的歧見與牴觸，於是在這個影響下，大約在西元 1960 年代左右，部落之一年一度獵人祭的煙火也就被迫熄滅。

我們還在原鄉的人，在艱困中四處流浪於我們故鄉的野地以及整個叢林。不僅深深體悟祖先留給我們的傳統領域，仍然還在養育我們之外，同時也體會祖先擁有那麼寬闊的土地真不容易。我們為了過活而尋尋覓覓生計的同時，也讀完了祖先留下給我們的地理和生態，並且從自然界中學會了土地領域的意

23 阿瑪尼（Amany）：魯凱人對百步蛇的稱呼，只以概念稱呼即「那一位」之意。

義和價值。

在我們內心總是這樣說：「我們這一代人因禍有幸地，認識那麼多樣性且又豐富的自然資源。」而當我們再轉頭看一看一望無際的山林，於是在內心裡自我安慰地說：「祖先們啊！您們留下之山嶺再怎麼陡峭和貧瘠，但草木仍然在滋長，而且還在養育我們。」

饑荒歲月過後，族人只好放棄在地開墾耕作，而去台東縣金峰鄉的卡阿魯阿尼[24]一帶幫有錢人採野藤（Uvay）或搬運生薑；有的人去高雄縣六龜一帶為木薯除草、採收或搬運；還有的人去林班當伐木工或造林工。我們就是以這個方式賣勞力取得工資以供應家裡的人過活。但就在四周找工作賺錢要養活家庭的同時，有一些人也一面尋找地方並正醞釀時機成熟時，會離開故鄉然後遷往他鄉永不回來，因為他們覺得在故鄉已經越來越不能生存。

直到 1961 年的那一年，部落的族人就在饑荒的影響下，分四批陸續離開故鄉。第一批有十二戶人家遷到台東的卡阿魯阿尼；第二批有三戶人家遷到高雄縣六龜鄉的荖濃村；第三批有七戶人家遷到本縣三地門鄉青葉村（這個名稱取自日文 Aoba 翻譯過來的）。最後一批是在 1965 年有二十四戶人家遷至現在的三地門村。

以上所列出之遷移他鄉的家族，早期一批三十三戶和晚期四十六戶合計七十九戶。最後，部落裡尚餘的一百一十二戶人家大多是貧窮又沒有能力學他人大行遷移他鄉的行動，抑或是戀故鄉，大家雖然生活困窘每況愈下仍然守住家鄉。

24 **卡阿魯阿尼（Kaalhuane）**：現今台東縣金峰鄉境內的嘉蘭村，原來是在知本溪上游之一村的古名。

但當我們正逢遭遇饑荒歲月，為了生計帶著那麼一點山產下來平地賣時，卻被平地商人剝削和污辱，還有時候是用搶的。因此在我們內心裡萌生這樣的疑問：「若有一天，我們的島嶼變成一國自己當主人，我們有否全然能夠信賴呢？」

當我們從高雄縣六龜鄉沿山經高樹鄉大津、三地門、古啦烙[25]、古阿巴樂[26]直到獅子鄉之所謂「沿山公路」，在半山腰上都是我們原住民部落，而平原一帶都是移民進來島上的漢人。從這一點看來，並非單單是兩個執政者先後來到山上的結果，而是兩個不同民族本來是根深柢固互不相容的癥結早已存在。

而如今，這一棵唯一的希望遮蔭大樹，從大陸移植在島國土地上的歲月，已經快七十歲了。我們仍然還在等待什麼時候正常地成長，然後讓這十幾個不同種族，能夠相容地在樹底下一起玩樂嬉戲。

二、最後的政令

政府對教育下達最後的政令「九年國民教育」。所謂九年教育意思是說：六年在山上當地受國小教育之後，國中三年就必須把自己的孩子送到平地之所指定之相關學區就讀國中。

這個施政九年國民教育，就像山中野地裡的大彎嘴畫眉唱得那麼好聽。但當要執行時，對我們老人家是一條遙遠的路。因為為人父母的必須把自己的孩子從山上送至遙遠的平地，再來是如何送給不認識的人託管之心靈不安全感之遙遠的路。再

者，如何取得小孩子的學雜費以及生活費以應付學生的需求之遙遠的路？還有，又如何知道他能朝著教育的路而不學壞之遙遠的路？最後，當他們放假時，又如何走遙遠的路上來回家？我們又開始懷疑說：「到底我們的孩子要讀的什麼書？要讀多少書？書的內容又是什麼？最終的目的又是什麼？」等等諸多的問題。但最讓父母日夜不放心的，是如何使還嫩芽的心智能夠不學壞？況且父母與孩子之間維繫的情感彩帶也會逐漸的撕裂。

每一個做孩子的父母所想的，如果不及時應付生活需求，又如何防範偷竊的可能性行為？再來是學校社會的安全問題。而我們對近代教育之缺乏「人格教育」，於是我們做父母的在這個懷疑之下，永遠覺得我們等於是把自己的孩子送進火坑或斷崖之後，開始時時刻刻在等待有壞消息傳來說：「你的孩子如何如何……」或內心等待說「有一天，我會被傳喚下去，當到了那裡，不是已經被人家所殺害了，再不然就是已經在監牢裡」的恐懼感。

九年國民教育的施政還沒開始執行，但上一輩已經被逼到難以抉擇的瓶頸。於是開始轉頭反省，縱觀歷史一路走來，兩個威權先後來到我們部落，並沒有以革命流血來統治我們，而是在蠻橫的改革手段之外，還有所謂的「隱形的殺手，是殺人不見血」的背後手段。政府因對各項改革政令，只顧政策的理想，不顧政策背後被犧牲的結果所造成。連帶把貨幣與消費觀念默默地播種在人心裡，最後，上一輩不勝負荷與不適之後，使其逐漸地感到疲憊後生命慢慢地走向枯萎。

在此同時，我們一面等待又一面守望著家鄉維持一段時

光，但誰能料到還有命運之神的安排，正準備要捉弄人。

三、生活模式

　　後來整個村落突然興起開始養羊或山鹿，但能養山鹿是少數人家，養羊的人家比較多。在養羊之後，我們部落外圍慢慢變得光禿禿，後來才發現養羊是需要相當的空間和草原。因為草原不夠，所以很多羊為了尋求更充足的嫩草，不知不覺已經在遙遠的野地，就再也不回來了。又因為羊群也在鬧饑荒，牧羊人稍微不注意時，已經在別人的耕地在啃食其上的農作物，使本來是相好的鄰居卻變成冤家了。再來是當要把羊帶下去賣時，即使長得再好的羊，要走那麼遙遠的路下去水門，羊漸漸消瘦後只剩下肋骨，最後，趕羊的人在倍感疲憊之下，以及羊之不被看好之下，無奈地半賣半送。因此路途遙遠與不便的問題，總是在每一個人的腦海不時地浮現。

　　唯一讓人感到微微安慰的是我們仍然還在祖先所打造的家鄉。但是就我們整個西魯凱族群之大家庭來說，在新威權之下，除了我們屬古茶部安人沒有光電之外，每一個村落都已經有了。道路也是一樣，只有我們還在繼續使用日本古道，整個霧台鄉都已經有路可以通車了，因此使得屬古茶部安人在威權的體制內深深感覺到自己是棄兒。

　　雖然如此，部落裡尚是很平靜。但當想起我們這個家都已經分散了，又聯想起別人家，大概沒有一個家是完整的。這麼一想，然後想起在不久的將來，我們的部落必定有一個大改

左起：都卡勒·達哩巴達尼、嘉瑪爾·瑪尼蓋，排灣族婦人。

變。看著窗外的斜陽，彷彿是母親的眼神，蘊含著濃厚的別意和離情，始終讓人有一種莫名如濃厚山嵐般的鄉愁。

四、部落社會的現象

從陽台看著整個村落，幾棵老樹依稀可見。因為部落中有八十幾戶人家都移民他鄉了，且離開部落的人家都是菁英分子，所以部落裡彷如是一串項鍊一排排當中短少了其中最有價值的琉璃珠。

政治背後連帶影響還隱藏的現象，從 1956 年之後，大約有七十幾位姑娘，從部落裡離開故鄉嫁給外省人。讓我們的部落如同在夏日五月裡應該是百合和各種顏色的藜米齊放的季節，卻僅剩下新生一代稀稀落落宛是蓓蕾捱著旱年歲月似的。再不然是生命已經進入深秋的老姑娘，是被外省人因不注意或不被看好才遺落的。部落已經失去了盎然春意的氣息，使所有的男孩子也如斷崖中已過時林立的樹林，連蝴蝶和鳥類掠影而過從沒有人過問的枯木。

偶爾部落裡有人結婚，僅有留下的男女舉行小小舞會，在一個沒有月亮的晚上，大家才把部落裡唯一有發電機的巴撒卡郎・達咕賴哩家中的電拉到現場打燈光，使在冷風徐徐秋夜的季節，沒有月亮的晚上，才有那麼一點電光的溫暖。再來是劣質六線缺一之五音不全的吉他，讓舞會的歌聲中，吉他聲彷彿是岩壁角落裡滴滴伴隨著哀淒的情歌。

不久後，我選擇去念書，三年的學業完成再回到部落。年

輕人依然保有以前生活的模式。留在部落的老弱婦孺雖然都不敢表白內心的無奈，但可以感覺到每一個人在內心的荒原裡，彷彿處處是鵪鶉的呻吟聲，連停在草叢裡的達瑞卡歪外[27]，原來是為夏日陽光的讚頌協奏曲，卻滲了濃厚的哀鳴如安魂奏鳴曲。

黃昏淡淡的炊煙裡，無不在述說家家已經不再是往日那興旺的爐灶之外，也在述說：「所有的木柴已經快要用光了。」以前少男少女溫飽的喧囂聲，在月光下再也聽不到。黃昏過後月下情歌也不再了。深夜寧靜裡摻了越來越濃厚的淒涼。連貓頭鷹的歌聲彷彿滲了多一點悲涼的叫聲。散落在郊外之羊群偶爾鳴笛，也如同是最後晚宴的驪歌，因為牠們可能也感知，當中不知道會是誰輪到，明天就要離開往日落地平線那裡，從此之後永遠消失。

五、部落喪失元氣

於西元 1968 年，相思樹正是花開的的季節，也就是 5 月 25 日梅雨季節。一群將近二十位大大小小的人，背負從叢林裡偷偷採下來的東西要下去水門賣。他們很幸運地把所帶的東西賣完之後，並採購完補給在山上的生活所需，正準備第二天沿南隘寮溪回家。但傍晚突如其來下至深夜的豪雨打斷了原本要回山上的行程，使他們次日早上不得不經北隘寮溪之日本古道回家。當來到達拉達來吊橋並正在過橋時，突然一閃雷電擊中吊橋上方右側吊掛的主線使瞬間斷裂，正在過橋的人當中，包

括：哲默樂賽‧卡勒盛 (1918-1968)、巴力‧撒派、沙吉烏‧佧嘟 (1918-1968)、阿爾部‧德盛、巫達拉妮‧部哩丹妮、沙默稜‧達哩瑪絡、以及巴哦勒池‧達嚕阿蓋等七位掉下北隘寮溪深谷，其中只有一位巴哦勒池‧達嚕阿蓋奇蹟般的存活下來。

　　當年才九歲國小三年級的喇撒樂‧卡勒盛正好在當中，他回憶並描述道：

　　「早上的天氣是晴空萬里，一路上並沒有任何感覺天氣會變壞的徵兆。我們來到南隘寮溪開始涉水時水勢還是很小，來到水門時，也有很多部落的人在採購東西。等到下午，雨突然下個不停直到夜晚。部落的族人一群不期而遇的在同一個地方相聚並且夜宿在同一個屋簷。到了早上，老人家們商量是否能夠朝原路回家？可是大家都已經知道河水暴漲到不能沿河川回去了。」他又說：「我們想要出發時，雨勢仍然很大，等到雨勢較小一點的時候，我們一夥人同時出發沿著經三地門進入日本路要回家。我們來到達拉達來吊橋那裡，幾個小孩子們先走在前面，好幾個比較年長的尾隨在後，我的父親是其中之一。不料一閃雷電，吊橋上方右側那一條索被擊中而斷裂，使橋面向右側傾斜。而我不知不覺右大腿被鉤上懸在半空中搖盪的同時，眼睜睜地看到年長的那一群從橋面掉下去，也親眼看到老爸掉下去。我奮力地爬上來依著左邊的欄網才靠岸的。」

　　這個重大的公安意外事件，撼動整個屬南北隘寮溪以及屬啦瓦爾群同胞。尤其是達拉達來部落的族人，當他們聽到這個消息時，在第一時間立即趕下來協助我們古茶部安人援救並提供食物之外，還繼續沿河道尋找流失的人，並處理或搬運屍體

帶回家鄉。我們屬古茶部安人之所以對達拉達來部落始終難以忘懷也就在此。

如今，夏末秋初的今天陽光依然，整個大地的花草樹木青綠依舊，但四十年前之夏日五月底的噩夢回憶裡，那深夜裡風帶著細雨濛濛中，我們整個屬古茶部安人度過近代歷史以來，內心裡最孤獨而極為淒涼的五月。那時，我們每一人的內心裡不時地疑問：「為什麼是這樣？」無數個為什麼？總是理不出答案。還記得不僅是我們所有遭難的家屬，個個頭上都戴著黑色的殤布之外，我們整個族人也都在一片濃厚的悲傷籠罩中。這一幕永遠烙印在我們的記憶裡，而這個遭遇是農地緊縮政策之後不得不改變生活模式所造成的結果。

那一座吊橋是日本人架設的，但架設的年代上一輩的人也不知道。接著於民國 34 年自從國民政府執政以來至民國 57 年，這座吊橋已經二十三年了，期間有沒有維修過我們完全不知道。我只知道當過橋時，就像波浪搖搖晃晃，踏板也已經腐爛不堪。即使沒有被雷擊中，當時幾近二十位正在過橋的人，又怎麼能不斷裂呢？

在這個公安意外事故發生之後，又過六年於 1974 年（民國 63 年）又瑪克牧師透過循理會向該教會之行政機構募款，得到贊助興建鋼索吊橋一座於瑪家村下方之南隘寮溪。當時是由太平洋美國第七艦隊之美軍興建，並由我們屬古茶部安人配合施工。但在施工期間，發生村民希細哩‧咕巴阿撒妮因而身亡。雖然吊橋已不復存在，但每當夏日雨季時，又瑪克牧師、鋼索吊橋，還有希細哩老人家，始終令我們難忘。

六、九年國民教育發布

最後的政令「九年國民教育」即將馬上執行，接著又發生吊橋意外斷裂的事情之後，老一輩不得不把最切身的問題搬上檯面：「我們要往哪裡走？」的議題。我們永遠難忘前任第九屆村長卡啦哇尼‧嘟依哩底，以及當時的鄉代蓋弩安‧達依拉丹、巴哦勒池‧達巴阿郎，雖然他們已經感受到在這個時代的壓力，非得需要貨幣與消費才能活下去，而且才能應付學生的需求，但他們仍然不太主張大遷移。因此他們不厭其煩地向地方政府請求開一條只是產業道路以應付當下的需要，但最後地方政府以「沒有經費」婉言推卸責任。

卡啦哇尼村長、蓋弩安和巴哦勒池兩位鄉代，並又主張要從阿迭爾部落要將電力拉下來部落，但為了要拉電籌備，每家仍需付出三萬元的代價。然而這龐大的配合款又要從哪裡拿出來呢？還記得我表姑媽一家人雖然吃的並不缺乏，但是現金幾乎完全是空空的。所以為了籌出三萬元自備款也傷透腦筋有一段時光了。

有一天，大表弟自告奮勇地提議說：「我想要學習別人去投入遠洋漁業當船員……」表弟還加強語句對表姑媽說：「媽！聽說：『去海洋打魚時，不小心運氣好時，白素有時候會賺到一竹簍。』」表姑媽雖然聽說過並知道當船員很危險，而且當船員最不好的地方，是人一下海洋需經過兩年或更久才能看到自己的孩子。但因大表弟想為將來的家能夠有電光之自備款的一份心意，所以表姑媽想：「大兒子每一個月必然有安家費，終究比完

全沒有預期之可能性還來得好。」於是她勉爲其難地答應了。

　　當大表弟離開家鄉下去高雄時，她和姑丈仍然陪大表弟，一則送行一則她想：「若有可能的話，先預支三萬元爲光電之自備款。」但他們到了高雄那裡，沒有想到漁業公司不僅不能預支那麼多錢之外，能夠預支的限量也只能是船員本人在海上生活所需。表姑媽和姑丈倆在碼頭，帶著淚水眼睜睜地看著自己的大兒子，從他們的眼前緩緩離開後消失在汪洋大海。他們帶著內心不如預期之挫敗感又折返經過水門買幾個饅頭放在背網裡，準備萬一在途中餓到休克時應急之需，然後開始往山上之遙遠的路。

　　每一家必須籌足自備款繳交之後，才能被登錄在拉電的名單裡。她從別人那裡聽到說：「有人以自己的孩子抵押給平地大老闆，然後可以先預支相當量的錢……」她看一看自己的老二，雖然他稍微已經長大了一點，但還不會打理自己的儀容。我只知道二表弟除了知道吃飯以外，完全還不知道什麼叫做家。我也並不知道姑媽以什麼方式說服我二表弟？她透過別人的介紹，已經有一位老闆願意收納他。

　　有一天，她從我們家裡經過，在我們家裡外面稍微停下腳步。母親早已先打腔地說：

　　「妹！你們要去哪裡？」

　　「我是想帶孩子下去。」表姑媽說。

　　「要做什麼？」

　　「我要送孩子去工作。」她加以解釋說：「因聽別人說：『把孩子送給有錢的老闆工作，就可以預支三萬元。』」

「為什麼一定要有電，然後做出非常不人道的事呢？」

母親看著二表弟一臉流著鼻涕又一臉木訥的樣子，迷惘的眼神和零亂的心情，周旋掃描的瞳孔，似乎是在疑惑抑或是疑問人間似的。

我猜想姑媽帶著二表弟要下去，二表弟應該是完全並不知情，並內心說「為什麼依吶[28]對我說話那麼溫柔？為什麼依吶特地從山上要帶我下去？」而且他完全不知道這一去，走在這一條路上是最後一趟。我也看到姑媽的眼神，彷彿是爛心木的嫩芽，曬到陽光一段之後，總是那樣地憔悴。使我可以感覺得到並體會她必定有不得已的苦衷和淚水。

之後，他們倆母子從我們家消失。我們諸多的想像說：「表姑媽又如何帶一個還那麼小的孩子，走在一條那麼遙遠的路？又如何從水門坐公車到屏東，再從屏東車站搭乘夜班火車到指定的地點？」我們又憂慮姑媽內心裡說：「又如何與老闆預約地點？到了那裡又如何與老闆接洽？」我們又想到要接受這個孩子的老闆，他一定是知道我們的背景，所以他必然地很驚訝而內心說：「怎麼以這種方式，把自己還不懂事的孩子抵押給他？」

我二表弟就像待宰的羔羊完全不知情，他仍然隨表姑媽的意思勉為其難地忍下來接受夢幻似的安排。到底是什麼力量讓表姑媽為光電的事情那麼地焦慮？難道沒有電就會死嗎？我們又想到當她和老闆完成交易之後，又是以怎樣的心情離開她靈魂中的二兒子呢？

以上所提到的，只是部落社會問題的一角。在部落裡原來

28 依吶 (Ina)：魯凱語，即「母親」或「阿姨們」之通稱。

還有很多活活潑潑的幼年小孩，在此時段，突然莫名其妙地一個個消失，就是因爲這個原因。

　　當我們整個部落還沒有籌足拉電的配合款，就更換了新一任村長和鄉代表。我們部落新任的村長古喇希哩‧阿魯拉登、卜依靈‧嘟瑪拉拉德，以及撒卡勒‧沙哇魯兩位鄉代表，便開始研商前任留給他們拉電的議題，於是最後的結果認爲說：「只有拉電並不能解決部落當前實際的需求，只有選擇大遷移才能解決切身的問題。」之後，便開始考慮遷村預定地。當時第一個被考慮的地方，是在三地門鄉境內之原來的屬達爾瓦叉樂[29]部落古代遺址，另一處是源自六龜溪和濁口流溪之匯流三角洲地帶，另一處是往麟洛的途中之大同農場，還有一個地點是內埔農工下方的空地，但族人總是因不捨離棄祖先打造的家鄉而猶豫不決。最後，他們三位爲了要解決以上的問題，於西元 1975 年（民國 64 年）的村民大會時，將遷移的議事提案正式搬上檯面，要讓所有村民參與選擇地點。我們的上一輩都認同遷到巴拉里巫魯（並非嘟啦勒歌樂）地段，並在所有的村民大家都舉手表示贊同之後，才將遷移案呈報地方政府。

　　正式提交縣政府辦理遷村計畫議案後，經由當時的霧台鄉鄉長吉喇吉烙（顏金一）和省議員達拉哇格（華嘉志）積極配合向政府爭取，終於在民國 66 年 7 月核定遷村至轄區內之地名叫巴拉里巫魯地段，該地段是霧台鄉公所 1060 號公有地。距離最近的平地水門村約十二公里處。

　　在這一代的長輩們，姑且是爲了方便就近平地以取得生活所需，也爲了減輕就近文明就醫的路途遙遠。但動搖他們對故

29 **達爾瓦叉樂（Taravacale）：** 現在三地門村是由Timure、Taravacale、Salhalhao、Pinaula 四個部落所組成。而 Taravacale 遺址是在現在的新達拉達來下方，與舊達拉達來遙遙向望。

鄉的熱情最重要的原因，是為了子子孫孫能夠有好的環境受教育而決定遷村。但非常令人遺憾的是在做決定之前，我們並沒有以宏觀的態度和心智謹慎地評估遷移之後任何得失之可能性的問題。官方也不以良知地沒有做任何環境評估，讓我們盲目地遷移下來，於是當要面臨未來要發生的可能性於萬一時，完全不知道是誰要負這個責任？

我還記得要簽約的那一天，我們整個部落的人都在遷移預定地就地開會。那時代表國民政府的是達拉哇格政務委員，而我們霧台鄉鄉長是吉喇吉烙。我們部落所有的耆老都下來至遷移預定地嘟啦勒歌樂，就地點再開一次會議。我們的耆老們仍然不同意遷到嘟啦勒歌樂，因為他們覺得「這個地方很危險……」並由我們當時的村長古喇希哩請求說：「我們能否遷到上面巴拉里巫魯 ³⁰ 地段之原來屬啦崴安 ³¹ 的老聚落，只需要政府從左邊源自瓦陸魯部落下方地段，原來是預設日本古道那裡，開一條路只是到上面巴拉里巫魯那裡而已。」但政府仍然不肯讓步說：「政府沒有這個預算。」於是耆老們在不得已之下就地簽下以自己背書的遷村計畫書，而就在此，我們自個兒自己掉入陷阱。雖然我們看來政府並沒有以行政命令強迫我們非得一定要遷下來，但也不能與政策下之隱形的策略所造成的結果脫鉤，所以令人感到非常遺憾。

七、在山上生活的哲者

我們在古茶部安部落的耆老撒卡勒・哩哇哦烙。他老人家

30 巴拉里巫魯（Palhalhivulu）：位於嘟啦勒歌樂地段上方，那裡原來是屬排灣部落的分支古代聚落。

31 啦崴安（Lavingane）：是古人對屬巴拉里巫魯的人之另一種稱呼，例如說：屬巴拉里巫魯地段之屬啦崴安人……

是住在我們家下方的鄰居。當我們的認知尙在無知的迷濛裡，他已經知道在這個地方怎麼生活，便在東方一處他的墾地達喇格廊地段蓋好夠他使用的石板屋，然後帶著他最心愛的老奶奶達吶娃絲，在那裡離群索居享受地上伊甸園般的生活。他在那裡開墾耕作，就地採收就地享用。他不需要每天一定要回部落之外，也省了背負重物的壓力和麻煩。他們倆自己創造一個屬於他們的小小世界，有自己獨立的太陽和月光，除了他們兩位之外，還有一位上帝獨獨光照他們。但是，很不幸老奶奶達吶娃絲先離去，獨留吾拇撒卡勒繼續硬撐送走他們這一代歷史最後的晚霞。

當老奶奶達吶娃絲過世之後不久，部落已經開始籌備遷下去。但他老人家決然選擇不跟部落遷下去，而寧可選擇繼續留在他們原來的田園之心靈家鄉。後來他老人家在玉米田正在採收時，就在那裡結束他的一生。

當我聽到這個令人心酸的噩耗時，我默默對他老人家說：「我們最敬愛的吾拇啊！您爲愛情留下給我們最完美的詮釋，也爲我們的部落打造一條最有智慧且崇高的生活模式，但我們爲什麼學不來？」我沉然默念表示對他老人家之最高敬意，內心說：「我的奶奶已經在那另一永恆的國度，必然地在那裡等著您。」我低下頭來靜靜地思考，回憶中浮現他們可愛又溫暖的目光，我彷彿看到他們乘風浮雲地，在深夜裡月光下揚帆航行，穿過一道如他們倆之家名嗚哩哇哦烙（Ulivangerao）之概念含意，即「豔麗的一道彩虹」之後，他們乃進入寂靜的永恆國度。

心靈孤寂中的舞會。

達拉達來吊橋之下方舊橋。

遷移預定地——嘟啦勒歌樂。

第三章　部落大遷移

一、我們開始遷移大動作

　　西元 1978 年，也就是民國 67 年的那一年，終於宣告聲劃破寂靜的晚上。我們盡快地衝出大門蹲坐在陽台等待聆聽。後來說：「可以搬家了……」

　　那一天晚上所聽到的，眞不知道要高興還是要悲傷？我們一則喜悅是內心在說：「我們終於要脫離患難歲月。」又一則感到悲傷內心裡又說：「我們又怎麼能忍心離開自己的祖先？」

　　那一天早上，除了幾家對故鄉有那麼一點情感，請地方村幹事古阿勒（杜冬振）先生幫他們在自己家園外面拍一張留念之外，其他的人都沒有留下影子。但我相信大家在古茶部安生活過的人，對這個悠久歷史的部落必定有濃厚的感情和留戀。我們的祖先並且深深知道，祖先們千辛萬苦地以幾千年的變遷歷程帶領我們，在這裡不僅照顧無數的靈魂，我們也被照顧才使得我們有今天。

　　長輩也應該是難以預料時代會改變，我們的苦難已迫在眉頭，所以都沒有舉行任何儀式向還留在老家鄉的祖先表示感念與告別。有一古老的習俗說：「永不可以說溜了嘴說：『我們要搬家……』假如你的宿命不想跟著去那裡時，會無緣無故地藉

帶領我們大遷移的村長古喇希哩‧阿陸阿啦登之離開前之一幕。

著某一種原因而提早死亡。」有可能是這個原因，使大多數的人把大遷移只是以平常心來看。也可能是大家的心裡覺得「只是去野外耕地，並不是絕對離開故鄉，明日還會常常回來的念頭」。但誰也沒有料到，這一腳一踏出不僅是宣告我們在古茶部安的歷史就此結束，也同時宣告歷史新頁的開端。也不僅是現實生活的改變環境而已，連我們本身在內心裡，也正在妥協一個未知並無法預知的領域。

又一則宣告說：「可以把自己的家先拆卸下來，然後把部分的木梁帶下去繼續使用，可以減少從平地購置木材的開支。」從經濟觀念好像我們做對了，但是現在想起來，破壞很容易，復原最難，所以損失大過於真正的意義。怎麼說呢？也就是說：「不應急於當年一定要拆卸。應先下去把房子蓋起來，直等到非得需要，才上來把房子拆卸下來。」但我們太急著搬下去，所以不經深思便把房子給拆卸下來。

但到後來，我們慢慢才感覺出付出了代價。因為我們帶下去的木材只是幾根而已，而我們卻失去了祖先留下給我們的老家之外，連我們內心相對也帶來中空的失落感。假如當時讓內心稍微平靜下來，或許智慧的亮光必然地照耀下來，使我們懂得保留有個好處，不僅讓我們對祖先並不會感到歉意外，內心裡因擁有兩個家，而內在精神仍然會感到溫暖和安全感。

在當時有一位非常有名的外國藝術家，曾經在民國 57 年時去過古茶部安。當他聽說：「古茶部安已經沒有了。」他對我說：「非常可惜，那裡才是你們歷史以來真正的價值所在，也是祖先以生命打造的真正藝術品。」當聽了別人這麼說時，

除了爲我們的無知而感到難過之外，也只有在內心感到可惜。也爲在這個時代的我們，實在是缺乏一位智者以指引而感到遺憾。

我還聽表哥卜依靈說：「當時主要的建材是由鄉公所統一標購外，還動員整個霧台鄉二十歲至六十歲的男丁，幫我們把舊部落的木梁搬運下來。」可惜當時我仍在外地讀書，所以並沒有親眼看到搬運材料從古茶部安下來之壯觀的行列。但聽別人說：「大家都扛著細細長長的橫梁，來到保報大斷崖之狹窄又彎彎曲曲的小徑，因恐發生意外而把橫梁直接從上頭斷崖邊緣輸送下去衝到溪谷，所以橫梁不是斷成兩截，就是已經有裂痕。」不難想像經濟效益不大之外，且動用的整個霧台鄉的人力與耗費時光的損失就更不在話下。

二、早期的臨時工寮

西元 1978 年（民國 67 年），古茶部安部落已經遷下來嘟啦勒歌樂地段正在開始爲新興部落動工規畫和整地。當時，大部分族人都已經下來暫時住在部落預定地之東邊搭蓋的臨時工寮。臨時工寮雖然非常簡陋，但是臨時學校也都有。於是讓人覺得我們部落的老人家們，爲自己的家事大搬家一定很忙碌之外，他們仍然都能顧到這樣已經很不容易。

當看到最原始茅草臨時部落時，彷彿又看到我們遠古祖先於兩千年前的情景。當我們的祖先，從洞穴文化走出來，開始進化爲茅屋文化的變遷歷程。但想起來，我們的祖先是爲他們

阿喇思‧卡峨勒格勒之無奈的心情。

能進化成茅草文化的成就感。而我們居住在茅草屋是當跳板過程而已，因為將來不久就要搬進去入住新家，而且是就整個歷史以來最豪華又很文明的村落，所以我們心裡覺得不會自憐。那時，看著大家的容貌都散發出像早晨的陽光般的喜悅，且內心也沾沾自喜地心裡說：「我們往平地之遙遠的路上，終於鬆一口氣了。」

我們在茅草屋之臨時村落的同時，叉瑪克・沙哇魯（1967-1978）、巴娥樂絲・阿巴哩屋素（1899-1978）、喇布努素・達巴阿郎（1975-1978）、喇娥慈・達巴阿郎（1906-1978）、巴魯咕陸谷・卡達哇丹（1888-1978）、馬勒阿尼・巴達哩怒咕（1927-1978），以及底瑪瑪娃妮・卡勒盛（1905-1978）等七位族人。其中五位耆老前輩族人陸續離開我們，使我們內心裡並不意外，但也令人感到非常遺憾，因他們來不及看到孫子孫女們的新住處。但古人有一句話說：「*Ku miaia kikai ki sakualhi sasikai ki la tua gagane lini, adra ka kadrua ku si-kualivane lini?*」意思是說：「像這樣艱苦地為子子孫孫，何以不有因操勞過多而帶來的疾病？」雖然如此，五位老人家能夠從古茶部安故鄉送我們一程，也讓我們感到安慰了。

在這五位先走一步的耆老們當中，我們的吾拇巴魯咕陸谷大概是最老的一位。當日據時代來臨前，他已經是二十三歲了。他一生中走過日據時代的大正時期，也走過昭和年代，接著又走過中華民國時代。想到他老人家讓我們很感動地說：「您是我們在古茶部安的生命歷史的地標，您能夠送我們一程下來，實在不容易，當您走到我們祖先的國度，您即將告訴我

們的祖先，您所看到的一切，但您絕對不能告訴我們的祖先說『我們遺棄了山上的家』，因爲當他們聽到的時候，他們也會流眼淚的。」

而令人感到最遺憾的是對叉瑪克・莎哇魯和喇布努素・達巴阿郎兩位還嫩芽的小男孩，因他們沒有能夠來得及長大，並且能夠看到他們所指望的新興部落，對我而言，我彷彿在舊古茶部安，夜幕才剛拉下來，他們就像是上玄月初升，早已在西邊緩緩西沉中。雖然人生走過人間並不怎麼好過，但我們沒有能夠看到他們長成之後的風釆，讓我們感到非常惋惜。

古人說：「在人生變遷的過程裡，一回看到新興的樹正在成長，卻少不了樹底下已經有了落葉和枯木散落一地。」縱然我們已經在新興部落而皆大歡喜，卻也摻了淚水。但是我們爲了我們後來的子孫，大家仍然勇敢地面對。這是最難能可貴的精神。因爲大家以生命投下在這一塊土地，也使大家對新興部落種下更深層的情感和永不動搖的心念。

新興部落在鄉長卡巴魯（杜國夫）及主辦課員陳獻榮先生兩位的全心投入心力之下，協助興建各項公共設施，排水溝、道路、橋梁等工程且由政府全額補助。當看到了基礎建設之各項設施時，默默地感到安慰之外，但最令人難忘的，是那時候的卡巴魯鄉長，在建設大馬路時，他親自下來跟我們一起工作。

除此之外，他還爲我們著想，希望把舊瓦陸魯部落原來的耕地，能夠與我們在古茶部安所有的耕地做交換，以減輕回去跋涉遙遠之苦。大家都參加測量之外也領了地號，但最後的結

果是林管處說：「你們在古茶部安的土地之地上物沒有任何價值……」這一句話又再一次打擊重傷我們的自尊心。耆老們內心裡都說：「你自己暗中畫大餅把我們所有傳統土地領域包括獵區，尤其我們賴以為生的原始森林，包括：北方之巴啦哦埌，東北方之奇吉哩安等等地段都已經納入你的口袋，又掠奪大部分的耕地，剩下那狹小的耕地空間留給我們，而又說『沒有任何價值』時，我們永遠無法理解。」但是耆老們完全不吭聲。而當政府只有補助每一戶三萬元時，老人家都在暗地裡說：「那只是以紅藥水在療傷我們而已。」

但話說回來，當大家提出來發出內心的無奈時，或許會很難過。但用另個宏觀的角度去想，國家替我們保護我們原來的土地，因為歷史永遠坐在那裡，所以那裡有祖先永遠守望。而且山林很有個性，處處都是斷崖峭壁，所以國家永不會把那裡的國土和地上物帶走之外，那裡長有千年以上的老樹，所以我們永遠有機會再去看它們。

又因我們的國家在保護，所以那裡的動物越來越多。只要你有意去那裡聽一聽山林的話，和其中各樣走獸的鳴笛，你會感到安慰說：「我的靈魂何其有幸，我祖先留下給我的寵物處處是牠們的歌聲。」

當時世界展望會贊助每一戶四萬元，並提供炊具和生活用品，並為部落購置兩部汽車小貨運，使族人往來於水門和去醫院看病時更便捷。我們何其有幸地有那麼多人很關心我們，並以實際的需要協助。就在每當我們有難時，世界展望會，總是在協助我們，於是族人慢慢打開內心說：「怎麼會有這樣的慈

善機構那麼慷慨解囊？又是什麼力量協助我們這一群對大社會來說，並沒有多大的意義的族群？」於是大家開始瞪眼試著尋覓這一座普世教會，但我彷彿只聽到遙遠的鐘聲，卻找不到鐘聲來頭特定的位置。從此之後，我雖然找不到祂，但祂一直是我永恆的信仰與崇拜。

三、早期的精神

我們下來嘟啦勒歌樂之後，新興的部落在大家的日夜期待與祈禱之下，終於慢慢地呈現出來。即使在大家內心裡尚屬不完善的工程，但總是有力出力，以非常簡陋的工具一一完成，也因此才加速建設工程，尤其是建材運輸。我聽到大妹瑟樂泊說：「有時候，當路段崩塌或被水沖垮，我們都能以人工開關以木材砌成的橋梁。連殘障不能走路的或耳聾的，都會在一旁觀看並鼓勵在工作中的族人。」

我從當時的村幹事表弟古阿勒的檔案裡，在一層層的底片尋找留下這一段的記錄，連我在古茶部安的鄰居 Chaingao Biciulane（1945-1993）都可以看到他珍貴的影子。因此深深打動了我的心，於是在我內心說：「朋友！我為了彌補你的淚水，我何能不為我們族人寫下這一段艱困的歷史歲月？」

在河流疏通車道。

為飲用水工程。

第四章　我們的新興部落

一、部落的形式與格局

　　從東北方之屬巴拉里巫魯地段最邊稜線翻過來，居高臨下就可以看到新部落，就像深綠色未經雕琢的玉翠，橫躺在南隘寮溪畔。南隘溪就在下方，彷彿是一位婦人放著一條長長的細線，正等著她丈夫把玉翠雕琢完成之後，很有系統地排列正準備串連之後並戴在頸項。又從西方的山頭遙望著那裡是個平平的台地，不具正方形的台面面向南方。千篇一律都是相同的模子，條條筆直平行的巷道，又彷彿是一位美麗的姑娘她肩上的圍巾——哩嘟咕嘟咕[32]，一律面向她漂亮的容貌。當我們聽到南隘寮溪的流水聲，彷彿是一位大提琴家正為我們演奏一首永無休止的協奏曲，我們才醒悟真的已經來到地上的伊甸園，在那永流的生命水的溪旁。

　　部落的面向靜觀聆聽演奏者南隘寮溪，再望過去是屬排灣[33]部落的地段相思樹林立，樹林間眾多的獼猴小丑般地在半山腰為我們逗趣。當晴空萬里，各種飛禽類在空中開始形影滑翔正在詮釋新興的故鄉之永恆的開始。

　　我們的大頭目咕依・卡拉依哩，當他看了這一幕，情不自禁地以雙管鼻笛詠道：

32 **哩嘟咕嘟咕（Lhitukutuku）：** 魯凱女子服飾以外特別刺繡的圍巾。

33 **屬排灣（Su-Paivane）：** 現在屏東縣瑪家鄉境內之筏灣部落的古名。

哎～依！我的故鄉

哎～依！幸運的子孫們

你們得天獨厚地擁有這一幕。

　　我們在內心裡無形中跟著徜徉飛舞歌唱。而這一幕又是短暫又常常閃過。我們想從累積的美夢中天長地久，想編織成永恆難忘的回憶。

　　新部落北方是矗立的斷崖，彷彿是一位巨人盤坐著擁抱守望著琉璃般之族人的家屋。在我們內心裡安逸地說：「誰能夠侵犯我們的國度呢？」朝陽是從部落面向的左邊升起，陽光掠影而過之後，又從右邊隨著南隘寮溪流出的盡頭緩緩西沉。深秋月圓接著神遊在他藍色的王國，日夜交替照耀著大家。或許帶給我們這一幕的時光即將要遠去，但在回憶裡仍然如斯。先走一步的耆老們，或許已經在另一永恆的國度，又或許那裡的月光比人間更明亮，但他們又何能忘記這一幕呢？

　　雖然我們的新部落是在低矮的山谷中，但早上的風是由海面沿溪谷吹來，深夜裡的落山風是在凌晨交錯更替時，連在沉眠夢中的人，都可以感覺得到當他們換班時悄悄細語般的連續。

　　在國小與第一鄰之間還有一條分隔大馬路，之後是橫向的路面，從前面的大馬路算起，共分隔為六到七排，每一行住家前面有車子可以通的小路，第三排之後是大馬路。又從前面以縱向面積，每一排四個住家就有一條縱向大馬路。就整個部落

就有四條縱向大馬路，也是鄰與鄰之間分隔線大道。遠遠看來又彷彿是女人禮服上之十字繡的圖案。從這一點看來，卡巴魯（杜鄉長）處處為我們將來的子孫設想，連沒有鞋子穿的，都會覺得地上鋪設的都是滿滿的愛，讓內心裡不會自憐。

從第二鄰之後，前面是部落的議事會議建築物，再來是綜合活動中心。最邊緣是派出所，以及後面的警察人員宿舍。由此可知，我們何其有幸地連日夜看顧我們部落的治安都被考慮進去。

我還記得被派來看守我們部落治安的人員，大多數是我們所熟悉的面孔。看著他們的容貌是那樣地輕鬆自在，不像在平地我們所看到的警察身上都佩帶著武器。而是寒暄幾句之後，親切的語調，是耐人尋味的「等一下下……」

西元 1980 至 1981 年，終於順利完成我們的新部落。當時的省主席林洋港先生蒞臨新部落主持落成典禮時，整個耆老們默默的懷念古人說：「祖先啊！感念您們的能耐，從永遠的悠久以前迄今，使我們有這幸運的一代人。假如我若還有機會重新再來過，我會選擇在這裡……」

前內政部長林洋港先生還特別為我們部落種一棵大榕樹表示說：「願你們就像我種的大榕樹，隨著它的成長而繁榮起來。當它成大樹之後，或許那時候的我已經不在人間了，但是，當你們看到了我所種的樹時，表示我永遠與你們同在。」

部落的漢文名稱「好茶村」是中華民族給予的。但在大家內心裡真正的名稱是「古茶部安」那才是我們的祖先從歷史生命中，一路走來以脈動和現象而取得之最恰當的名稱。那是我

們在老故鄉東方的巴拉都達尼[34]，永遠以他頭上的夏日陽光照耀下來的古茶部安。我們在聖地巴魯谷阿尼的祖先，在靈魂王國裡所登錄之部落名稱也叫古茶部安。而從中央山脈之茶哩卡哩卡樂[35]那裡的祖先，當冬天寒冷的季節裡，深夜黎明以晨星光照，接著以日曦繼續光照我們的生活，使我們彷彿感覺上天獨獨光照我們。當阿魯阿尼[36]以她那永流的乳奶——水源地餵養我們的時候，她並不認識中文名稱，只認識我們原來在這個土地所給予我們的名稱古茶部安。甚至於不必呼喚我們每一個人的名稱，她只以她所熟悉的生命氣息擁抱，就會認出我們是屬這裡的孩子，連我們的背影之一舉一動，她都深深地知道是在這裡長大的孩子。連在深夜裡，憑著吹來的微風就會感覺是屬哩咕烙子民的孩子。

當我們下來新部落的時候，她都知道並對我們說：「孩子們！搬到下面一點無所謂，因你們仍然還在我的懷裡，並且仍然還在吮吸我的乳奶……」她又以親切的叮嚀說：「當你不如意時，記得早一點回來，我在此等你，而且永遠等你。」

她還對我們說：「請記得，這裡是你生命和靈魂的永遠家鄉。你要去的地方正好是文明與原始之分界線，當你要學習文明之新的知識時比較方便，而當你想要學習人生之深邃的學問，或若想要親身體驗祖先打造的原始國度，只要爬過保報大斷崖峭壁，經過紅櫸木休息區休息一會兒之後，就可以直覺接觸山林的地方。這裡的學問可多的很呢！」

自從我們下來之後，當有人生病時，我們再也不讓病人煎熬於病痛和路途遙遠，也免去背負運送病人下山之苦。去平地

34 巴拉都達尼（Parathudane）：位於舊古茶部安東方之一座山（海拔 2,736 公尺）

35 茶哩卡哩卡樂（Caligaligalhe）：位於舊古茶部安東南方中央山脈茶埔岩山之古名（海拔 2,360 公尺）。

36 阿魯阿尼（Alhuane）：位於舊古茶部安北方井步山（海拔 2,066 公尺）。

讀書的孩子們，不僅都在我們的掌握之中，每個週末都能夠看到自己的孩子回來，並跟我們一起度過週末假期。而去各地方打工賺錢的年輕人，也能夠隨時上來送食物給我們在家裡的老弱婦孺，順便撒嬌一下艱苦中打造的村落。

　　我們早期的生活，雖然還是依照在山上時的生活模式，但是縮短了從山上下來到水門之間來回奔波於遙遠路途的煎熬，也使我們覺得從山上下來最大的意義也就在於此。而我們原先以為還會常常回到山上老家的如意算盤，在故鄉毀了也就失去了吸引力，且又因為太依賴文明所發明的代步工具，因為習慣了有輪子帶人移動滑行之便，且慢慢上癮到無法自拔。於是原本生命內在潛能，也就開始慢慢軟弱了。

二、文化再現

　　當我們從山上老家下來，雖然我們失去了部分老人家，但在新興部落仍然還有很多老人家在我們當中，就像爐灶裡那耐火而永不熄滅的柴薪，使人感到溫暖，而國寶級雕刻家力大古老人家，在部落前面大馬路下方為自己搭蓋他的打鐵工坊，然後是以啄木鳥般的敲擊聲，讓無論在何處的我們，都能聽到他雕刻刀的聲音，使人內心裡更不寂寞，並也想跟著學他搖身一變為家家都是藝術家。也讓人開始想：「我從哪裡來？我的祖先做過什麼？我是何等人？」因為我們的家屋形式和格局都是一樣，唯恐陌生人來就不認識這個家的實質生命內容。所以我們以自己家族就整個歷史一路走來的心路歷程，刻畫在我們家

的門前。

　　當我們還在山上的老部落，因為我們的祖先雖然有高度的語言能力，但並沒有留下語言的文字，所以除了幾個特殊家族，家屋前面簷桁有雕刻，前庭豎立有石柱以外，部落裡其他的家族都不可以任意改變這個社會倫理。屋簷是整個家屋如人的容貌前額戴在頭上的緞帶，那緞帶刻有這個家族頭目在歷史上帶領族人之所有的記錄。外面豎立的石柱是代表整個部落的中心。

　　當我們從山上遷下來之後，終於容許我們按照自己家族的歷史，可以刻在自己的家屋。當行走在新部落時，整個部落不論是貴族和平民共同的百合圖騰，以表明我們的人品如百合般地完美。這個是肯定的，因為我們部落裡家家都是善良的。比較特殊的少數家族，例如：勇士、獵人、訊息傳遞者等，即便是貴族或大頭目，在一生中沒有過的生命經驗，也就不可以隨便亂刻其圖騰。

　　除此之外，有的家族雖然不是大頭目，但祖先的血液裡也有貴族的血色，所以刻有具體之「阿嗎尼」（百步蛇）之圖像說：「祂是我們的守望者」之意。抑或說：「祂是我的長矛」之意。稍微厲害的人，不僅刻有具體之「阿嗎尼」的圖像，有的人還刻「阿嗎尼」前後兩段都有頭（例如以下的圖案），非常有創意之外，意涵就非常厲害。也有的家族之貴族的血色，因生命歷史沒有內容，所以血色已經漸漸地黯然失色。但又羨慕純高貴的生命地位，於是偷偷的刻有「阿嗎尼」的模樣，但又因怕被批評，所以故意地把「阿嗎尼」的外在畫成龜殼花。他

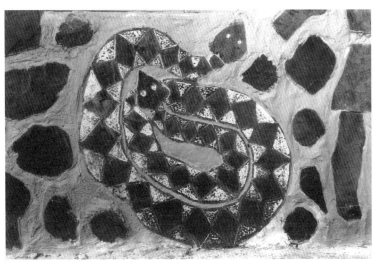

兩頭「阿嗎尼」為家裡的守望者。

也並沒有錯，因為龜殼花的魯凱語名稱叫「達哩阿勒卡伊」，
概念即屬高山冷冽的叢林之守望者之意。

　　但令我們最難忘的，是蓋弩安‧阿魯拉峨喇默（1920-
2002）。他在他的住處大門前面兩邊，刻有男性扛著陶壺，另外
一邊又刻一位女性頭上頂著陶壺。其刻的用意是因為其祖先曾
經一度是專門為大頭目日夜去水源地取水的事務。雖然我們看
來並沒有什麼了不起的工作，但蓋弩安的母親勒格樂歌（1889-
1998）老奶奶說：「令人感到榮幸的地方，是因為只有好心臟的
人，才能被邀請為專任取水的工作。」我們從這一點，可以看
出以前的老部落，連最卑微的人，都是部落維繫一個團結的精
神重要的力量。

因此，我們在新部落不僅是在打造遮陽避雨的地方之外，也希望打造一個對將來的子孫來說是具有精神感染力的地方。但我們殊不知眞正自古以來祖先留下給我們最具有感染力的，除了語言文化之外，還有留下給我們的石板屋文化。但我們卻把它放在我們部落前面不遠處成爲樣本石板屋，且裡頭沒有人文和血色，也就連蚊子都從不過問。或許祖先已經來不及告訴我們，石板屋的內在精神。我們現代人雖然在認知上好像很懂得思考，並能夠體認得出石板屋的變遷沿革。倘若不是細心探討石板屋的變遷歷程的人，當然也就不見得能體會得出從一無所有到創造的過程。但石板屋文化所能給予我們最寶貴的價值意義，是祖先爲了生命財產，才朝永恆性的價值意義。雖然搭建一間石板屋又費工又耗體力，但祖先考量生命能夠有未來的永續，石板屋的眞正價值意義，也就在此。其實再簡陋的石板屋，因爲是以生命打造的，所以石板屋的質量是內在精神，但它終究是我們自古祖先文化的彩衣，也是我們身爲屬哩咕烙民族的子民，唯一感到最榮耀的地方。然而令人感到最遺憾的是，我們卻把最重要的文化彩衣，隔離在外頭讓孤獨和寂寞圍繞著跳舞。

　　然而我們也不能太過於自責，因爲我們遭遇外來文明的衝擊，使人們暈頭轉向之下可能忙中有錯，這也是難免的。但也或許是上帝的安排，不然我們投入那麼多的精神，倘若並非是大家內心裡既有的藍圖，做起事來若不是內心裡想要的，或者說是整個部落大家的共識，其實做了也只有白忙一場，也就毫無意義。

三、第一個豐年祭

部落的獵人祭大約在 1960 年代，因新宗教的問題被迫熄滅。經過二、三十年後當我們下來新聚落的今天，大家終於覺得「豐年祭獵人祭的爐灶沒有點燃，總是讓我們覺得不像……」在經過四個宗教的認同之後，我們分別由四個鄰自行帶開。當四個鄰先後點燃祖先留給我們獵人祭最重要的煙火時，每一個鄰的煙火當裊裊上升，然後在空中交錯之後，又繼續往天上飄然於雲彩處。當時我們第二鄰的耆老叉瑪克・達巴阿郎（1901-1987），當他看到這個現像，遂說：「又彷彿我們還在古茶部安時，部落裡分別由卡嗚隆家族在阿哩萊喇忿祭場，屬哦默默斯區之屬古樂樂祭場，屬卡喇依廊家族在往阿魯阿尼之上方途中的達嘟咕目朗祭場，還有屬達嘟咕魯部落在哩阿米阿米係祭場。這四個煙火當同時點燃的情景……」他說完之後，便靜靜地抬頭目送我們第二鄰的煙火久久，內心似乎有好多的心思想要說，但他不讓我們聽到。最後，他很感慨地開口說道：「恨不得我能扣住歲月，更恨不得倒流時光……」

他這一句深遠的話，使人可以想像或體會。他可能想起當年還在老故鄉時，還是個少年人。他有一位名叫巴力的大哥曾於 1955 年擔任過古茶部安部落第五屆村長，還有一位名叫比阿妞的姊姊。他下面還有三個弟弟當中，其中有一位當過鄉民代表，但他比他先走一步。他現在還有一位妹妹，但因她跟著丈夫移民他鄉，所以已經很少看到她了。他想到的是當他的父親撒沙樂・達巴阿郎帶他們參加部落獵人祭的情景，而那時

候，他所想到的是獵人祭的煙火永不熄滅。但如今，當他看了這個場面，獵人祭的煙火形式完全相似，在不同的時代以及環境。於是我開口說：「阿瑪[37]！或許我還有一段路才能體會您的內心，但您這一趟來參加，並且親自指導我們在這個新興部落舉行第一個獵人祭，讓我們已經感到很滿意了。」

在第二鄰的煙火中，已經把要烤粟米餅的石片燒得通紅了。而年輕人把煙火的木火打散之後開始烤餅，在燜燒的同時，又馬克老人家開始把我們靈魂的便當分配給每一個人都有一份。大家在那裡享用靈魂的便當的同時，又看到又馬克老人家雖然已老邁，但從他的身材來看，他當年輕時應該不是普通人。他老人家很健康，容貌帶著老故鄉原有的氣息，穩重裡還帶有濃厚的柔情，尤其是他的包容。雖然他知道原來還在老家鄉時的祭場的爐灶已經變了樣，例如：以前是按照歷史脈絡而分出四個祭場，但現在是按照行政體系而分出四個鄰。但他仍然覺得「爐灶裡有火終比沒有好」的一種包容心。我把帶來的小米酒倒兩杯，並提給他說：「阿瑪！當想起我們還在卡巴哩哇尼[38]時……我們一起乾杯吧！」於是他說：「我本來已經不喝酒了，但是看到你就……」他又說：「獵人祭原來是快樂的，但在我這麼個老年人，獵人祭總是帶給我很多的想像中還滲了悲傷。」我回答說：「一切都在改變，而我們總是學不會順其自然而改變，總是停留在那往事，所以我們才那麼地辛苦。」

他看著烤餅已經拿下來，並親自操刀把象徵獵物的小米餅切開來，然後一一分配給我們每一個人都有一份之後，最後他提給我說：「奧崴尼！在獵人祭的烤餅原來是象徵獵物，但在

37 **阿瑪（Ama）**：魯凱語，對父輩的通稱。

38 **卡巴哩哇尼（Kabalhivane）**：魯凱語，即人間或靈魂永恆的故鄉之意。

此我要說：『就當你靈魂的便當³⁹吧！』因爲你還有很長的路要走。」當我聽到他這麼一說，令人情不自禁地流下淚水，似乎他早已意識到，今天我即將從歷史廢墟中，重新尋覓想找回族人過往的影子。

首次重新點燃的獵人祭雖然已經結束。但是，又令人想起經過二、三十年的歲月不舉行獵人祭，只因四個教派認爲獵人祭是非常禁忌。而今能夠以新興部落之新社會的融合新氣息重新點燃，實在不容易。我才明白獵人祭之深層的意義，除了藉著祖先留下給我們的「煙火」，然後引領我們思古追源，還要以獻祭給祖先分享我們收穫的成果之外，以及相聚時背後深層又昂貴的精神交流。

在此同時，喇部珠·咕巴阿撒尼正好從第一鄰的祭場緩緩走過來。我還來不及說出話，他已經先打腔地說：

「我遠遠看到你，於是我走過來想看你。」

「你是在哪一鄰？」

「我不知道我是屬哪一個鄰？」

「你講話要正經一點。」

「我是說眞話。」

「怎麼說呢？」

「我們的老爸不就是爲了那個鋼索吊橋發生意外身亡嗎？」

「跟這個有什麼關係？」

「當老爸死了之後，我們的依吶勒思樂絲·嘟瑪拉拉德接我到霧台被她照顧許多年。但已經忘記幾年了？」他說：「那時候我們的部落正好從老故鄉搬下來，所以我沒有被分到家。」

39 **便當**（Laulhi）：它只是一份便當，但在這裡是抽象名詞，是包含内心之永恆的愛。

「所以在嘟啦勒歌樂你沒有家。那你是怎麼生活？」

「有時候住在我二表哥撒卡勒‧達魯啦陸幕家，有時候是住在小表姊卡妮巫‧佧堵那邊的家。」

這個令人心酸的遭遇，深深覺得我在獵人祭才剛剛領悟的，最後反而我自己潑冷水之外還自己打耳光。

喇部珠，當他還小且還不太會走路時就失去依吶。而他的阿瑪希細哩與他相依為命地一個人在養育他。但因為北隘寮溪之達拉達來吊橋，發生公安意外而六個人掉下深谷死亡的事件後，他父親是為了協助興建鋼索吊橋，在施工期間，發生意外身亡。從此之後，留下他唯一的獨子喇部珠孤兒無人養育。而他遠在卡巴勒啦丹部落的依吶勒思樂絲，當聽到她以前還是少女時，最至親的夥伴麗阿絲‧巴拉娥嘟，她唯一的獨子喇部珠遭遇無人照顧時，便請人來古茶部安部落接他來到卡巴勒啦丹讓她親自照顧。

喇部珠難過地說：「我始終難以忘懷我們的依吶勒思樂絲，在那一段我孤兒的歲月，她百般的用心關照、養育我。但就在部落遷下來時，我還在依吶勒思樂絲那裡，所以部落並沒有留下一分建地給我，因此我現在還在流浪。」當聽完他的遭遇之後，使人覺得今年的豐年祭，縱然是八月中天空是一片晴空萬里，卻意外地令人心酸的霧雲帶著細雨飄下來。

在此同時，使我們聯想起他隔壁鄰居嘉瑪爾‧達勒阿朗，因他罹患脊椎 TB 病，長久臥病於床上。後來他去南投埔里愛蘭醫院就醫之後，他幸運地從鬼門關撿回一命。他為了感念醫好他的醫院，依然以老邁的年紀進入安息日會的學校，從初中

讀到高中之後，被安息日會安排他去蘭嶼傳道。從此，他的家不僅從我們部落消失，連他的家名也就從部落歷史消失無蹤。縱然我們發生很多令人遺憾的事，我們仍然覺得這一天是整個部落相聚的日子，於是每當這個日子來臨時，我們整個部落總是很快樂的，而且留下難忘且珍貴的回憶。

在嘟啦勒歌樂之樣板石板屋。

回憶中永不散的舞會。

左起：瑪斯格斯格‧阿哦樂安、巴魯咕陸谷、沙哇魯、叉瑪克‧達巴阿郎、名字不詳，叉瑪克‧哩哇哦烙、蓋瞀安‧卡拉哇丹。

第五章　自然界的信息

在黎明中我從容地醒來，惺忪的眼神透過玻璃窗格窺伺著窗外，微晞的晨光正在襯托著前庭的樹影，再遠一點跨過南隘寮溪對面長在陡峭的半山腰，可以辨別出濃密深黑的相思樹林，濃密深綠的樹冠正散布著黃粉色的花絮。

象徵不吉利的聖鳥咳哩嘻。

早起的咳哩嘻[40]在南隘寮溪鳴笛著「罪～～～」三聲長音，使人聽起來毛骨悚然的恐懼感和莫名其妙的罪惡感。其實這一種鳥聲，懂得鳥占之力大古老人家說：「這種鳥聲是不吉利的。」當想起還在古茶部安時，倒不常聽到這種一醒來就被說成「你有罪」以判決罪狀似的。還好，在鄰近郊外的啦啦依[41]，以兩種聲音交錯歌唱發出神祕的信息。先是在前面以口哨似的「ho ～～～！」一聲聲，然後再以「底哦得爾[42]～」之哀怨的旋律插曲悄悄細語般地發出，使我感染的內心把思維裡「罪」音，改成「醉」字，於是內心裡為這一天的朝陽開始陶醉。

我始終還記得舅公喇巴部說：「再美的鳥聲，再怎麼是吉祥的信息，若常常在部落的下方（或南方），那是對未來是不樂觀的。」因此在我內心裡彷彿是早晨朝陽下天藍中，開始飄浮著憂慮的雲彩。

在凹谷南隘寮溪旁上方峭壁，流水聲是由溪谷狹隘的水道向上發聲，永無休止的低沉鳴吟的回響，蕩漾在南邊陡峭半山

40 **咳哩嘻（Kalisy）**：紫嘯鶇（鶇科）：Formosan Whistling Thrush（*Myiophoneus insularis*）。

41 **啦啦依（Lalay）**：山紅頭（畫眉科）：Red-headed Babbler（*Stachyris ruficeps*）。

42 **底哦得爾（Thiedrere）**：據本人的參考資料，也是山紅頭但不同的叫聲。

腰中相思樹林，以及北方直立的峭壁之間。我們在新社區後面的人家，聽到半山腰溪谷的水聲，已經是北方的峭壁盪回來的回響。

家家庭院陽台林立著芒果樹和檳榔樹，年年開花所留下的層層痕跡，正在述說著從老故鄉搬下來，已經整整十三年多了。正值成熟的芒果和檳榔不同花絮相融之後的香味，似乎在述說：「人生還有幾回是開花結果的季節？」

早上，我吃了簡單的早餐，一面看著貼在牆壁上之整年四季的月曆，已經是 1985 年 5 月底。從玻璃窗格又看著外面的天氣，今天是雲層高的陰天正是梅雨季節常有的。我沿著社區後面的巷道來到第四鄰，經由一條小路徑直接衝上去至上方之大車路之轉彎處，便在那裡放下背包休息一下。

從這裡看著下方邊陲水泥路第一個彎道之前，擋在大馬路中央如一處綠洲如同自然小公園。我之所以說是自然小公園，是因為圓環當中並沒有人為的美化讓人休閒的地方，而是雜亂堆積的大石頭。當中還有一棵老芒果樹，應該是當還沒有形成部落之前就有的。

這一塊綠洲以前是在路旁下方，還有一間工寮和一棵古老的芒果樹。據擁有這一塊地的蓋弩安老人家說：「嘟啦勒歌樂這個地方原來是屬排灣部落之古代的人所擁有的。」但令人納悶的是：「何以屬筏灣部落的人，把這塊地輕易地禮讓給我們古茶部安部落呢？又以什麼樣的說服力能夠讓日本人以權威性地以河道劃定界線呢？」現在已經只是一個圓形小公園獨留這一棵老芒果樹了。其他則形成部落之後，全部的樹都是新種植

的。

令我想起藍豹‧利依魯陸曾經告訴我說：「日據昭和年代大約五、六年，叉瑪克‧哩哩部安[43]和巴哦勒池‧卡俄勒阿尼[44]兩位部落的族人為日本人做公差，從古茶部安部落下來到水門取公共沐浴室的兩個大鐵鍋背上來。他們兩位來到這裡休息一下之後，又背起他們的大鐵鍋開始爬上在這陡峭的路段途中，埋伏等待他們的敵人突擊而來，使他們原本還在人間背負著重重的大鐵鍋為日人所奴役，不料，他們的靈魂竟在那永恆的國度。」於是我心裡想：「別人恨之入骨應該並不那麼單純，除了是我們部落和對方的部落自古以來的恩恩怨怨之外，應該還有相當的理由造成的。況且，當時已經是由日本人直接管轄，又何以那麼大的勇氣？」但最可憐的兩位祖先為什麼偏偏是他們替我們的歷史付出這個代價。

我又這樣想：「或許是因為這兩位祖先的付出，使日本人以權威性地單刀直入為雙方部落，設定以河川為界線以明確自古以來之土地的紛爭。」又想起藍豹‧利依魯陸所說的話：「我們姑且換了信仰，但你永不可忘記做人的道理。我們絕對永不可以不尊重永遠守望這裡的祖先，不然有一天……」後面他並沒有說清楚但是可以理解的。於是我從背網包裡取出便當分一點供奉說：「這裡的守望者啊！……」表示一點敬意。

往日我還在山上老家下來要去平地時，曾經在這一條路上往來其間，已經不知次數的回憶湧上了心頭。還記得老路是從嘟啦勒歌樂這台面下方溪谷上來，走過一處平坦沙地的路段，左側還有相思樹林。再走到上一層便是路的兩旁農家正在種植

43 叉瑪克‧哩哩部安（Camake Lhilhibuane）：現在屬古茶部安部落之盧國伍先生的二舅。

44 巴哦勒池‧卡俄勒阿尼（Paerece Kaelheane）：現在屬古茶部安部落之林大山先生之同父異母的大兄。

小米和玉米，其間還種有木薯。小徑是曲折蜿蜒，行在山徑小路宛若是走在旋律般曲折彎來彎去的路段。來到蓋弩安老人家的耕地之前，在他小米田的邊緣，是與別人耕地之間一突出的小山脊，下面還有小轉彎如歌唱中的小婉轉。路旁上方還長有野番石榴，樹底還有放下背負的台面。即便不想在此休息，也會湧上一股想休息一下的念頭。

令我想到以前每當走過時，不管野番石榴果實熟與否，總會讓人無聊得伸出手來採一兩粒嚼一嚼以品味，再走幾步便來到蓋弩安老人家的工寮。看著這一棵老芒果樹，和一間古老砌成的小工寮，四周是小米田，即使蓋弩安老人家不在，終有一股難以抗拒的吸引力，使人停下來稍微休息一下。或許是因為前面是陡峭的路段，而且還有更遙遠的路要往上爬回家，我都會在芒果樹下休息一下儲備體力，等待心裡已經有了衝上去的念頭時，再起身背著重重的負荷開始走上去。

剛才經過正在小屋工作坊雕刻的蓋弩安，是擁有這個小綠洲的。但我還是使出勇氣地不打一聲招呼，因為這一打招呼就擺明已經準備不要去山上了。但現在想起來，以前的他是常在這個芒果樹下，而現在的他是常在工作坊。同是一位蓋弩安，但感覺上時光溜過之後又判若兩人。又再靜下來想一想，是什麼原因讓自己有這種感覺？後來自己解釋說：「以前他所追求的是地盤和物質，而現在當他發覺以前所追求的是無法掌握時，就改變追求永恆的事——藝術。」

的確是的，世上看得到的事物是死不帶走的，剩下要帶的也不是學問和認知，而是生命裡存在著如百合的核種之薄薄的

一張，是那小如眼屎半透明的生命種，裡頭還包括對友情的紀念冊和一生走過的回憶錄。

一、反瑪家水庫運動

　　1981 年，部落才剛遷下來的第五年，大家才剛忙完住家的事情想要鬆一口氣，並再轉向生產線正在要開起步時，一波風聲消息傳來說：「政府有意在瑪家村下方之南北隘寮溪匯流處，要興建一座大水壩，所以我們又要面臨再遷移的可能……」當大家聽了這個壞消息時，也親眼看到探勘地層的情景，使我們從疲憊中，好不容易才剛安逸地沉眠中又被震醒。整個部落族人慌張地再凝聚一心地，往屏東縣政府大門前面，為捍衛自己僅有立足之地起來說話表達嚴正抗議。雖然最後總算是很幸運地沒有繼續興建這一項工程，但在心裡已所產生傷害，而且對我們部落原來所打下的信念基礎也開始鬆動了。

　　當時在抗議的時候，我們永遠不能忘記在我們前面領路的扎阿勒·依邦（趙貴忠教授），和吉尼伯樂·嘟依哩底兩位勇敢的兄弟。不論興建瑪家水庫的計畫成敗與否，也不論及他們在歷史上有何等意義，而是當下勇於站起來表達的勇氣，與當下以「話（Vagga）」揮刀的價值意義。因為，當以中華民國的體制在台灣立國以來，我們整個人民都在戒嚴時期，所以都沒有說話的權利。二來，歷史上二二八事件，遭難家屬的傷痕還是血淋淋的，眼眉還淌著淚水，所以我們非常害怕。但當他們兩兄弟出來表達我們整體內心裡的話時，不僅說明在政治面已

經解嚴了，也正說明我們正向民主體制邁進一步。

在此同時，令我最難忘的，是巴魯・佤廊（陳再輝），他也正在默默的為部落草擬再遷移他處的計畫。因他從自然條件早已觀察到大自然的地殼正要龜裂，準備有朝一日，必然大地鬆動後可能還有個大變動。並從宏觀的角度看著未來，他想：「今天不遷，終究有一天，部落還是會再遷移的可能，長痛不如短痛。」於是當瑪家水庫的風潮興起之際，他想藉著順風之便，提出帶領我們再遷移至現在的瑪家農場。但他的好意很可惜，被政治化而胎死腹中流產後淡化掉了。

二、歷史的口述者相繼凋零

自從西元 1984 年之後直到 1985 年期間，我們部落裡僅有的歷史口述者包括：德勒思默・卡斯柏郎（1898-1984）、樂散・撒派（1908-1985）、低布露・佤廊（1905-1985）、伊珠・嘟依哩低（1892-1985）等四位老奶奶們都是民國前出生的，也就是日人據台時期大正年代之前出生的。也就是說她們的人生是從我們屬古茶部安之原始部落社會的末段，跨過日據時代的大正和昭和兩個朝代，又跨過國民政府時代直到我們古茶部安部落遷下來嘟啦勒歌樂的早期。在我們都還來不及長大並懂事，然後向她們疑問許許多多的歷史變遷的故事，以及她們人生的故事，和如何長命的哲理，她們就在新部落相繼去世，使我們感到非常遺憾，也是我們最大的損失。

德勒思默・卡斯柏郎的家族是以長跑的速度和驚人的耐力

而出名。老奶奶勒歌樂歌‧阿魯拉娥拉默的丈夫卡哩瑪烙就是德勒思默‧卡斯柏郎的哥哥。

樂散‧撒派是古喇希哩‧阿魯拉登父親咳哩瑪勞的大妹妹。她嫁給屬達嘟咕魯部落之依依溜‧達哩瑪烙之後,生一男一女之後丈夫就過世‧於是她又改嫁給屬達嘟咕魯之巴哦樂池‧撒派之後,只生一位女子瑪嫩‧撒派。

最令人難忘的,是當我們還在嘟啦勒歌樂時,有一天,他們聽說:「有一基督教的布道家在內埔那裡開布道會。」他們還聽說:「到那裡不僅可以聽到永恆的生命,而且布道家就地為信徒禱告之後,還可以延長壽命。」我最後看到他們兩夫婦,就是在這個場合。不久之後,就聽到她老奶奶已經走了。

另外一位是我們的吾拇[45]德勒散‧阿勒勒阿尼(1899-1985),當我們還在老故鄉古茶部安時,他是隨著於西元 1963年遷到高雄縣六龜鄉荖濃的那一批三戶人家。當我還在高雄診所上班時,意外地在他四女姑瑟樂泊所借住的苓雅區基督長老教會相遇,在多次的相談中,他總是念念不忘老故鄉尤其是他的原鄉達嘟咕魯部落。他說:「Nunu[46]!我當初一味地想暫時離開老故鄉,避開當時的饑荒歲月。但是,後來才慢慢感覺我付出了相當大的代價。選擇在交通方便的地方,固然生活對物質的需求覺得好像很滿足,但因為離開了故鄉,所以整個心靈是中空的。」

當時,他還想回家,並且請求我為他準備獵槍,遂說:「我何以忘記在我的老故鄉達嘟咕魯?那裡的河流和美麗的叢林,我整個一生之最美麗的回憶。那裡始終在我內心深處永恆

45 **吾拇(Umu)**:魯凱語之孫輩子女對祖父輩的稱呼,「祖父」之意。

46 **Nunu**:魯凱語,即「我的小男孩」之意。

駐足的心靈國度。」

之後我們就此一別，我去學校唸書不久後，卻聽到噩耗說：「他老人家已經遠去了，而且他的遺體回到嘟啦勒歌樂。」

拉幕賭・陶卡嘟（1911-1986）。他是筆者的大舅。他的心底很善良，但他一生不僅命運不順遂，包括他身體為先天痛風所糾纏，所以他的青年時期的精華並不長之外，他是靠智慧過生活的人。不僅使自己能養活他一家三口，並且還能夠養育我們所有在他外圍其他的孩子。

當他出生的時候，正好是國民黨政府在大陸成立的年代。在此同時，正好是日據時代大正元年，但日本人可能還沒有入侵山中魯凱的霧台部落。當霧台部落抗日事件發生時，他可能還只是三、四歲的小男孩。

當筆者在探索日據時代之大正年代的部落歷史，日本人在部落裡所行的一切，大舅總是在黃昏飯後述說的故事。但他留下給我最深且最寶貴的精神資產，是他教我如何打造一個屬精神永恆的家屋之外，還教我如何打造一個屬田園小屋。他曾經告訴我說：「這一切的技術是我的外公奧崴尼教我的，我當然一定要傳給你。」

貴依・卡拉依廊（1894-1987），他是親自帶領我們部落遷下來的大頭目。他於民國前七年在瑪家村內的瑪西哩底小部落出生的。當他盛年時，他尋求他祖先的血脈，來到古茶部安部落與我們大頭目的當家主人卜依靈的女兒娥冷結婚。按照他們兩夫婦的血源關係，其實他們的祖先是屬古茶部安人之屬卡拉伊廊家族的魯瑪哩低的後裔，所以他和娥冷是遠親兄妹關

係，之後，他名正言順地坐在他祖先魯瑪哩底的寶座，他除了身為部落的大頭目之外，也是古茶部安部落在國民政府時代，擔任了四屆（每兩年一任）官派村長。當我們的部落要遷下來之前，縱然我們已經通過部落大遷移的議案，但必先經過他的同意才能開始行動。直到他說：「我捨不得離開祖先打造的家鄉，但若為了子子孫孫的未來，也只好這麼做。」

有一天黃昏，我去拜訪他們一對老人家，他正好在吹奏雙管鼻笛。我可以感覺到他已經察覺到，當部落遷下來之後，不僅是他家族整個系統會崩解，部落社會的心靈也正在變化，所以他吹奏的樂曲格外的哀怨。他老人家所看到的夕陽，不只是意味著一天的結束，更是意味著整個部落的心靈精神國度，即將邁入新的領域。於是他老人家對我說：「奧崴尼！千萬不要忘記祖先……」並送給我雙管鼻笛作為永遠的留念。

此後又一年，歷史的口述者，喇巴鄒‧嘟瑪拉德，又從我們新興部落凋零。

他的母親是巴娥樂絲‧卡嗚隆嫁給邦德勒‧卡俄勒個勒。我們最後的史官喇巴鄒‧嘟瑪拉德就是在這個時段被誕生的。

表舅公喇巴鄒‧嘟瑪拉德是我母親的大姊巴娥樂絲‧陶卡嘟的丈夫，所以他老人家與我們家是雙重關係。從我母親的關係他是我的大姨丈，但我比較喜歡以我祖母的關係，因為他是我祖母之同父異母的弟弟，所以我稱呼他表舅公直接稱呼說：「吾拇！」還比較親切，而當他在照顧我們時，也是站在這樣的身分和角度對待我們。

我大姨媽巴娥樂絲因為是陶卡嘟家族中七個孩子當中最
大，她必然是陪伴外公外婆養育她以下的弟弟妹妹，所以她應
該是最辛苦的人。之後，大姨媽巴娥樂絲又嫁給表舅公喇巴
郜‧嘟瑪拉拉德，我表舅公雖然心地很善良，但因為吾拇是屬
貴族子弟，且他具有大男人的性格，因此不難理解大姨媽應該
是非常孤獨的女人。大姨媽和表舅公結合之後，生大表姊瑟樂
泊、老二（長男）卜依靈、老三（次男）喇哇郜。我二表哥喇
哇郜說：「本來還有一位妹妹，但母親離開之後，妹妹沒有母
親的奶可吮吸，所以不久後她又跟著母親走了。」

　　對於我的表舅公喇巴郜最大的致命傷是他的盛年不長，因
他罹患先天性痛風病，因此他無法充分發揮他的生命能量，也
致使我大表姊和兩位表哥連帶受家庭貧瘠之苦。也因為如此，
吾拇非常依賴他唯一之同父異母所生的大姊施妮德的大兒子哲
默勒賽也就是我父親。

　　我還記得家裡那怕是小小的福氣，包括：野兔或白鼻心，
沒有吾拇在，我們絕對不能獨獨享用。即便是一隻野兔子，他
會以細膩的刀法，一邊解剖一邊述說野兔的習性，以及其體內
的各種器官，使我們所有的孫子孫女彷彿是上了一門解剖學。
因此只要是痛風病沒有發作的一天，他就會帶我去野地獵野
兔。

　　在我這一生從來沒有走運過，但唯一覺得上天特別恩待
我，就是我從小有舅公喇巴郜始終是陪伴在我身旁。我們的關
係不僅如此，因為當時我們有一隻名叫哩嗚陸的獵犬，表舅公
為了帶牠去打獵，而哩嗚陸非要我跟著牠才願意跟表舅公走，

常在這樣的誘導下，表舅公就帶領我讀完了整座叢林野地，也聽很多他的口述之外，也讀完他整個心靈世界。在我童年往事與他狩獵的生涯，最令我難忘的是他神準的箭法，奔跑的野兔不說，連飛行中的禽鳥，他從來沒有失手過。也因為他的性格宛如是他的箭法，所以別人的瑕疵逃不過他銳利的批判，使被批評的人啞口無語。

　　另一令我最難忘的，是他不僅是歌聲好，連旋律就像孤阿嗚[47]不僅會滑翔中還會挑逗；再來是他善以吹奏各種竹笛，當他吹奏時，連厭世症的靈魂都可以甦醒聆聽，並流連地尋找回頭路。

　　當我們已經下來嘟啦勒歌樂之新部落，於西元 1988 年的仲秋，我的表舅公終於休息了。當我們所有的兒孫子女們送他一程時，我特別在心裡這樣說：「我最敬愛的吾拇！您即將會看到我們的神犬哩嗚陸，好羨慕您，也請您告訴牠，在不久的未來，我們又會在一起……」

喇巴部‧嘟瑪拉拉德
（Lapaggao Dumalalhathe，
1897-1988）。

47 孤阿嗚（Kuau）：魯凱語，
　　根據大冠鷲所發出的聲音
　　而命名的。學名：Serpent
　　Eagle（*Spilornis cheela*）。

第六章　十週年歲月

一、社會的新氣息

　　西元 1978 年，我們的故鄉嘟啦勒歌樂，家家外面的芒果樹和檳榔樹，無不在述說我們下來已經有十年的光景。尤其是檳榔樹的樹幹，每一年一次開花環帶剝下的割痕數一數也正如斯。在此之前，每一年天地間，擁有一種很穩定的氣象，部落裡每個人的內心裡，比在古茶部安時更是晴空萬里，因為我們再也不背負重荷。看著新興的部落之建設，正逐漸地穩定中增長、繁榮起來。我們的心情也在穩定的部落社會之祥和的氣息下，使我們在精神面已經開始編織了一些美夢。

　　我們每一家族都已經有了完成的家屋之外，又外加興建了一些設施，而家家硬體建設的背後還隱藏著債務的，因為年輕人紛紛投向海洋漁業和林班工作十數年，所以差不多都已經還清，因此年輕人非得投入粗重的工作壓力已經永不再了。還有當初為了家，被抵押而取得配合款的幼童，他們以嫩芽的生命付出抵債，現在他們正是生命春天也已經都回來了，而且往日他們必須離家承受長期的煎熬也永不再了。

　　以前，還有能力的婦人們，每天必須去平地農稼背後，在炎陽或風雨中撿穗，背著不滿竹簍之撿來的穗物回來才能餬

口，但這一切看來已經再也不需要了。留在家裡的老弱婦孺，不僅已經有了遮陽避雨的家屋，再也不像往日如孤兒般地被遺棄似的。

每當週末一大清早，從教會播放的宗教音樂悠揚地傳來，孩子們帶著溫飽的笑容往聖堂的路上。不久之後，坐落在部落東邊高處之禮拜堂，崇拜和讚美神明的悅聲瀰漫開來，使整個山谷與河流的流水聲，以及野地各種鳥類的歌聲像天籟般的和音，再增添人氣的旋律。遠遠聽來我們的部落，宛如是使徒約翰在啟示錄所說的：「上主的帳幕已在人間，艱苦的淚水必永不再……」週末，我們把心中剩下不可知的未來，以心靈完全交給神明，之後，大家的心靈有著充滿豐富與滿足的喜悅，從各教會出來緩緩下來回到自己的住處時，個個容貌是一種無音詩歌的生命喜悅，似乎永遠沒有休止的一天，只有天長地久。

平常的日子，少婦人們聚集在開花的檳榔樹下在刺繡，為豐年祭的禮服賦予更豐富的色彩。成年人不期而遇地在陽台龍眼樹下圍著圓桌飲酒歡樂聲中，古老的詠歌也不時地傳來。

生命已暮色蒼茫的老奶奶們，聚集在樹蔭底下忙碌地織布，準備趕在豐年季時要贈送留給子孫們作為永恆的紀念品。抑或，她們正在織布做一件彩衣，可能是在準備帶到永恆的國度，當與她們思念的情人相遇時的首要禮物。黃昏裡，偶爾是有心的孫子們手上拎著一瓶像聖誕紅飲料陸續來到，又在她們生命的黃昏裡，捱過了一天的笑聲中，再增添一道彩虹似之得意的笑容。耆老們不期而遇地相聚，無所不談的話題中又提起那往事，還在老故鄉時的那艱苦歲月裡的點點滴滴，甜、酸、

苦、辣四味雜陳於「當想起……」的歌聲與回憶的酒杯，一杯再一杯總是疑問說：「在這裡好像輕鬆多了，但又好像是少了什麼？」的一種感覺。「因爲我們還沒有對神明和祖先表達感恩所致……」勒格樂歌老奶奶終於說出原因。

傍晚，滿載著各種收穫的年輕人，當緩緩駛進部落時，大家的內心裡如朝陽般地燦爛，也猶如是我們部落下方那清澈的溪流，以那永無休止的低沉流水聲，感染得使我們內心裡，總是滿足的信念說：「我們必永不再飢渴了。」之外，爲明天或未來的危機意識，似乎我們是在藍天晴空萬里中，完全不見一絲憂慮的浮雲在飄逸。

二、力大古老人家回去重建家園

1978 年傳統雕刻家力大古・瑪巴哩屋老人家，當他時年七十五歲時，很無奈地隨著部落大遷移至嘟啦勒歌樂。之後，我們在新住地嘟啦勒歌樂才第九年的時光，於西元 1986 年（民國 75 年），當他八十六歲時的那一年，毅然決然地回到古茶部安的老家重建家園。

因此不僅令人好奇地問：「他爲什麼又回去了呢？」對這個問題可能沒有人直接從他內心發問過，而他老人家從來不說什麼理由？但是，如果要認真地探索他的動機，應該不難解讀並理出以下可能的原因：

首先，他本來就是最反對部落大遷移的。「部落永不可以大遷移，因爲恐怕族群可能會面臨消失的命運。」這個觀念最

力大古老人家在工作中。

早是當日本人據台時期，是他的大舅力大古‧巴達哩怒古所發出的。而小力大古擁有他大舅力大古的這個觀念，是可以理解的。況且，目前部落遷入的地點和環境，本來就不甚理想，他雖然隨著部落下來，但他不打算在此永久，甚至於連他死之後的骨骸也不打算留在新住地——新古茶部安，而是想歸到他心靈的卡巴哩哇尼[48]。

再者還在古茶部安時，他的唯一兒子烏陸烏鹿成家並為他生了兩個孫子之後，第三個孫子當還在他母親的肚子裡時，烏陸烏鹿因腦溢血驟然逝世。於是養育三個孫子的擔子不得不落在他已老邁的肩膀。而他媳婦的命運正在造化，從他原來的家離開，她的另一家庭即將從此要誕生。於是他考量讓他的媳婦和她的另一半有著充分的空間，並能有自由自在的生活，且完全融入家庭，才有新的能量繼續養育他三個孫子，並且兩個家族的孩子的生活氣息才會協調。因此，他離開他的老家，選擇隨他唯一的女兒卡巫素在他女婿卜依靈家裡居住。當他女婿卜依靈帶領部落遷下來時，力大古老人家就是從這裡出發的。

部落遷下來之後，他仍然是住在他女婿家。且在他女婿家下方興建他的工作坊——鍛冶小屋，然後在那裡日出日暮不停的雕刻。他所雕刻出的作品當被收藏家收購所得到好處時，他總是優先地考慮他的媳婦，因他深深知道，當他的媳婦過得豐富一點時，也等於是在打造他三個孫子之溫飽的氣息。

但是，固然部落已經遷下來了，但他念念不忘他山上的老家，似乎他的大兒子始終是在等候他似的。於是在他的心裡說：「老家已經空了，應該是回家的時候了。」

48 卡巴哩哇尼 (Kabalhivane)：
   巴哩屋即永恆的家鄉之
   意；在此是名詞形容，即
   真正之永恆的家鄉之意。

又因他念念不忘古人的話之「永不可以住在古老的水道，打造永恆性的建設……」他隨著部落下來，也看到部落慢慢繁榮的景象。更看到族人再也不用背著重重的背負下山到水門，經過文明人一番剝削之後所得的小錢，又從下面水門那裡換取那麼一點點食物，還要背到古茶部安之辛苦的旅程才能活下去的痛苦。

力大古家外面的工作坊。

可是，當他想起古人的話，以及他狩獵生涯所得的經驗裡，夏日雨季他總是不願意在他晚年看到他永不想看到慘象。於是他決然動身往回家的路。歸鄉之路雖然遙遠而孤寂，但他想：「我何以能夠把我孫子們的搖籃吊掛在即將斷裂的嫩樹呢？」而他終生最大的遺憾，因為他沒有能夠阻止大群體的走向。於是他又進一步對自己說：「我先為我三個孫子開路，至少他們三個孫子，也必然有與他們志同道合之知己的友人，而我先回家為他們做準備……」

最後在他的認知裡，也是古人的名言：「永不可以在你所掠奪的土地上興建部落，因為被你的一刀所沾流過血液的泥土和石頭也會說話……」因這個觀念，這裡的土地永遠是屬於神明的，也永遠是屬於那原始被神明所賜予的人。在他的認知裡，連已經掌握在他名下的土地，在他永遠是屬於土地，而土地永不可能是屬於他的。他的觀念也正符合古人之生死的觀念「人本是泥土，終極也必然是歸入泥土」之永恆的真理。

在他的晚年裡，雖然臂力大不如以前，因此作品的立體深溝稍微受到影響。但就整個輪廓，以及作品的心靈述說概念並沒有受到影響。當他看到他三個孫子慢慢長大，於是養育他們

的壓力慢慢鬆下來。偶爾在閒暇的時候，他會從他的回憶裡雕出小作品。有個作品中是他母親擁抱著吃過母奶之後沉眠的弟弟，然後是他母親的目光直視著遙遠永恆的未來，而他在他母親背後正在感受擁抱母親之甜美的回憶。

在此作品中，也說明了，他母親帶著他弟弟走到遙遠之靈魂永恆的國度，而他即將被遺落在人間，即將承受人生之苦。有時我們不期而遇地在品酒隨談的時刻，他的話題總是這個小作品裡的景象，不如說是他這一生中所留下最深層的回憶與寫意，常常在他話中出現並掉眼淚也是這個景象。

他回老家之前，他曾經說過：「我家裡的人包括父母和兄弟，尤其是我太太和兩個兒子都還在老故鄉，而我竟在此地，而且……」才剛說完這句話不久就淚水淋漓。

當我去台北工作一段時間之後，在光華商場之舊書攤裡，意外地從《大地雜誌》看到一篇幅提到他說：「他老人家已經回到古茶部安老故鄉了。」後來我從台北回來，他還帶著我、許功明，以及洪國勝先生一起回家。那時，他年時已老邁，當他在我們回家的路上領路時，我在他後面看著他拄著拐杖走路緩慢的樣子，並好奇地心裡疑惑地心想：「我的吾拇怎麼這個時候才回家？」但又看到他的心志和步伐從不猶疑或躊躇時，於是在內心默默地感佩說：「誰能動搖您如達卡勞素[49]的心志呢？」

49 **達卡勞素 (Taggarrausu)**：
魯凱語之北大武山的名稱。

三、古茶部安被劃定為二級古蹟

　　當我們離開古茶部安之後，眼看著新興的部落，已經不復當年還在舊部落時的文化特色。包括我們對自己文化的觀念，就在當年下來時完全變了樣。特別是祖先留下給我們之僅有的硬體文化——石板屋，我們不僅不加以保護反而加以破壞之後才離去。我們也無法感覺到石板屋對整個歷史文化的真正價值意義，又何能感受石板屋裡頭內在精神價值呢？當我們搭蓋的石板樣板屋，沒有賦予精神，又怎麼能夠散發出精神感染力呢？在此同時，文化人卻把我們扔掉的東西——石板屋，從我們後面默默地撿起來，然後以稀有的珍寶來看待並加以保護。在九族文化村，以及屏東台灣原住民文化園區的魯凱族的石板屋就是這樣而來的。

　　當時高業榮老師，以及很關心我們魯凱族文化之相關人士，特別重視我們在古茶部安老聚落遺跡。因我們整個歷史都是在老故鄉古茶部安部落。他們覺得無論是從文化景觀，或從歷史遺蹟，包括聚落地底下之文化古聚落，對我們魯凱族的歷史價值和意義是相當重要的。所以他向內政部提議，於是在1991 年 5 月 24 日，也就是我們離開老故鄉下來之後的第十二年，被畫定為二級古蹟。其目的是督促政府應該有責任加以保護。

　　在此之前，九族文化村、屏東台灣原住民瑪家文化園區、自然科學博物館、順益博物館，以及台東史前歷史博物館等五個原住民文化的重要展示館，我很幸運地能夠有機會為我們魯

凱族的文物有一隅角，讓我們祖先留下的石板屋文化有落腳坐下的位置。但就在協助興建或只是建造模型也好，使我深深地感觸到，歷史文化對一個民族生命價值之重要意義。因那麼一點點感觸，於是在 1991 年我毅然追隨力大古他老人家的後塵，決然地放下文明下的工作，然後回到老家自行修復自己的老家。

當初只是內心感於祖先那麼辛苦地為我們打造部落，當我們遷下來時，不僅不加以保護反而讓它加速地消失，而現在在各博物館所展示的石板屋文化，還是有模有樣但沒有祖先的靈魂，又怎麼展示其精神呢？於是內心裡想：「僅僅是一間也好，至少我會對得及祖先之外，永不可以讓後來子孫到了博物館之後，才能看到自己祖先所留下來的石板屋。」

回家的過程中，我們很感謝台大城鄉基金會，當時受委託內政部測繪或規畫相關二級古蹟將來的發展，劉可強教授和其他相關人士，從來不忘記我們擁有這一塊相當古老部落的古茶部安人。他們總是超越古蹟的種種限制，而跳出對古蹟之刻板印象是死亡的木乃伊。因他們總是等待著我們古茶部安人能夠甦醒，然後起來一起保護僅有一塊我們歷史的自然文本。

但是，當年輕人開始甦醒過來正要起步時，無情的天災正在醞釀，正準備有朝一日要來蹂躪我們的硬體資產之外還要考驗我們的內在精神。它超越我們對夏日雨季慣有的觀念，也超越原先自然界的常態，所以我們無能察覺。自然界只是默默地累積我們人類所製造之「因果」，當天幕再也支撐不住四方之風的效應之後，因不勝累積的重量而不得不準備放鬆的結果。

歸鄉路。

力大古晚年的作品——〈憶母親〉。

在古茶部安重建之後的家園。

第七章　我們的母校消失

一、我們母校的源流

　　我們在山上的母校，東南方是達卡勞素。他永恆聳立地面向我們，無言無語地似乎對在他北方的我們說：「孫子們啊！你盡情地玩樂，人生難得一回童年。但是，記得在你玩樂嬉戲中，常常看我一下，當你看多了，自然而然地想登山尋求完美的人格，或想探索崇高的學問。」

　　我們母校的北方是阿魯阿尼，她彷彿是一位慈祥的母親擁抱著我們，夜以繼日地餵養我們。當我們在深夜裡躺著築夢徜徉時，她頭上遙遠的天際還有一顆明亮的北極星。她似乎在內心對我們說：「孩兒啊！因為我是多麼愛你們，所以並不知道要怎麼教育你們，但記得那一顆北極星，它即將是你們永恆的導航星，你們就永遠不會迷失方向。」我們的校室面向東方，一年四季的陽光，彷彿是上天慈祥的眼神，靜默關注對我們說：「我疼愛的孩子！我只管以愛光照你，讓你們看得清楚，以玩樂留下你美麗的童年回憶。」

　　當我們從部落去水源地之前，必先經過學校校室前面，才會來到運動場邊緣往上的台階。還記得，當要前往水源地時，在右側由台面精緻打造的往上石板台階，是兩塊堆疊的大石

塊。也就是當我們朝會時，在前面升旗台左側後方。當我們遠遠看去，他似乎是一位盤坐的武士。而他就是那一位警察巡官，於西元 1928 年（昭和 3 年）創辦日本教育所的南幅重助先生的墓碑。

我們的祖先從原始傳統自然與生活教育，從這裡又打開另一扇天窗，使我們學會學習文字之外，從書本開始認識日本國的心智學問。

還記得，一間長長的校室中間是辦公室，左右兩邊是教室，當我們正在上課時，一道曙光從窗戶投進來，彷彿是祖先從東方聖地照耀我們。因此我們對老師的容貌，以及同學彼此之間的長相，可以看得那麼清楚又深刻，可以看出每一位的容貌是那麼地生動而美麗。甚至於連每一個人由內心反射出來的心靈花卉，花香隨著陣陣微風飄逸後，伴隨著歡樂慢慢地瀰漫開來，使整個校室的氣息，與外圍原先上天為我們打造的自然美景融合為一體。雖然我們都不會讀書，但卻在充滿著感染力的環境，學問的春意就像早晨的露珠默默地沾留於我柔嫩的心智。

從教室一出門便是運動場。我們的運動場才二十五平方公尺，但也足足讓我們的玩樂。而在運動場的邊緣，上一輩的同學們早已為我們種了樹，而小樹慢慢地長成大樹，使我們彷彿是一位國王，背後還有一位為我們撐傘。但他們始終留下空位，讓我們後一輩的同學們能夠種下自己的生命樹，讓童年的回憶隨著我們種的生命樹往地層樹根扎扎實實地存活。

我們的祖先不鼓勵我們一定要那麼會讀書，因為祖先怕我

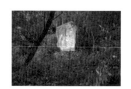

南幅重助之墓。

們太聰明之後，如果沒有一位導師以正確的方法帶領我們，或不小心而被扭曲時，會變一個人，所以我們在那裡完全沒有壓力，只有在無形中編織著美麗的回憶。

然而，當祖先的陽光照耀進來，我們總是學會看到紙張是一片空白，並且使我們內心裡能夠懂得心靈深處說：「總不能也不可以留下空白。」於是我們開始懂得把中國文字，從一段雜亂而短短的句子，以我們學會的各種方式排列，使我們慢慢對中國文字發生好奇，進而想進入文字的奧祕。大家從對中國文字發生好奇而想去認識文字的結構之外，還有它最美妙的地方是在於它會將人的想像和渴念送到遙遠的地方，也可以等待別人透過文字送來之動人的訊息。

還記得，我們的升旗台是朝向北方，因為早期的日本人，在所謂扶育教化是希望我們能夠照向日本人崇拜進而順服，所以才有那樣的朝聖設計。雖然有政治因素的設計，但是，南幅重助建立的學校，隨他於 1934 年（昭和九年）六月二十四日凌晨自殺身亡之後。又過七年也就是 1941 年（昭和 16 年）12 月 7 日之後太平洋戰爭爆發，直到 1945 年 8 月 9 日之後，日本帝國王朝就在這個山中消失了。

像那樣的墓碑，又不是紀念碑，還弄得那麼大，有智慧的人一看便曉得一定是背後隱藏著含意。因為南幅重助不朝著政治理念教育我們的上一輩，而是朝著人類共有的良知，也就是祖先的人性教育，因此那時候的學生都既聰明又優秀。是因他以人道精神透過教育拉開我們上一輩之智慧的天窗，使他們懂得判斷是非。

因此，我們永遠記得他除了是一位警官外，還是一位教育家。且當老一輩的人興建他的墳墓時說：「地下那一塊是從我們水源地取得的，而上一層那一塊是從達爾畔溪流上方哩希安那裡取得的。」老一輩的人還描述當時搬運大石頭之辛苦的過程道：「我們是花上整個部落的人力，從哩希安溪流那裡一步步地拉到山脊，再拉下來至達爾畔溪，再從那裡拉回來。」老一輩的人還特別提到一位名叫卡勞撒尼‧阿魯啦登說：「他以高大的身材，和過人的體能帶領我們，再來是他高人一等的智慧，以滾輪滑動的原理，所以上面那一塊大石頭才順利地運過來。」最後是一位日本的工程師，以巧手將其堆疊成像日本武士的人像之後刻上他的名稱。就整個工程與巧手，不難解讀說：「願您的靈魂永遠留在你所疼愛的古茶部安人。」我們的母校，那上天特別為我們屬古茶部安人設立的自然學校仍然還存在。如今，不僅還存在，而且永遠屹立不搖。

　　在西元 1945 年，當新政府上來之後，又繼續使用他創辦的學校。我們就是在日本人打造的校室上課，但是不同朝代的威權上來教育我們。追溯歷史，從 1933 年當創辦學校以來至1945 年，又從 1945 年至 1978 年當我們部落下來之前，從這裡畢業的學生實在不少。

　　又當想起最早的學校，每兩年招生一次，每一班最少也有二十五個人以上。到國民政府的時代，我們那一班就有三十八位。我還聽說：「最早的瑪魯卡路咕‧卡峨勒阿尼那一班，也就是 1945 年當國民政府招生的第一屆那一班就有五十幾位的同學。」想起來一定非常熱鬧。部落裡的老人家們當看到新一

代之莘莘學子這一幕，彷彿是看到部落東方在山嶺間之茂密的叢林，令人感到部落盎然蓬勃的朝氣。

在山上的學校，因為是日本人樹立的，所以比照日本對學校的自然氣息。校室後面林立著各品種柳丁樹和桔樹，運動場下方是農業自習園，其外圍也都是柳丁和桔林。每當開花的季節在上課時，即使尚未看到柳丁結果就已經陶醉其中。

後來，當新政府上來之後，很可惜不好好善加利用，因政治因素，故容納不下別人的美好，於是我們母校之美麗的環境，像一棵年輕的樹，在來不及長大下而又慢慢朝向淡色像枯萎般後變成枯木。

對我們而言特別難忘的是在我們教室走廊上頭的銅鐘。據說：當創辦學校的南幅重助死了之後，他的家屬特別捐了二十元日幣，然後特別囑咐說：「要為古茶部安人買兩個鐘，一個掛在村落的中央，另一個則要掛在學校走廊的中央。讓他對古茶部安人之教育理念和永恆的愛，不僅敲響在他們的生活中，也能夠敲響在他們內心裡永永遠遠。」

我們還記得「進教室」的鐘響是三敲聲，「下課」是兩敲聲，而我們最喜歡聽下課鐘之二敲聲。因銅鐘的聲響，鏗然的震波是那麼地悠揚得令人沉醉，彷彿是他的聲音說：「孫子們！休息一下吧！」

有一回我沒有向老師請假就隨著父親去中央山脈打獵。第一天晚上我們是在中央山脈以西不遠的地方過夜，次日早上才要攀登中央山脈之我們古茶部安人的聖地。我和父親進入聖地之前，在一處聖地靈魂走廊的陽台休息一下，當就在這個時

候，陽光從我們背脊照耀下來。我的目光順著從背後照射下來的光芒，看到遙遠的村落和在北方的學校，是清晰可見的。且從這裡還可以看到瓦魯陸部落，緊鄰在我們隔壁不遠的地方，彷彿是一位畫家畫在一張紙上之精緻的一幅名畫。

　　在這個同時，聽到從這一幅圖畫中遠遠傳來的那鐘聲三敲響時，同學們已經在那美麗的汪洋學海在學習，而我獨獨還在場外流浪。連帶給讓我感覺到因不請假就來這裡而深感愧疚之外，深深感覺我是汪洋學海岸邊的邊緣人，使我非常後悔來這裡。當下還特別想念達努巴克‧卡喇依廊（柯大鳥老師），他是屬西魯凱族屬泰喇部安[50]部落的人。他雖然教書很嚴，但他對我們與同屬魯凱的小學生們，鞭策抽打痛楚中似乎還滲有愛的心疼。又使我想起當朝會升旗典禮時，在北方之南幅重助之墓，那一位宛如是蹲坐的武士對我瞪眼似的，使我感到非常慚愧。也的確是，對於有心有耳的人來說，那一敲聲的震波，仍然繼續地響著，未來還在繼續響著。那時，對於南幅重助警官的第一屆的學生老爸來說，已經時隔幾近三十幾年的歲月，但那一敲聲仍然是他的老師的一席話。就因此，可能老爸知道我內心，於是對我說：「孩兒啊！以後，當你放暑假時，我再帶你來山中巡禮吧！」

　　我們的母校，在那裡終究有我們幼年美麗的回憶。尤其最特別的是學校附近那最難忘的瀑布和清澈的水潭。當我們厭煩了上課，即使只有十分鐘的下課時光，我們都會去那裡泡泡水。另一最幸福的事是我們的成績全部都像深秋的月亮般，卻沒有人責備我們，我們也不會理虧。因為我們的家長只要求我

50 **泰喇部安（Tailabuane）：**
現今霧台鄉境內的大武村之古名。

們說：「只要你長大……」而我們又怎能忘了每一位老師，他們是從平地上來走過遙遠的路。有的還帶著家屬上來教書，有的很年輕但能離開繁華的都市，上來到最偏遠的深山教我們。我們倒不必太在意說：他教得如何？最重要的，是我們從他能夠上來的精神和所留下給我們的關懷與同情。即使只是上來短暫的逗留，在我們的回憶裡，彷彿是一顆明亮的月光，亮眼點綴我們一度走過的人生星空，使我們的回憶更華麗又精采。

　　當新政府上來之後，我們國小的第一任校長許鵬珍先生，如今還健在，而且還為我們古茶部安人很牽掛。因他的婦人是魯陸安家族女子中的老么名叫巴娥樂絲。巴娥樂絲的父親溜嗚珠‧魯陸安為她蓋房子並命名該家為巴啦默啦默，所以她名下的子女也應該是屬她巴啦默啦默家族。他們以下所生的兒孫子女，每年一定上來看一看他們母親的老家。特別一提的是他們兩夫婦所生的長女勒默樂漫‧巴啦默啦默，她對老故鄉古茶部安印象深刻，所以她每年不僅從美國紐約回來台北，繼而南下之後繼續往山上的老家看一看。她以下的弟弟妹妹，尤其是藍豹‧巴啦默啦默他們一家，不論回家的路都已經柔腸寸斷，都難不倒他們一家人對故鄉和母校的思念情懷。我特別提到這一點，因為自從我們遷下來嘟啦勒歌樂之後，有的人從來沒有回家過。所以我們從中明白，每一個人的感觸對某種環境和事物的特別好感或嚮往應該是有不同的。

　　後來的黃日鴻、喬宗祖，以及後來的所有校長和老師們，只要我們回憶以前的母校，他們的影子始終停留在我們永恆回憶裡。對我來說，我最難忘一位來自潮州的李老師，因他有雙

會彈風琴的手，啓蒙我對音樂的興趣，使我畢生尋求那透過他的雙手而產生的美麗琴聲。

我們所有的老師們和同學，已經有很多的人已經不在人間了。但只要回到我們以前的母校，他們的影子始終在那裡活著。在我內心想著：「恨不得我能夠把時光倒流，再回到我們所有的老師和同學在一起那一段時光。」

當想起我們的學校，中央辦公室一出大門，前面是運動場之起跑點，直線二十五公尺的盡處是一道往生者的台階往上頭的小山丘。當我們的心智尚是嫩芽時，常常怪罪日本人怎麼設計成這樣的學校？他們教育的目的是準備教我們學習如何死亡？還是要我們如何為生命凋零時流眼淚？

還特別記得，我們那一班三十八位同學，就在民國 47 年夏日 7 月畢業的前一天。我們班導師是來自東北的郭老師，他教我們那一首〈驪歌〉排練之後，他突然嚴肅起來，隨說：「各位同學！你們唱完這一首〈驪歌〉之後，你們就要畢業離開學校。而我也要離開這裡，之後可能就再也不會上來了。」當他說這一句話時，我們可以感覺他內心已不勝依依。最後，他說：「你們令我最難忘的，是你們三十八位同學畢業考試所得到的分數，大部分都是有好成績，但少部分的同學仍然陶醉在深秋夜晚那燦爛的月光下。」他一這麼說，我們便明白。因為我最後的考試就便要畢業了，因過多的興奮而把考試卷填寫名字之後就交卷了，當然老師無法給分數，所以畢業考試只好在考試卷畫月光，但我們仍然畢業了。

當我們在老母校唱那一首「青青校樹，萋萋庭草……」

在古茶部安母校的畢業照。

時，我稍微轉頭望一下運動場東邊，那是一條陡坡而緊密的台階。那時，我總是疑惑地說：「往生者的路怎麼設在我們的校園？」那一段相聚一起的六年當中，現在才明白是上天給我們非常昂貴的機會。當我現在懂了之後，才明白日本人的意思是要我們學習如何珍惜生命之外，從生命中更要我們珍惜友情。雖然我們這一班並沒有一位學有成就，但人格都非常優秀。我們的前上一屆，如巴卡爾‧部哩丹，和後我們後二屆的拉娃妮‧魯啦迷靈兩位非常優秀的老師，就是從我們母校培養出來的。

二、我們的新學校

當我們的母校遷移下來之後，在新部落嘟啦樂歌樂那裡，也舉辦過歷年來所有從老母校畢業的人之聚會。雖然不盡完美，但也讓我們覺得除了是部落裡的每一個成員，因為朝夕相處而應該有原來的深層情感之外，我們更是在母校裡是兄弟姊妹。也因此我們任何一位再怎麼軟弱，總是給予無限的包容與諒解。

我們還記得當母校要從舊故鄉古茶部安遷移下來時，在母校末代那一批同學，非常勇敢地面對部落的命運與變遷。他們在魯瑪哩低（漢名江哲武）老師的帶領下，把舊學校最基本的教材帶下來，又在臨時茅屋學校上課。在工程中熬過那一年，使我們的學習可以從茅屋學校遷到在新興部落最西邊的新學校。學校的前面是花園，而後是一棟一到六年級的校舍。校舍

新母校大門前的標誌。

中間是通往後面寬闊的運動場。由此可以發現到卡巴魯鄉長希望我們下一代子孫能有好的環境讀書之外，也有心想培養下一代子孫不僅擁有健康外，也指望能夠有一位屬於古茶部安部落的運動家。

他想：「在西魯凱族之最古老的村落，因為被文明所衝擊而搖搖欲墜。」於是他內心裡又說：「我當如何把不幸的遭遇搖身一變為重新找到意義和力量？」他看到的是一棵老樹，不敵文明的狂風而即將倒下去。所以他想：「雖然這一棵老樹離開了它的根生基礎的生態背景，但總是要試著能不能讓它在溫室裡再重新發芽？」

在新校室西邊小山脊後面，是一條由舊瓦陸魯部落流下來的小溪流。在村子入口的水泥橋上方還有攔河堰。當夏日雨季是清澈的水流，那一條上方源頭的水不僅是在養育整個部落，而且還為我們消暑。使人內心情不自禁地說：「我們是多麼地幸福，擁有那麼一條永恆的免費水流。」

這一條水系是瓦陸魯部落原來的飲用水。當我們日夜飲用的同時，讓人想起在早期當基督教的福音傳到我們古茶部安部落，是從瓦陸魯部落進來的。那生命活水之永恆的福音，不僅是瓦陸魯部落帶給我們，而現在他們的水源，也就是那洗滌他們心靈的水流，然後以明亮的眼睛找到永恆的真理，最後還想到應該分享給我們這個鄰居。為這一點分享的精神，當我們在那一條水流沉迷時，始終令我們懷念他們之外，也總是祈求神明透過這一清澈的水流，也讓我們睜開智慧的眼光，然後懂得並感覺那賜給他們的上主，也必然在我們身旁。

還有一位令人最難忘的是魯瑪哩低老師，他從古茶部安原來的母校向帶領山中國小在歷史末段最後一批學生，帶著古茶部安國小的名稱之外，還帶著國小最重要的爐灶下來新興部落。使我們覺得歷史的續線並沒有斷裂，而是轉變環境和跑道，就像一位織布的婦人只是更換了織布屋而已。

魯瑪哩低老師，他的祖先是瓦魯陸部落的人。所以他發現這裡所有的孩子生命中潛在著無限的能量，他藉著水的滲透力默默的刺激生命的感官觸醒，然後再加以琢磨就希望能激發一個可能性。他藉由我們新興部落下方的天然游泳池，以游泳的樂趣當誘因帶領下。他發現到我們小孩子們，不論是在運動場上的各項運動，尤其是水上運動，都非常出色。我們在新古茶部安部落短短的時光，就在台灣省運動會之水上運動游泳項目大放異彩，嶄露頭角。從此我們才被大社會所認識有這麼一個偏遠小村落，裡頭還有這麼具爆發力的一群人。

在所有老人家的心情，都覺得我們這一趟下來，原來對祖先之在天之靈的歉意，及對遷移下來之判斷能力諸多的疑慮，後來從我們小學生的特殊表現，才慢慢看到實際的意義和價值。

但好景不常，在這一批優秀的同學畢業之後，正逢國內經濟剛起飛，因此，大社會更需要人力資源，因此部落的中青分子不得不紛紛投入勞工業。而當父母的，需一面工作一面照顧孩子，不得已之下只好把孩子接到工作地方附近就讀。就在這種情況下，部落的小學生變得越來越少，最後只剩下四位學生。於是，於 1992 年 6 月夏日，尤秀蘭同學爲最後的一位學

生從這裡畢業之後，政府在教育的政策下將國小廢校，而把僅有的學生轉學至北葉國小。

當我們的國小要廢校之前，我與巴卡爾老師在水門公車候車亭相遇時，他對我說：「我們的國小要廢校了。」他非常痛心地說：「因為我們部落的人都把孩子帶走了，所以部落裡沒有小孩子入學就讀了。」我也非常震驚「為什麼會這樣？」便在內心裡恨不得我是像他一樣是學教育的人，我就可以留在部落繼續為母校效勞。

或許有人會這樣說：「在自己的部落或在別的地方就讀學校有什麼不同？」在我們母校擁有自然學校的環境，而別的學校已經滲了太多人文的東西和事務。所以往往會干擾人類最純淨的思想和感官。

在新部落的學校，有一條流自舊瓦魯陸部落的小溪流，另一條是我們部落下方之南隘寮溪。因這兩條溪流日夜早已透過氣息和水聲正在滋潤並琢磨孩子們的心靈，且在課堂上，有各種鳥類伴隨在歌唱，無形中形成自然學校的條件，所以自然而然的就激發起孩子生命的潛能。

我們新校舍的環境雖不比老母校那樣優美，但在這裡誕生的小孩，再也不像我們還在山上時，處處是走在斷崖邊，而且父母有時為了生活而無暇顧及時，孩子從家裡走一段路就可以到達學校，使在家照顧的人不僅免去早晚接送上學校之苦之外，學校也有了營養午餐，不用像我們還在山上時因無人照顧，讓在學的孩子們，時常飢餓得眼花撩亂。

運動場上嬉戲中。

第八章　屬哩咕烙子民的豐年祭

　　西元 1992 年 8 月中的這一天，天空是一片青藍。南隘寮溪底沉的流水聲，彷彿是巴哈之無伴奏大低琴般地早已在奏鳴，當柔和的陽光從東方冉冉上升，從各地方前來的人潮陸續抵達。圓周四百公尺的運動場，很快地形成一個如達露巴淋外圍的樹林。在風和日麗的好天氣之下，所有西魯凱族群之屬哩咕烙子民聚集在嘟啦勒歌樂之新部落。歷年以來在這裡舉辦聯合豐年祭倒是第一次。

　　先是霧台村長杜巴男先生從高架上高喊宣告：「屬哩咕烙子民豐年祭開始展開……」接著是我們現任的霧台鄉鄉長杜傳上台致詞說：「今天是我們回家了。」使我們不得不回憶古人祖先所說：「每年當豐年祭來臨之前，我們所有屬哩咕烙子民在野地努力奮鬥耕耘拓荒的家族，都必須回來取火帶到他們所在地點燃豐年祭的煙火之後才開始展開。」這一句話是我們古茶部安最後的口述者喇巴鄂他老人家親口說的。

　　當我們的長老屬霧台的巫魯撒尼老人家帶領所有各村的長老到中央向祖先表示祭祖悼念儀式，讓人覺得不僅是自古歷年以來第一次在原鄉舉辦豐年祭的盛會，在冥想中彷彿看到祖先圍繞著觀看的盛況。

　　參與的所有耆老們都說：「恨不得回到從前，使這個盛況能夠在我們的老部落古茶部安舉行，讓地底下祖先的靈魂，能

夠聽到他們的子孫，正在為他們舉行紀念祭儀。

　　從大長老巫魯撒尼老人家沉重又嚴肅的容貌，我們又彷彿看到了古人祖先的真面目。除了是他老人最典型是屬西魯凱的身材，以及那帶著豐厚的內在生命力之外，從他的容貌可以感覺到他內心與神明的融合。從他的目光使人不得不回想起在那悠久的歷史，最早的魯凱人又是從哪裡來？

　　又不段在思考祖先說：「祖先是慕哩底先存在呢？」還是以西洋的聖經裡所說：「最早的人類亞當是被上帝所創造……」我是比較贊同前面之所說，但是慕哩底又是什麼樣的生命能耐飄逸流浪於天地間如此長久的時光歲月？最後落腳於這一塊高山峻嶺。又以慕哩底的能耐與煎熬於歲月和風雨的蹂躪，然後在這個多麼貧瘠的土地上發芽、成長、茁壯，並呵護養育我們這下一代的子子孫孫成林。這樣想者又一面細看在運動場上之每一個人的容貌，於是在內心裡默默地讚歎說：「我們能夠活出來真不容易，今天的相聚更寶貴。」

　　古人祖先說：「我們是從神話中……」說了此一段話之後，進而概略地提出實證，如：射日的卡巫隆家族兩兄弟、從大蒼蠅取得打火知識的達勒阿郎家族，以及到地底下糶糧的巴給達外家族矮人夫婦等等神話故事，都是大洪水之前所發生的。再來是遠古悠久之古人所謂「當大洪水之前，我早已存在」之前後的變遷歷程，以及生命的千辛萬苦，並非是我們現在的子孫們所能夠想像的。

　　古人祖先說：「我們遭遇大洪水，以千辛萬苦地逃到霧頭山，但到了那裡不久，僅有的薪火突然熄滅。我們派山鹿游到

慕哩底（Mulidy），學名：酸藤。

達卡勞素向我們屬排灣族的親族求救才得救。」古人祖先說：
「*Ua bay ku Tai Gathu ku Talubulubu ala kadredre ku telebe*。屬卡睹家族的人拿出一隻有大斑點黑白相間的小豬（Talubulubu）奉獻給神明，大洪水才慢慢退潮。」

　　根據卡巫隆家族的描述，當大洪水退潮之後，卡巫隆家族從霧頭山居高臨下，看著他們原來的故鄉（未來古茶部安部落）被大洪水完全摧毀了。於是他們又繼續帶領他們的子民百姓下來，並選擇霞阿迭爾山（2,022公尺）引伸向南方的稜線一處高山台地落腳，並命名鹿鳴安（1,600公尺）。但鹿鳴安這個名稱又是什麼意思？又隱藏著什麼含義？地的名稱還是聚落的名稱？古人並沒有留下相關的口述。

　　在這一段時光，卡巫隆家族的後裔喇巴鄀老人家說：「鹿鳴安聚落有三行梯田形式，每一行住有一百戶人家，三行就有三百戶人家。」又繼續描述他們的百姓工作的情形說：「我們開耕的時候，只要把掘木棒排在要開墾的地下方，只聽到他們開耕的吵雜聲，不一會兒就已開耕完畢了。午餐的時候，只聽到吃飯的聲音，卻不見人影。」在這一段話裡，是在說明「古人祖先的身材像小精靈的矮小人類，我們魯凱人稱作達瑞卡哦格勒（Tharikaegle），即小矮人之意。」

　　祖先也描述當時的部落社會說：「遠古祖先還在鹿鳴安時，原來建造的部落社會結構，還沒有貴族和平民之分的階級制度存在，而是大家的名分一律平等的社會，只有在一族裡最有智慧、深謀遠慮、以愛心和魄力凝聚整個部落之民心，又有能力帶領族人捍衛族群的強人才被推選為首領。古人說：「那

時，正好是達咕萊哩家族是一族的領袖。

但是，後來當人口慢慢增多之後，他們慢慢發現無法整合一個大部落的民心，造成不能夠團結之外，內部社會正暗流著分裂的危機。於是達咕萊哩家族的祖先提議說：「我們是否應該另外邀請外來的人來，作為我們部落的精神核心，讓他管轄並凝聚我們的心靈。而我們有地方可以投下我們所努力的成果之外，還可以投心擁戴以再凝聚整個部落的心。」

當首領達咕萊哩家族說以上的話時，也正等待當有機會，有可能會隨時從別地方特別邀請適合的人選來當他們的頭目時，這個時代所使用的開墾的工具「掘棒」，是以較銳利的石片把木頭來削成尖端當掘棒。

這個時代就已經說明那時候還沒有鐵的工具，甚至於連煮飯的鍋都沒有。所以鹿鳴安人最需要的也並不是只有這些而已。他們正需要有一個更寬廣的環境，因此常常以觀望的心情說：「如果能夠遷移到西下方……」那個地方曾經是在遠古大洪水之前，祖先一度住過的地方。

在此同時，當帶著哩咕烙的兩兄弟從東方汐給巴哩奇來到鹿鳴安西下方的古茶部安時，又邀請屬鹿鳴安人說：「我們非常需要你們。請遷下來我們來一起打造滋歌樂[51]……」屬鹿鳴安的人很努力打造滋歌樂，而兩兄弟順理成章地成為大頭目或貴族系統的始祖。

耆老們常對我說：「*Amani kai singi Rumingane kai lakaukaulu ta ka tua Ckele, ku ua cegecege ki Talialalay tu lhilhiuane ki abake ta ka saka tu ckelane*。是從鹿鳴安的平民百姓打造我們的聚落，然後

51 **滋歌樂**（Cekele）：魯凱語，即聚落或部落的意思。

才樹立頭目為我們整過部落靈魂的遮陰樹。」

但在大約五、六百年前，我們的部落被排灣族入侵，於是又回到我們祖先的老故鄉鹿鳴安避難。直到我們的祖先屬老勞討達爾的伯崚，把敵人毀滅之後，我們的祖先才回來重整家園。之後，我們四個小族群才紛紛離開母體各奔前程自行拓荒，於是變成現在的西魯凱族群，除了泰喇部安和吉努啦尼兩個部落都不是屬古茶部安系統之外，古人祖先說：「阿迷爾、卡峨達丹[52]、卡巴勒啦丹[53]，以及達嘟咕魯等四個村落之外，後來凡是從這四個村落分出去的，例如：卡啦慕得思、卡哇達吶尼[54]、京達陸安[55]、嘟咕鳴魯，以及達屬排灣[56]等五個小族群都是屬哩咕烙子民。

除此之外，連姻親關係血液裡，哩咕烙子民的基因，也像慕哩底的種，就已經滲入混進生命中每一細胞。古代祖先說：「我們的關係就像一棵大樹，彼此的關係是血脈相連的，所以彼此相愛的心特別濃厚又緊密。」

我們的生命就是以悠久又漫長的歷史變遷旅程引過來的，所以我們每一個人的生命並非一般生命那麼容易取得和養育才有今天的我們，才有今天之昂貴的機會相聚。

舉凡是我們每一個人的名稱也是得來不易。古人有一小插曲，說：「有一對非常美麗又漂亮而又非常相好之西魯凱女子。她們都已經是待嫁女兒，但到現在還沒有她們的名稱。有一天，曙光發出迷人的光芒照耀下來，其中一位看到這迷人的景象，然後說：

「Alii！[57]取妳的名稱為伯儿閃（Perresange）。」其中一人說。

52 卡峨達丹（Kavedathane）：屬現在的上霧台村，歷史以來大約遷徙三次，書中這個名稱是指第二次坐落的地方，也就是現在霧台村上方之古代遺址。

53 卡巴勒啦丹（Kabale-lhathane）：即現在在霧台村下方的神山部落。

54 卡哇達吶尼（Kavathanane）：現在在霧台鄉境內的新佳暮村。

55 京達陸安（Kingdalhuane）：現在在三地門鄉德文村之三個區域中之相助巷社區。

56 達屬排灣（Tasupaiwaine）：現在在三地門鄉之德文村之內三個區中一區。

57 Alii：魯凱女子對同性同輩的朋友之呼喚語。

「爲什麼？」另一人問。

「因伯儿閃是那日頭的光環，」

「那你呢？」

「我寧可是那一道光環照耀下來的光輝。」

「那一條似絲直線射下來的叫什麼？」

「那一條叫 Lingase。」

「既然是你先發現的，你爲何不拿前面的呢？」

「因爲我愛你，所以寧可是那光環的一絲光芒。」

「這怎麼說呢？」

「我不能也不可以高過你。」

從此之後，她們就有了名稱。一位名叫伯儿閃，是指那永恆日頭的光環，另一位名叫 Lingase，是指當發出一道光芒直線照下來光耀大地的景象。

伯儿閃聽了她那麼動人的話，她興奮之餘又再轉頭看一下朝陽那迷人的景象，說：

「日頭的光環和光芒本來是一體，因此，我們的生命是一體相連共生的，而且我們的友情是永恆分不開的。」

在魯凱族目前的社會，名叫伯儿閃的女子是貴族，而名叫 Lingase 的女子雖然是平民，但在人格上像太陽的光輝一樣是一塵不染的人。筆者很佩服提出這個名稱的那一位古人女子，她不把光環之好的名稱留給自己擁有，她寧可是那一道光輝，不偏不移地爲日頭的光環之本意光照大地。難怪古人祖先常對還不會作女人的，總是說：「先擦亮的眼睛，然後出去外面看一看東方的曙光，使妳得智慧並懂得如何身爲女人。」

我有一個弟弟名叫 Drasare，當初剛剛給他取名的時候，我並不知道是什麼意思？後來我老爸才告訴我說：「我一生獵鹿，終究應該留下一點來作紀念吧！」他進而加以解釋說：「Drasare 這個名稱的意思是：*Ta drasadrasarane ki Inuange*。山鹿躺臥的地方之意。」

　　之後，我常常跟著老爸去東方之中央山脈以東之卡哩咕翁獵場打獵，才看清楚那是一處遙遠的地方，在一個美麗的山脊稜線上，有一天然的水池，外圍長出許多的嗎霧（Mauu）樹和楓樹。樹底下都有各種動物，父親指出對我說：「狩獵一生獵獲山鹿將近一百隻都是從這裡，」並又指出一處水池邊樹底下，那裡正好是母鹿帶小鹿正在餵奶。於是父親遂說：「你弟弟的名稱就是從那裡而取名給他的。」

　　從此之後，才明白我弟弟的名稱 Drasare，是父親以畢生的努力而取得的。從此當我看到弟弟時，是從他生命去深思，他正如其名那樣昂貴。才覺得我很幸運地誕生在山中，並且是生在西魯凱之生命受過淬鍊而展生的靈魂。

　　在此同時，在我耳際裡一首古老的歌正在鳴響而後是幼年時的回憶。當我們還在古茶部安舉行豐年祭時，部落所有的人當聚集時，首先是屬鹿鳴安人站起來以 *Palailai* 的旋律主唱道：「Pala ～～ lai ～～！讚哉！您真偉大，當大洪時您同時存在。」當主唱的人唱完之後，上百位的耆老和中青分子一起齊唱「Ini ～ palailai」作尾段的歌聲裡，都是男聲和音雄壯得令人震撼。

　　曾有一位中央研究院的考古學者郭素秋教授說：「最近，

她上來老部落古茶部安，在部落下方撿到地上的古物碎片後加以觀察發現，然後說：「僅僅是在古茶部安的歷史，至少也有兩千年……」由此可見我們的祖先在這一塊土地之開拓的辛勞與捍衛，並非一般人所能夠體會和想像。

之後，又接著繼續唱道：「*Kalivili Lhialivene, baru lengece ki pina su lhikulavane。*麗阿樂溫[58]啊！您是哩咕烙之永恆的家鄉。」接著又說：「*Rudalapay, Runangili, Pacugusu Taggarraosu。*屬達拉派、屬卡喇依哩，高聳如達卡勞素。」最後，又唱道：「*Lhialevene, Ni akulikuliane muthebethebe ki ngia thalingulu。*麗阿樂溫！是外圍異族愛慕吸蜜的樂土。」

對部落的詠頌都唱完之後，才輪到每一個人在生命歷程所經歷所做過的功績。做過大事的偉人，必然地歌聲中有豐富的內容，而且旋律因發自內心唱出自己心靈的歌，所以非常動人。反之，因為生命中沒有內容，也就永遠沒有機會歌唱。這一首歌〈Palailai〉最重要的意義是乃在於能鼓動人心上進，連旋律也很雄壯得叫人能產生生命內在動力。

在此同時，使我不得不想起兩千年前，卡巫隆家族的峨格勒之所發現——東方有一美地巴魯谷阿尼那裡，是祖先靈魂永恆的國度。我才明白祖先當唱 Palailai 時那麼地宏亮又激昂。因為他們內心中有一永恆的生命。我才明白之所以以前的豐年祭，不僅是把一年的收穫之一部分納貢給創造者，也納貢給所有曾經在這一塊土地流血流汗的人表示敬意與紀念之外，還要重新播種精神糧食在每一個人的心中，但現在的人慢慢遺忘了豐年祭最重要的意義。除此之外，同時在這一天，部落裡還有

58 麗阿樂溫（Lhialevene）：
屬古茶部安部落的地名。

家家爲各個年齡階層，要舉行各項生命禮俗，所以整個豐年祭是非常完整而很有意義。

　　以前的祖先，當豐年祭的早上是爲獵人祭舉行，下午是爲青年人舉辦的長跑，以及少年人的刺球舉行競賽。後來到新部落之後，在外來文化的感染下，讓競賽項目比祖先更豐富得多。但非常可惜的是新部落的豐年祭已經政治化了，所以連祖先靈魂的杯（Ciliky），也無法單純地舉行供奉儀式，且我們的精神祭典也被觀光性質嚴重干擾，導致這個重要的祭典慢慢地流以形式和表象。或許這是個無形的文化危機，也可能是另一個文化的轉型，使我們原來的豐年祭更豐富多元。但假如再也不像祖先那樣地賦予相當高貴的意義，祭儀也就毫無豐年祭的價值可言，因爲表象如同演戲般的，容易產生扭曲或醜化。這個是我們的祖先所不願意看到的現象，連我們還不懂事的人也不願意被欺騙。

　　雖然如此，那一天的盛會仍然很有價值意義。因爲可以看到所有各個部落的耆老們，以及各個村落之大頭目的容貌，還有每一個部落成員以及日夜思念的臉孔。在各個部落的舞會特色仍然還保有濃厚的傳統，而我們這一代的耆老們在復興文化運動上，除了還要加把勁兒之外，還需要釐清觀念。我們在祖先留給我們生存的土地，且還打造的滋歌樂爲永續生活著，我們也在石板屋被誕生、茁壯、成長後成家立業。並使用祖先留下給我們的語言，也在應用他們所發明的旋律、歌曲、詩歌等文化藝術。我們生命中的血液，是流自祖先他們生命中引流又在我們生命裡繼續奔流，但現在我們卻把祖先當惡魔來看，也

因如此的偏差的心態，所以就無法好好認真學習久遠傳下來的文化，甚而任意改變或破壞。

於是在我們內心裡想，新的宗教有可能傳錯了信息。因為新的宗教所傳的「這一位」，就像祂所創造的太陽是從亙古永遠早已在發光的神明，如今祂還在照耀著我們。並不是在這還不到一百年來我們才認識的「這一位」才是真上帝。我們古代祖先所認識的上帝，彷彿是在北極我們所看到之魔影般的極光，而我們現在所認識的上帝又彷彿是獵夫星座或北極星那樣明亮，其實是同一光源。在我內心裡，「這一位」世界歷史的中心，假如祂帶的恩典只是為近代人之少數人，而不含蓋整個宇宙和歷史，不僅使人懷疑傳信息的人可能是忙中有錯。

我們的祖先是上帝所創造的兒女，所以祂也非常疼愛他們。祂默默地以那微弱的光照耀指引祖先，使我們的祖先藉著這微弱的光，創造出語言、做人的倫理道德，因此我們才能依據祖先早已開闢的良知和思路依循走來。雖然愛的光芒相當微弱，但祖先可以塑造一個人，內心裡永遠有光之崇高的道德情操。因為他們在內心裡拿捏得住信仰的重點，而祖先的創造者又熱愛祂最偉大的作品——人類，進而會欣賞祂的作品，是由於以他們的智慧、思想以及心靈所發展出自己的各種文化。我們之所以特別喜愛祖先所發展出來的文化並且欣賞，也就因如此。

我們的祖先活在這個高山峻嶺，所有的自然體態和人生心態，如思想和心靈活動，彷彿是長鬃山羊的認知，不在斷崖峭壁生活的一天，就覺得自己不是長鬃山羊。牠們已經習慣了活

杜鄉長與少年。

在危險的地方，但其實是對牠們來說：反而牠們覺得是最安全的地方，使牠們更自由自在。只有在斷崖峭壁牠們才有洋溢出生命的氣息。

　　祖先的上帝也是我們現代人「那一位」，不僅是創造宇宙，連山的守望者也是祂安排的。當然地，所發展出來的文化也在這個氛圍中，所以他們是在自己的文化中生活。但現在的我們，生活已經不在那個環境，又當我們要表現文化藝術時，似乎是那裡的文化氣息，但也少了真實感。其實唯有發自內心的體認自己悠久文化的內涵，真誠表現於生活祭儀中，才不會流於形式而逐漸消失。

　　我們屬哩咕烙的民族，能夠在這裡相聚一起舉行聯合豐年祭，是非常難得的機會。或許未來還會有有心的人再創造機會，但魯比哩阿尼鄉長不僅帶領我們回老家，更重要的是他帶領我們回到祖先之文化的殿堂。

　　以前在老故鄉古茶部安部落西下方名叫滋泊滋泊的溪流，是跨越宣告的地方，它對面上方有一竹林。祖先說：「那裡是神聖的地方，是專屬整個屬哩咕烙民族之所有。那裡是專為四個族群之每年一度為命運占卜的地方。」古人又加以解釋說：「每一個族群必有專屬的小區塊竹林，只要觀測竹子發展的榮枯現象，就可以判斷出哪一個族群未來人口的興旺與否？」這個竹林更奇妙的，是生態植物學家說：「竹子的壽命至多一甲子，一開花就要準備枯萎了。」但是，象徵我們屬哩咕烙子民生命的竹子，自古到現在仍然還在長。於是當我們正在舉行聯合豐年祭的同時，在我內心裡默默地祈禱說：「願我們整個屬

哩咕烙之所有的子民，能夠像我們生命的竹子永恆常綠之外，
我們即將永不枯萎。」

我們的生命竹子。

西魯凱族聯合舉行豐年祭的盛況。

第九章　原始傳統雕刻家凋零了

一、他走了

　　天色霧雲低迷地逐漸地朦朧，嘟啦勒歌樂一排排的人家，在朦朧中若隱若現的行人依稀可見。南隘寮溪谷的流水聲低沉哀鳴，微風沿著溪谷不時地夾帶著春天的氣息。屋前的芒果和檳榔樹的花絮，不時地隨著春風飄逸著，霧水雨滴猶如是時光沙漏正在述說著「春天已經來到了」的信息。新興的滋歌樂十之八九是空著的人家，偶爾聽到老弱婦孺互相照應的呢喃聲。

　　前一些日子，打鐵小屋內啄木鳥般地敲擊聲遠遠可聽，但如今是一片寂靜。原來力大古‧瑪巴哩屋，他老人家在他女婿的家裡驟然逝世。這個驟然逝世的噩耗傳開，在迷霧中依稀可以看到在滋歌樂裡僅有的耆老幾位人緩緩前來。有的以枯瘦的雙手轉動著輪椅，有的依著拐杖一步一步緩緩捱近，坐落在第一鄰最前面一排右側一間雜貨店，是他老人家女婿的家。當奔喪的人陸續前來大門前看著力大古他老人家時，他已經被安置在客廳正中央安詳地躺著。

　　在他左側是他唯一的女兒卡巫素，和兩男三女的外孫子女在旁邊為他守靈。稍微年輕的婦人們當聽到噩耗，早已匆匆的前來表示哀悼，坐在對側繼續陪伴著他老人家。一位較年輕的

婦人進來說：「哀哉！阿瑪，縱然是知道您老人家年已老邁，但我覺得您應該還不是時候……」坐輪椅的溜嗚珠‧沙哇魯一進來便說：「阿瑪！您怎麼了……」依著拐杖已經一百多歲的勒格樂歌老奶奶，她帶著心情沉重又很冷靜地步步站穩挨近，坐在他右側旁邊，然後以她顫抖的右手輕柔地撫慰她姪兒力大古的容貌。從她已經乾涸如枯木樹樁的軀殼，然後淌著僅有的一滴淚水說：「孩子！我還以為你會送我一程之後……但你顯然已經累了，來不及打一聲招呼對我說你要走了。哎依！孩子，安詳地睡吧！」

他女婿卜依靈望著牆壁上掛的月曆，是西元 1990 年 3 月 4 日春初。他從胸前左邊的口袋抽出一支紅色的簽字筆，畫個圓圈表示特別的日子，抑或說是傷心的日子。

巴魯咕陸谷‧沙哇魯老人家聽到有關他的長輩力大古‧瑪巴哩屋，他已經離開的噩耗，他趕緊前來奔殤。他來到大門前看著他長輩力大古他老人家已經安詳地躺著，於是他沉痛地開口說道：「哎依！啦啦[59]，原來您已經走了。以您硬朗的個性，以及您猶如是一棵櫸木在斷崖中聳立地屹立不搖，不論是大風大雨吹不倒的生命韌性，但是，今天您還是倒下去了。我們何以能夠學會您不在的一天？其實我們不必一定看到您的容貌，但聽到您雕刻刀之敲擊聲如啄木鳥般地聲聲發出，就讓我們老弱婦孺衍生出一股溫馨與安慰，使我們感覺這個滋歌樂還有生命氣息在呼吸。」

巴魯咕陸谷先拭淚，於是又說：「我們又何以忘記，您曾經一度是族人有難時投靠的地方，直到如今您仍然是。但今

59 **啦啦（Lala）**：魯凱語，即我的好朋友之意。

天，蔭涼我們的大樹啊！您終於倒下去了，而我們要往哪裡尋求？您那永遠伸出分賑的右手，今天終於要停止了，而我們老弱婦孺不知要向誰投訴？哎～依！啦啦，您即將歸到我們的祖先，和我們的老朋友，因此我不必掉眼淚，因為不久後，我們又會在那另一國度相遇重聚。我淌著淚水，是我自憐的眼淚，因我即將獨留一人孤獨地走完我們這一代，最後的蒼茫夕陽中的晚霞。」

巴魯咕陸谷老人家對他的長輩力大古悼完念之後，他移著腳步往他右側就坐在大門旁依著窗戶。

「奴奴！你岳父已經幾歲了？」他對他的女婿卜依靈問。

「照他身分證所登記的，應該是八十七歲。」

「怎麼他那麼年輕？」巴魯咕陸谷很驚訝地說。

「他是出生於民國前八年（即 1903 年）。」

他的女婿卜依靈沉思地正在推算他岳父出生的年齡，然後說：「當日本人來到古茶部安設立駐在所時，已經是公元 1920 年（日本朝代大正九年）。對於日據時代如何定出他的年齡，頗令人質疑。」當卜依靈正在疑惑的當兒，於是他轉頭向在座的巴魯咕陸谷老人家問有關他岳父的歲數說：

「據您所看到的阿瑪，他的年齡應該是幾歲？」

「他實際年齡應該比我大，但日本來時，我出生所登記的，卻比他大許多。」他又說：「據我印象中，他應該是比我大哥撒卡勒・哩哇哦烙小一點，但是還比我大姊巴娥喇樂大一點，之所以我稱呼他：『哥哥！』但他怎麼可能比我還小許多呢？」

「那你這樣推算起來，他實際的年齡應該是九十幾歲多了。」

「所以日本人的把插思 60 是錯誤的。」他補充說：「不管如何？他的生命很寒酸的，他並沒有倒下去，已經很不錯了。」

「我也這麼認為，」卜依靈說：「古代的魯凱人歲數記法如何？」

巴魯咕陸谷老人家，他先想一下然後開口說：「一個有心的母親根據所產下的嬰孩，當時是什麼季節？在什麼地點工作？在收什麼農作物？甚至於那時月出的現象？來定出孩子的出生日子和背景。然後每年在同一個季節來到的時候，用一條繩子打個結，以免記錯他年齡的歲數。如果一個小孩問說：『我幾歲了？』母親就把歲繩數一數所有打過的結，然後回答的。」他又說：「但是，很多母親因生很多孩子又太忙碌而常常忘了為孩子們打結，甚至於有的人乾脆不必數算人的年齡，因為人的生命長度固然重要，並不是最重要。況且每一個人的生命，不僅是有一位創造者所賦予，而且連一生的命運也是祂所支配的。」

但是，在我們魯凱人的社會，輩分之長幼有序是相當重要的。雖然不一定知道有多大歲數，出生的先後就一定會知道的。在太陽之下先出生的人，就必須受到尊重，這是最基本的。所以生命落地的時間正確性非常重要，無關乎一個人的生命長短。

這一天，他以八十七歲的高齡，悄悄地離開人間安然沉眠，回到祖先永恆的國度。滋歌樂裡老一輩的人，舉凡是在遠

60 把插思（Pacase）：魯凱語，即雕刻或刺繡之意。但現在當文明來之後，又指文字或寫字之意。

方的人，所有認識他的人，當聽到他老人家已經遠去的噩耗時，都不一而同地說：「他累了……」

　　圍在他一旁的人們正在談論著他一生的背景。一百多歲的勒格樂歌老奶奶，她是力大古的父親雷哦珠之同父異母的姊姊，她唯恐人家不了解他們血液的關係，於是她以心靜的話語開口說道：「我姪兒力大古的曾祖父名叫叉瑪克‧卡陸甬，是屬拉瓦爾群之達拉達來部落的貴族啦里咕阿尼家族。他也有阿巴琉素家族之三等貴族的血液。」她拭淚地向著她的姪兒力大古說：「孩子？我在述說你高貴的血液……」

　　她抬舉頭來向在場的人又開口說道：「我的阿瑪叉瑪克依然放棄他在達拉達來部落的名分地位，離開他故鄉抽足往東方經過瓦陸魯、古茶部安，又繼續挺進往東方遙遠的達嘟咕嚕小村落，愛上我母親咳啦喜之美麗的平民女子，並入贅給我母親的家。」當勒格樂歌老奶奶說這一句話時，在聽的人總是互相對視而後竊竊私語地說：「這一位女子，應該是非比一般……」

　　勒格樂歌老奶奶繼續說：「我父親叉瑪克與我母親咳啦喜結合之後，就生我和我弟弟叉瑪克 II。當我母親過世之後，我父親叉瑪克又再娶第二任太太名叫陶喇瑞之屬阿爾部陸家族之後，生我同父異母的二弟銳嗚珠，還有三弟札峨埲，所以我擁有三個弟弟。」

　　勒格樂歌老奶奶可能已經坐累了，她動一動身子正在尋找坐姿最舒服的方式。她姪兒力大古的大女兒卡巫素旁邊的一位婦人，去旁邊另一間臥房拿一個枕頭安在她的背讓她靠著。「這才是……」她說表示很滿意。

之後，她繼續說：「因我老爸生他們的時候，已經沒有能力為他蓋一間石板屋，所以我同父異母的二弟銳鳴珠，許配入贅至力大古‧巴達哩怒古的妹妹特爾賽，然後生我姪女咳賴蓋、姪兒力大古，以及一位名叫蓋奴安的老么。但老么蓋奴安很不幸地熬不過幼年就離開人間。」

她想一想，從她的眼神，彷彿是在一條長長回憶的溪流在尋找什麼似的，於是說：「我的姪兒力大古雖為平民身分的血液，但還有貴族的一層霞光，他的母親是望族家室老力大古‧巴達哩怒古的妹妹，所以我弟弟銳鳴珠的婚姻，多少帶給我姪兒力大古的名分有提升的作用。」當說完這句話之後，她低下頭來向著正躺著的她姪兒說：「孩子！你的血液雖不是大溪流，但你以清溪為貴地潺潺流過人間。」

當勒格樂歌老奶奶說這一句話的時候，在一旁的巴魯咕陸谷老人家說：「這個我們就沒有話說的，只是……」他稍停一會兒，似乎想說又不敢說的樣子，最後他還是說：「因為在他清流的人格，容納不下別人的虛偽，所以說話剛直。」

老奶奶勒格樂歌說：「他娶排灣族屬巴待嬰部落之屬喇稫撒尼家族的女子娃娃鳴妮，雖然是普通貴族，但對於我姪兒力大古還在達拉達來部落的祖先之階層原來是大貴族的名分，又降到谷底之後又再提升的作用。他生了大兒子烏陸烏鹿後，此後所生的孩子都陸續夭折。當他們覺得已經沒有希望了，不料又有一位可愛小女孩卡巫素誕生了。」

他曾經也說過：「那一天黃昏，我前來看一下嗷嗷待哺的可愛小女嬰。雖然她很美又可愛，但我們已經失去信心了。因

我們感覺美的總是讓人擔憂。」於是給她取名叫勒默樂漫爲她的正名，而以卡巫素來稱呼爲她的匿名，是希望上天能同情我們並放過她！」

　　然而不幸的事情又發生了。當他的女兒大約兩歲大的時候，也就是他約莫三十幾歲左右時，他太太過世了。這件傷心事深深影響他的人生，甚至於也影響他日後的作品。他應該也有情感上的軟弱，但他因爲對傳統精神倫理篤信不渝，所以堅持終生不再娶的信念。

　　我回想起在中央博物館所刊出的書中，看到有一樣作品，那是一根祖靈柱。在底下註明說：「力大古的父親銳鳴珠所雕的。」於是我疑惑之下說：

　　「他雕刻的源流是來自於哪一條血液？」

　　「應該是流自於他的母系，因他的大舅老力大古是滋歌樂的藝匠。」

　　「不是他的父親銳鳴珠？」

　　「因爲其母系歷代以來都是古茶部安的藝匠，這對於小力大古的藝術生涯有很大的影響，尤其是他從小就向他大舅力大古‧巴達哩怒古學到打鐵及雕刻的技術，當他失去父母之後，他大舅一直栽培他的甥兒小力大古延續他的靈魂。」巴魯咕陸谷老人家又解釋說：「當他還是小少年時，其舅舅也是當代滋歌樂有名的長老，他把我們部落帶到歷史以來最鼎盛時期。」

　　「難怪，他日後不論是精神或技藝，都影響小力大古相當深遠。」

　　「力大古的母親以他大舅的名稱來命名他，不是沒有原因

的。但小力大古，他還有另一個名稱叫札峨埗，這個名稱是來自於他父親的么弟，但因爲這個名字在他父親的家族歷史上無名，又因被敵人所殺，因此小力大古非常不喜歡。至少他不喜歡任何人用這個名字稱呼他，只要有人用『札哦埗』稱呼他時，他掩耳不聽，甚至於連他眼前已經倒滿的酒，他會不聞不問地收回去甚至於倒掉，連向敬酒的人說一聲『對不起！』都不說。所以可見他討厭這個名稱的程度。」當巴魯咕陸谷老人家這麼描述的時候，我已經掩不住地想笑。

他老人已經走了的消息傳開，在台中工作的三位孫子接到噩耗說：「最疼愛你們的吾拇已經走了。」使他們紛紛停止手中的忙事回來爲他們的吾拇奔喪。滋歌樂裡所有的年輕人也紛紛請假陸續回來，很主動地爲他老人家去準備他的巴哩屋（墳墓）。而我大表哥卜依靈忙著準備要舉行告別儀式的場所。

「老哥！老人家沒有什麼信仰，那要如何舉行？」

「他根本不相信基督教。」

「我只是記得還在老故鄉時，叉瑪克牧師試圖向他傳道，可是他從不接受。」

「那怎麼辦？」

「我還在研究，」

「以古老的方式舉行？」

「那就簡單了。」

第二天，當我們正在準備告別場地時，叉瑪克牧師前來爲老人家奔喪。他來到靈前說：「阿瑪！您還是倒下去了，以前當我來向您傳耶穌永恆的眞理時，您硬是不聽。但今天來想

告訴您，我心裡準備還是要以耶穌的愛來護送您一程。」他說完了並對我們所有在場的人說：「我們大家一起閉目默哀……」之後便是他禱告。在他的禱告中，他先感謝神明陪伴他一生一路走過來，也對神明深表感恩能賜給我們滋歌樂有這樣的人。最後對神明請求說：「他雖然並沒有向祢作正面接受，但我們已經看到了祢在他身上所呈現的力量和超越。在一位一生操勞、受盡苦難與悲傷，但祢默默地與他同在。我們已經看清楚了，而且當我們口口聲聲說：『我已經信了主，且披上祢神聖的彩衣標榜自己是神聖的。』但今天，我們已經明白，其實在祢所創造的大地角落裡，祢愛的理性之光，猶如是朝陽般地發出，而我自嘆不如地要說：主啊！請祢饒恕我的疏忽，並開祢那永恆聖城的大門引他進去，讓他享有祢設定的永恆生命和幸福，以彌補他在人間一生蒼蒼……」

當他禱告完畢，便轉身出門向大表哥卜依靈表示，明天，他想要負責他老人家的告別禮拜，我看大表哥卜依靈的眼神甚是滿意的樣子。

但當我聽了叉瑪克牧師的禱告和他對老人家告別禮拜的主動意願，使我想起當我們還在老故鄉時，有一天早上，那時，我隨著老爸正在走過他老人家力大古家上方，和達嘟咕嚕區之下方的一條路，要去東邊莎啦烙地段的耕地。我看著力大古他老人家正在外面前庭他的工作坊，旁邊坐著叉瑪克牧師，看來他是試圖以基督的福音改變他的信仰。後來我從他老人家的信念裡感受到，篤信傳統信仰猶如是在斷崖中的紅櫸木般地頑固。

他認為耶穌基督可能真的存在這樣的人，但他認為傳的人太虛偽了。又在當我滋歌樂遭遇饑荒時，基督教會正在發放救濟食物時，使許多人隨著救濟品多的教派，就蜂擁向那裡信仰，但他不為所動。當他看到人往那裡要禮拜，便說：「要去做禮拜？」他說：「以求餬口以假惺惺奉信仰。」然後一笑置之。他就是這樣在他心靈世界容納不下一絲虛偽。

以前，我也並不是沒有試過，因我大表哥卜依靈一家都是基督徒，我早已知道大表哥和嫂嫂一定很關心將來有一天為他送終的問題。

「當您要回到祖先的歸宿時，您要我們以什麼方式送您一程？」大嫂卡巫素說。

「我還要你們為我做什麼？」他很嚴肅地說：「我們的祖先怎麼走我就順著走。況且，你的母親，以及還有好幾個你兄弟姊妹已經這麼走了，我還有別的路要走嗎？」

「說的也是，死亡的路當然只有一條，但我說的是信仰的路。」大嫂又說。

「我寧可信我祖先的創造者。」

但今天，當我們正在為他準備告別禮的同時，我深為他老人家感到歉意，因為我們即將以他所不願意看到的場面為他準備，為他披上基督教華麗的彩衣。假如他還能醒來看一看自己，他一定很厭惡地脫下虛偽的外衣，然後說：「請拿出我原來的獸皮幫我披上……」

二、我對他老人家的回憶

　　他老人家與我們家的關係。力大古老人家的母親德爾賽與我祖母施妮德之母親達烏啦芮是表姊妹，所以我祖母施妮德應該稱呼力大古爲表弟，因此我稱呼他「吾拇」（即祖父之意）。而他以作爲我「吾拇」的關係，我可以感覺得到他老人家非常關心我們家的小孩。因他是我老爸的表舅，在卡滋歌廊時又是鄰居。聽說當我父親是個孤兒時，是力大古的姊姊咳賴蓋親自照顧他的。」又因他們兩姊弟從小是孤兒，因此深刻體會孤兒的苦。老爸回憶童年說道：「母親嫁人了，我和妹妹留在家裡，就由我們的姨媽咳賴蓋親自照顧我們。」老爸又說：「當我開始學習打鐵時，工具和技術是我表舅力大古老人家傳給我的。」因此，當我說「吾拇」時，內心的感觸已經非比一般了。

　　有一次我上來部落，他正在他女婿家外面雕刻大的作品，那是房子外面走廊的柱子。我以幽默的語句說：

　　「在您所雕的作品裡，沒有看過赤裸裸的女性，爲什麼？」

　　「爲了什麼？」他反而問我說。

　　「那是您們藝術家的情欲動感之美。」

　　「在我永不可以，因祖先並沒有告訴我。」

　　「以前在頭目的簷桁，豈不就有這麼一個雕像？」

　　「那是不傳統的雕刻，魯凱人永不可以。」

　　「那是什麼原因？」

　　「女人是神聖的，怎麼可以曝光呢？」他說：「那一種觸動是暫時的，就像美酒，那就不是把插色（藝術之意）。」

「那把插色又是什麼？」

「魯凱族的把插色是保守的，是內心眞實的情懷，那一種感動是永遠的。」

「我明白了。」

「在我們魯凱社會，一項不成文的倫理，那就是婦人或丈夫死了，再也永不再嫁或娶，在您的認知如何？」我又改一個話題說。

「那是對一個人當承諾說『我愛你』時，怎麼可反悔呢？」

「那麼多人還是違背了，那您怎麼說呢？」

「所以我永不相信人類的承諾。」

「我明白了。」

又有一次我上來，我們在大表哥卜依靈家外面圓桌正在微醺陶醉地飲酒時，在家下方一處坡地是一間簡陋的鍛冶屋，敲擊聲不斷地傳來。我趕緊走下去幾個台階，轉頭看他裸著上身下面穿著破舊的短褲正在打鐵。從他的體態雖然已經看得出蒼老，但仍然還可以令人想像他盛年時的架勢，歲月摧殘的容貌，依然是那堅強毫不在乎的頑強個性。

「吾拇！您還好嗎？」

「年已老邁了，生命在黃昏裡正等待西沉，無意地想藉著每時刻，盡量找時光以補充填塞。」

「說的也是啊！感覺人生的時光愈黃昏愈叫人難捨，」

「不如說，我已經沒有本錢再浪費了。」

「依我看來，終有一些您想留下的述說。」

「不如說，我是在打發時光。」看他很多心思的樣子而說：

「走過那麼一大把年紀，身體遍體都有裂痕了，還有什麼話要說呢？」

「我們還年輕的，都感覺已經有了徵兆，更何況是您呢！」我親自倒酒提給他便說：「我們一起過這一年。」並給一句鼓勵說：「我們還有很長的路要走。」

我們一飲而盡地各自深深吸一口氣，「哦！」一聲似感嘆是他老人家一絲心念說：「人生蒼茫中，仍然還有一杯醉人的酒，又熬過一年的興奮和得意的氣息。」

「對了，」他說：「你們要去哪裡？」

「我們三個兄弟是要回老家，正在經過來看您老人家一下。」

「對了，我想告訴你一件事，」他突然很正經地說：「我要回家了。」

聽他說「要回家了」，使我以爲所指的是他生命要西沉了。

「您怎麼那麼心急？」我帶著訝異的語句。

「不，我不是指那邊。」他望著正在緩緩西沉的夕陽然後說：「我是說『要回去老家』。」

「那好，我也正想要回家，可是，最近不可能。」

因爲我還要離職，而且還要考慮後續的經濟問題，而當我想要解釋時，他打腔說：「我早就已經修護房子了。」聽他一這麼說，我興奮不已地說：「也好，吾拇您先回去，不久我就回來了。」看他歸心似箭的念頭，以及堅定的心念，使我有種感覺：「他想要在老家度過他的人生黃昏。」

「吾拇！您堅持要回家……？」

「我的父母親，婦人，還有孩子們都在老家，當然我必須回家。」

　　當他說了，我便明白他的意思。他不僅是要回老家，他還要從老家出發回到他深深懷念的親人身邊，那早已在過去某個時光歲月裡，比他先離去的親人。

　　我看著手錶已經快天黑了，也顧慮到我們還要上路，心裡想該向他說聲再見的時候了。於是我對他說：「我們暫時分離，反正我們日後還很長。」

　　「替我問候在老家的……」他流著淚水說。

　　「好的，我一定會替您傳達。」

　　當我站著要離開時，在他背後那一件小作品〈憶母親〉仍然還在他背後排放者。從過去他一慣的作風是雕大型的作品，但為什麼最近常常雕小作品，一看不難了解他內心在想什麼？

　　還記得在前幾個月的週末，那一天禮拜完了我便來這裡，他突然提起他的母親和他的弟弟，而後在那裡哽咽，在我這一生第一次看到他淌著眼淚。就讓人覺得他一生中日夜所懷念的也就是只有那一件。

　　「哎依！我會帶著您對家鄉的懷念……」我再說一遍便離開了。

　　走在那稍有坡度的短短的路上，腦海裡始終是激盪著一個即近九十多歲的老人家，在他印象中的母親和弟弟，永遠是靜固在他當時可能還只是個四、五歲的記憶裡。在我心裡自言自語地說：「或許是那一句別人常說的『乍現卻永恆』的道理吧！」

但多少時候，曾經烙印在我的回憶如此美好，但是只有留在回憶。於是我好羨慕他能夠以雕刻來抒發他記憶中的感動。

力大古老人家一生裡有諸多的作品，都被收藏家收走了。我們族人似乎很少人去理會或疑問：「為什麼別人會喜歡……？」然後去注意他的心路歷程，以及對社會的意義和影響。

尤其在他的作品裡，使人隱約知道他對社會傳統倫理道德的約束相當保守，但又覺得又是什麼原因使人感動？有一收藏家告訴我說：「力大古刻畫的線條最美……」我才領悟他刀下的線條充滿著對生命深刻活生生的動感。

早上，卜依靈大表哥雖不經邀請，但眾多的人自然而然地前來聚集，除了部落的族人以外，外村的地方首長、大頭目，以及巴待嬰的親戚們都前來表示震撼與哀悼。

為他追思告別的那一天，當他三個孫子和兩個外孫為他抬棺送他老人家最後一程而緩緩離開時，我在內心中帶著歉意和愧疚地說：「吾拇！請原諒我們的不是。也好，您以靈魂回家了，省了這一段歸鄉之路的煎熬和孤獨……」最後，在內心又沉重地承諾說：「吾拇！我一定會回家與您的靈魂作伴。」

我們來到墓地，幫他老人家安置他靈魂的底尼外[61]之後，春天柔和的陽光在沉寂中照耀，我們正在悲傷哭泣，野地的畫眉鳥達巴麗露[62]正在細語呢喃。又彷彿是在底尼外休息區意外地與他老人家相遇，他望著我柔情地微聲細語般地在叮嚀。最後，我轉頭再看一下，他的墓碑上寫著：「力大古‧瑪巴哩屋（1903-1990）。」

61 底尼外（Tinivay）：這個地方是古好茶部落走向西方途中第一個休息區，現在我們稱作「紅欅木」，但在此是指靈魂走向永恆的家鄉之暫時休息的地方之意。

62 達巴麗露（Tabalhilu）：牠是一種畫眉鳥，也是魯凱人重要的聖鳥之一，因牠傳達信息時以呢喃聲而得名。

第十章　天災的來臨

一、賀伯颱風

　　1996 年這一段時光，台大城鄉基金會在部落裡進行社區總體營造。其中一項是重新建構部落的原始哩咕烙的精神。爲「追蹤哩咕烙的走跡」劉可強教授很有心地特別撥款舉辦從台東跨越中央山脈來到嘟啦勒歌樂整個行程。他希望我們藉著這個活動能產生內在自燃，然後重新找回祖先一路走來的精神，並繼續照亮我們的認知然後知道怎麼走出去。

　　在「追蹤哩咕烙的走跡」中，我們這一夥七位當中有喇瑪邵‧阿拉哇郎、藍豹‧利依魯陸，以及巴撒卡郎‧達咕賴哩三位是資深的老獵人。他們扮演這一趟「追蹤哩咕烙的走跡」的嚮導和解說之外，也想重遊以前他們狩獵一生的走廊。其中有智高‧魯陸安、銳鳴珠‧巴達哩怒咕，還有依寂淒‧瑪尼蓋三位年輕人，是在他們人生中第一次的經驗，我相信他們這一趟路，必然地對於帶著哩咕烙的兩兄弟祖先有深刻的感觸和難忘的回憶。

　　除此之外，令人最難忘的，那時，正好是四月中。當我們從中央山脈下來時，路途上兩旁的冷清草，從它們的表象，無不在述說：「久久不雨的垂憐。」

　　於當年夏日，也就是部落遷下來第十八年之後，於 1995

年賀伯（Herb）颱風突然來勢洶洶地襲來。那一天，我們在風雨中已經熬過了一天一夜。當剛天亮之際，我們看著昨夜雨勢積成的水，已經帶著漂流物沿著部落之每一條大街小巷。大家冒著大風雨仍然出來外面看一看部落下方南隘寮溪的水量，因為我們所想到之可能性的「毀滅性水災」，必然是沿著南隘寮溪之河道滿過之後淹過村落。部落的村長瑪魯卡陸咕・卡哦勒阿尼正在對族人宣告說：「所有的族人請馬上到長老教會那裡暫時避難……」其實所有的年輕人在凌晨時早已展開巡視部落，而我們還慢吞吞地帶著惺忪的眼神才剛起床。一位城鄉所名叫茉莉濃的工作人員從外面進來說：「部落出事了。」我們還來不及穿著上身，便跑出來往陸魯安家右側後面。到了那裡所看到竟是土石流堆積已經成小山丘，其中兩間人家都已經消失了，外圍的幾戶人家也已經被沖壞得稀爛不堪。

當大家都已經在高處的教會時，有人說：「有看到咕陸東・達魯啦陸幕（1934-1996）以及他的婦人巫達拉妮（1937-1996）走到教會向每一位老人家表示慰問之後，不久後發現他們都不在教會。」後來的目擊者告訴我們說：「他們可能是又回去想拿東西之後，就立刻要回到教會的念頭，但不料瞬間一洪流瀉下來就再也出不來了。」另外咳祿咕・卡布陸和其婦人達麗一對夫婦，可能他們也是正要離開了，但稍微慢了一點而來不及出來就被淹沒了。

兩家兩對夫婦被活埋的消息傳出之後，大家趕緊開始投入徒手救援的工作。我們一面開挖一面從每一個縫隙試著呼喚，且始終抱著希望說：「有可能還在空房子裡頭……」但我們的

呼聲總是被土堆消音得毫無回響和聲息。又一天一夜的煎熬，次日，咳哩嗎勞代表不得不用他的怪手開挖，中午才陸續一個個地把罹難的族人找出來。

咳祿咕和其婦人達麗，他們兩夫婦就在嘟啦勒歌樂新部落的第二鄰和第三鄰之間的大馬路後面盡頭之往教會走道路旁，做饅頭和豆漿的小生意。每當我要回舊故鄉古茶部安時，必定經過他們的早餐店。每當他們端給我的早餐時，總是對我說：「好羨慕你要回家……」之後有一段時光，山上老部落當時還有蒲葵樹的那時段，他們兩夫婦從下面上來，把他們的老家修復好之後就下來，不料，就在 1996 年賀伯颱風時他們卻遇難。從此，我們對部落因奪走了我們的親人感到失望之外，不安全感便在我們的心靈開始起霧。

當時另外往平地對外唯一一條道路，已經柔腸寸斷，二號水泥橋部分也被沖毀。使我們要下去平地採購補給生活所需時，必須經過簡陋的竹梯爬到橋上才能夠通行。還好這個時候，大社會聽到我們的遭遇，絡繹不絕地來送物資，使我們能夠度過這一段時光。

當時台灣省最後一位省長是宋楚瑜，他也來巡視災情，並立即下令為部落下方興建河道之防洪坡堤。使我們對他的認識不僅他是最後一位台灣省省長之外，也深感懷念他。

二、杜鵑颱風

從賀伯颱風之後，又過了七年，於 2003 年的夏末秋初，

我和鄰居小獵人夫婦正好在古茶部安。黃昏裡，我和小獵人在我家外面陽台悠閒地交談著有關颱風要來的事情。縱使已經看到了天邊染有鮮豔的彤雲，但我們總是懷抱著樂觀的想法說：「已經有七年的歲月並沒有過太大的颱風來襲……」並希望今年跟往年一樣是緩和的夏日。

天色慢慢地暗下來，我們各自回家。我則進家屋關上窗戶並點起電石燈來打亮，且坐下來打量地看一下才剛蓋好的大房子，心想說：「應該沒有問題。」後來小獵人夫婦又請我過去和他們一起吃晚餐。當要過去的時候，天已經開始下起細雨來。當我們吃完晚餐之後，看著窗外從他們屋頂流下來的雨水，被一陣陣吹來的風傾斜地滴落下來，令人覺得不太對勁。

我便趕緊回家爬上屋頂，把太陽能板拆卸下來帶進屋子裡。不久之後聽到一種來路不明之怒吼聲，可是風勢還沒有來到。那時，我對剛蓋好的房子十分有把握地在心裡說：「縱然是那麼大的颱風，我永恆的巴哩屋啊！今夜，就看您的能耐。」就在上半夜大約八、九點鐘時，強風真的來襲而且越來越強勁。到了午夜，屋頂上面的三個天窗的透光硬玻璃蓋是被超強的陣風，從屋頂像龍捲風似地吸走騰空消失在黑夜裡。廚房的屋脊也被吹垮了，雨水宛如是由竹筒從屋脊往裡面傾倒似的，使整個廚房地上都是水。讓我不得不把所有的東西堆在祖靈柱左右兩旁的寢台，窩在一堆睡袋和東西中躺著，靜聽外面四周的樹林聲。除了是被強風蹂躪得發出怒吼中嘶嘶的笛聲之外，還有斷裂倒樹聲。

好不容易熬到天明，當開門出來看，看到老部落裡的樹木

都已經倒地，遠看郊外的相思樹林，猶如是被一個大車輪輾過似的。杜鵑颱風帶著那麼詩意的美名來襲，卻留下在我這一生不曾遇到過的破壞力。她來得快但也去得快，正如夢中陌生的美女，臉上只是帶著一抹笑意並匆匆走過，留給我這個癡情的男人，意亂情迷神魂顛倒，留戀得忘我存在。夢中的美人走了，剩下的僅是心靈被掏空的載體。

　　第二天上午，我們兩家各自清理自己的家，一面驚歎這一颱風的威力。下午，我和小獵人從西邊往紅欅木的方向開始清理，竟花了半天的時光，卻僅僅只是把倒樹給鋸掉而已，就也已經累得連走路回家都快不行了。

　　次日早上，我又繼續從紅欅木一路走下來一面清理倒樹。當我們到達保報大斷崖之前一處相思樹休息區，就在我們最需要協助的時候，看到我們最好的朋友葉克思出現。他是我們在古茶部安部落的好鄰居，他住的房子又是原來的當家主人邦德勒‧沙哇魯，所以我們以原來當家主人的本名命名葉克思先生為邦德勒，以紀念他老人家。又再加上他的容貌很像那已故老人家之英俊的身材，尤其是他前額微禿光亮，還常掛著燦爛的微笑。所以每當我們呼喚他邦德勒時，彷彿又看到老人家再現人間。

　　我們都訝異地說：「怎麼是你？又是怎麼過來的？」他含著眼淚說：「我感覺你們在上面的人，可能都已經罹難了。因此想要第一時間來救你們。」

　　他在這不尋常的時段突然出現時，讓我感動得情不自禁地在內心裡偷偷地流下淚水。因他住在高雄，當在早晨的陽光正

在緩緩上升時，他就已經走到這裡並出現在我們眼前。想到他是一家的大兒子又是一家之主要經濟來源，又想到他是否有向公司請假？他要來救我們的事，有沒有向他的家屬報備？但我並沒有問他這些事，只默默在心裡感謝他。

我們三個大男人在前面一路清理倒樹，小獵人的太太在後面。大家好不容易把整條路清理到大峽谷。就在我們最渴的時候，葉克思把他背包裡隱藏的一瓶高粱酒拿出來說：「這一瓶是我準備爲你們……」在被杜鵑颱風嚇得尚有餘悸的心裡，又被他的誠意感動，再加上高粱酒的感染力而陶醉之下，我們的悲傷和疲憊，早已隨著酒蒸發至九霄雲外。

我們喝完後便下去往嘟啦勒歌樂，遠從部落上面轉彎處看下去，部落的活動中心已經被杜鵑吹倒了，鄰近的房子連帶也被損壞了。雖然部落並沒有太大的損失，但外圍郊野遍地的樹林全都被吹倒並斷裂。從這個不尋常的景象看來，就已經在說明大自然已經有所啟示。但我們始終是以樂觀的心態說：「大概只是就這麼一次是偶然，以後，可能不會再有了……」推託僥倖，並沒有任何警覺。

但是，當我們的活動中心被狂風吹倒了之後，讓我們特別懷念提議興建這一棟活動中心的瑪勒斯樂司（杜議員）說：「最疼愛我們古茶部安人的杜議員，您留給我們的永恆禮物——遮蔭我們靈魂的活動中心，終於也倒了。」於是在我們內心裡，對於他永恆懷念的淚水，添增那麼一滴人性於雜亂一堆的心靈中。

此後，我們仍然帶著希望的祈禱說：「神明啊！颱風就此

結束吧。」我們仍然過著往日的生活，時代的生命像自然界的草木之榮枯依然交替。在這一代的年輕人——中青分子，不僅是耐著時代在資本主義之下，社會所帶來的時光枷鎖與社會責任，且要照顧我們在家裡的老弱婦孺。漸漸地他們覺得：「我當初的想像來這裡會更好，但卻似乎越來越不如預期。」但他們仍然勇敢地面對，一面工作又一面養育我們，又繼續為部落有新的計畫，有的人蓋民宿或增建新的兩層樓房。縱使已經看到了四周所有的樹林，因在不尋常的杜鵑颱風下消失了。但我們總是說：「大概只是就這麼一次，以後，可能不會再有了……」

又一年，於西元 2004 年春天，我正好在古茶部安老故鄉，從下面上來的人說：「我在岩壁喇燈那裡看到喇部珠，他說他要回老家……」告訴我的人又說：「因為我覺得他已經發神經病了，所以我打發他回到嘟啦勒歌樂。」當聽了這一番話之後，使我內心好奇又納悶地說：「在嘟啦勒歌樂部落他哪裡有家？」

我想到的是當我要上來時，他曾經對我說：「我很想跟你一起回家看一看我的老家，因老家總是永遠在我內心裡。」使我聯想起他人對我說的話，內心想著：「我們永遠不了解他內心。」在我內心裡他應該不是喝醉，也不是發神經病。但我們始終是以自己對他刻板的看法和想法，永遠看不到他內心深層的需要。

又當想起我的好朋友喇部珠，他的爸爸是為我們部落的鋼索吊橋而犧牲的。其實因為他們沒有能力去野地採可賣的東

西，也就是說他終年不曾下去過平地。當然這一座鋼索吊橋對他們兩父子的生活來說，並沒有什麼多大的任何意義。但他父親就這一趟下去為吊橋的事純粹是為部落，沒有想到這一去，與他唯一且最疼愛的喇部珠一別永隔。而當我們有好處要分配的時候，我們連一個字都不提。

最後，是於當年7月2日敏督利（Mindulle）颱風過後又十天，7月中之典型的夏日雨季。我們最好的朋友喇部珠竟選擇在不體面的地方，選擇夏日雨季在水門大橋，跟著山洪激流離開我們……他是隨著急流漂流而走的。當他被一位里港的農夫發現時，已經是好幾天後的時光了。

此時之後，我無意間在水門大橋那裡遇到卜依靈・達喇派。他談起從我們消失的喇部珠，說：「那時，我正好從達拉達來部落下來水門，看到喇部珠在三地門那一橋頭正在下水說：『我要游泳……』使我感覺他有一點不對勁，於是趕緊牽他上來，然後帶他來到水門這一橋頭買了一些飲料，包括：維士比以及其他……又一面安慰他。但我們這一別之後，他可能又想不開……」聽了卜依靈這麼述說之後，我只知道生命死亡過程是一種不尋常的觀念之外，死亡已經敲好的時刻，並非我們一般人所能理解。

在我內心裡說：「我的老友喇部珠，我深深知道你的去意。因為天下人間，你已經沒有希望能找到連一點愛的星光值得你留戀了。」之後，我仍然從回憶中思索他在古茶部安在開挖區的老家，與其父母的影子。

我曾經聽過母親提到有關喇部珠的母親麗阿絲的故事。母

親說:「在麗阿絲那一代的姑娘們，不知道中了什麼魔咒，每一個女子再怎麼想潔身自愛守著百合情操的倫理，但不敵春風飄蕩，連難以理解的容貌都一個個地倒下去，只有麗阿絲彷彿是斷崖中的百合仍然屹立不搖。於是大頭目卡喇依廊家族的當家主人娥冷，親自頒發百合花冠給麗阿絲，以表揚她節身自愛的情操。所以她的華冠是我們族裡最高的一朵百合的榮耀。」後來母親又補充說：「*Ka nagane ki alimi ta, Lhau ki Vay amia. Ka taka umaomasane ini la mia.*」直譯是說：「我朋友的名稱麗阿絲是早晨的光芒之意。所以她的人格也正如斯。」

當想到喇部珠的生命背景時，我又從回憶中尋找他們在那一排人家之中最簡陋的家，並想他母親的影子，然後祈禱說：「早晨的光芒啊！我的朋友喇部珠，必然地在您如早晨的永恆光芒之愛中，也祈求您照耀我們，使我們懂得擦亮心靈的天窗，使我們能知道怎麼做人？」

三、海棠水災

又過兩年，也就是 2005 年的夏日，我是帶著文學館的兩位工作人員，和一位來自南投布農族名叫乜寇的年輕人上古茶部安。當我們上來的路上還不知道有颱風要來的訊息，也是風和日麗的天氣。

我們到達古茶部安的第二天就開始下起雨來。我們在等待第三天雨勢停下來再準備下去，卻不見雨勢停下來。又再等一天，雨勢反而下得更多，於是我們還是冒著大雨上路要下來到

嘟啦勒歌樂。當來到拉刮撕大峽谷時，流下來的溪水已經是帶著土石以及深黑的水色，看著流下來的水勢，不時地滾落一些土石，使我們感覺已經不能沿著老路直接橫走過溪。於是我們不得不繞道從下方激流比較緩和的地方越過。還好有巳寇身材高大而有力量，又是山中布農的孩子。他幫我們開路並為我們一個一個攙扶越過滾流中的土石到對岸安全的地方。

我們下來到嘟啦勒歌樂古阿勒表弟家，又聽他說：「往平地的路段已經被山崩堵住了，所以車輛無法通行。」於是我們就在他家住一夜，次日中午路通了之後才下來平地的。下來到平地之後，他們繼續往台南，而我則回到水門的家。但雨仍然還在下著，不久後就聽到從嘟啦勒歌樂的消息傳來說：「部落的防波堤和對外聯絡的兩座橋梁已經被沖毀了。」所只在內心裡說：「海棠啊！還好我們比你先下來一步。」

在平地一段時光之後，我又回去山上，一路上已經看到了裂痕，假如再來一個相當於海棠颱風帶來的雨量，部落一定會被淹沒。因此每當我在相聚的人群中時，總是不時地告訴族人說：「平時留在部落還沒有關係，當夏天雨季時，切記一定要先離開這裡下到平地暫時避開，因為我所看到的地形已經搖搖欲墜了。」但是族人總是不為所動，他們心裡總是樂觀地期待，僥倖的心理多過於憂心和懷疑。但不如說，是因為我們對家鄉的熱愛和對土地的感情使然地，一種不捨拉斷與故鄉的情感吧！

儘管即近二十八年來的短短歷史，部落總是年年為夏日雨季恐慌。但只要是溫和的一年，我們總是舉行豐年祭。而每一

年不同的豐年祭，總是令人難忘的，是有很多老人家陪伴在當中，使我們如黑暗中有燭光。

有一年我們是在一號橋下方的沙灘上舉行豐年祭，還有一次是在教會上方之轉彎處。最後，我們是在嘟給廊地段那裡舉行。大家對每一次的獵人祭之所以那麼深刻，有可能是我們意識裡後浪推前浪的生命時序，因此對每一個人的容貌格外地記憶又深刻。當再也看不到去年參與的人時，對新生一代的孩子們的沾沾喜悅中，總是摻有黯然落寞的心情。

四、聖帕颱風這一天

西元 2007 年 8 月 13 日那一天早上，外面還是下著細雨，我從水門的家裡，看到直升機從水門上空掠影而過，沿著南隘寮溪往嘟啦勒歌樂方向時，讓人警覺地心想：「為什麼直升機往那邊？」過不多時，傳來甥女阿拉優慕撥來的電話說：「我們的部落被淹沒了。」才知道事態嚴重。我再問她說：「部落族人有沒有死傷的人？」她回我說：「沒有人傷亡但族人正在被直升機吊離現場，因為地方政府已經宣告說這裡已經是不安全地方了，所以現在要全部撤村。」

我暫時擱置為母親的忙事，趕緊發車急忙詢問族人集中的地點，循著別人的指示往內埔農工，救援直升機才剛從災區現場回來正在著陸，遠遠看到族人一群群地緩緩從直升機下來並走到活動中心的大門，並與先到達的族人相擁哭泣。而直升機從內埔農工到嘟啦勒歌樂輾轉來回已經不知幾趟了。每回從直

新古茶部安的街道。

升機下來已經得救的族人，在一窩蜂的迎接後來的，心有餘悸地哭成一團，場面淒涼使人難以言語。

當人社會傾巢而出地擁入內埔農工活動中心表示關心和慰問的同時，誰知道我們此時此刻的心情？因為從 1996 年的賀伯颱風，在加上今天之聖帕颱風（八一三）兩個水災獨獨是我們古茶部安人遭殃，使我們覺得在上帝的眼中是被遺棄的孤兒，因此感到格外的孤獨和淒涼，又如同犯了天大的錯誤似的，容顏不知道要擺哪裡。當我穿梭在聚集的人群中，聽到三三兩兩所談論的話題，都不外乎是「我們的部落何以是如此？」也有人說：「一定是我們有天大的罪行，正被上天懲罰……」讓我們屬古茶部安人最大的心靈打擊，不僅是兩個災害獨獨是我們受害外，最大的痛心是內在心靈裡猶如有罪般的挫折感。

在現場我巧遇勒格哎縣議員，他的臉色和心情很沉重地說：「我們屬古茶部安部落被水淹沒了……」他這一句話含意是說：「我們的部落新古茶部安的不幸，也正說明整個西魯凱族群的完整性也正處於龜裂中。」於是我說：「還好部落雖然受傷了，但是並沒有出人命。」之後，他就忙著要交涉地方政府如何安排族人。

在部落的咳哩嗎勞（陳村長）和啦伯爾（柯代表）安排下，族人在內埔農工外圍附近設置臨時的安置所。但可能因地方太小，還有的人則被送到屏東市某處暫時安置。但仍然還有一些人零零落落地不知要往哪裡是好？因此在當天下午，咳哩嗎勞村長只好宣告說：「在附近有親戚朋友的，可以暫時離開去投

宿。因為還沒有找到合適的地點可以容那我們那麼多人。」可是，在第一天晚上，仍然還有少數人留在臨時的安置所。

那一天晚上，我去拜訪巴克德拉斯表哥表示關心。來到臨時安置所，表哥他在那裡正在打理他狹小的位置。我一看到他便說：「表哥！我知道你心裡很痛苦……」他看到我很想說話，可是他只是靜靜地。我便知道他內心在掉眼淚。

巴克德拉斯表哥的家正好是受土石流淹沒最嚴重的災區之第一鄰。他描述道：「從昨天早上的前夜就已經下起豪雨來而且又熬了一夜。今天早晨，我們看著馬路和街道小巷都已經積水並帶著一些漂流物，使我們感覺事情不妙。還好，村長咳哩嗎勞非常果斷地立即宣告『所有的人馬上動身往長老教會暫時避難』，我們才趕緊跑到教會。在此同時，年輕人把不良於行的老人家們攙扶走到教會，還有的老人家必須用背著帶到教會。不料，當所有的人才剛上來教會不久，突然土石流從學校西北上方一洪崩塌下來的聲音，在一轉眼間，整個校園和我們第一鄰全都給淹沒了。還好是白天發生的，萬一是晚上的話，第一鄰的所有人家全都無一倖免。」

「還好你們第一鄰還算是滿聽話的，或者你假如稍微慢一步？也還好沒有人死亡，不然今天的氣息應該是截然不同。」

「大概還有神明的愛吧。」

「我們的祖先可就沒有我們那麼幸運了。」我並向他說：「莎保！」[63]

「假如是祖先，也不可能入住這樣的環境。」他沉痛地說。

當看著族人在我們旁邊，也只能莫可奈何地說這個話。其

63 莎保！（Saabaul!）：魯凱語，即您辛苦了之意。

實內心裡是無以言語的痛心。在部落東方是一棟長老教會的建築物，那裡高出於部落之原始河道之積水區大概有兩、三層樓的落差。教會不僅是我們部落的人之心靈歇息處，也是狂風暴雨的暫時避難所，如果不是那一間教會，今天的結果和眼淚就不只這些了。

　　我離開在臨時安置中心的巴克德拉斯表哥，開始為次日要出殯的母親忙碌。但因母親的緣故而我並沒有能夠參加全程援救的工作，使我內心對族人感到非常的羞愧和歉意。因此，當與母親告別的這一天時，我內心帶著沉痛的心情對母親說：

　　　　母親啊！
　　　　您的離去
　　　　我們的一切
　　　　您都帶走了
　　　　連我們的故鄉
　　　　也隨您帶走了
　　　　還有
　　　　該陪伴族人的機會
　　　　您也一併都搶走了。
　　　　母親啊！
　　　　剩下還存留的
　　　　是那往日
　　　　當在您愛的目光
　　　　在甚少有浮雲的心空下

玩樂嬉戲
即將是我們對您
是永恆的懷念與回憶

夏日雨季濃厚的雲層投下一絲幽光，我們一家人圍著母親，僅在這一世最後一幕端看許久她最後的容貌。之後，當她靈魂的獨木輕舟輕輕地覆蓋後緩緩離開我們的同時，又想起族人在昨天早上，他們眼睜睜地看到家鄉被土石流淹沒的那一刻，然後又被直升機吊離家園的那一剎那，當下因痛心所流下的眼淚，不僅在這一生即將是我們永遠揮之不去的記憶，也是夏日在我們內心深處永恆的噩夢。

2007 年之聖帕颱風帶來的水災，不僅帶走我們的故鄉，也同時帶走最疼愛我的母親。我彷彿看到母親乘著一條故鄉的帆船，隨著湍急的水流跟著那夏日流向西方地平線，又繼續航行向永恆汪洋的大海。帶走我們故鄉的風雨，並遠離我們已經有一段時光了，而夏日的風雨，還有我們的淚水仍然還在當下驟雨中。

遠眺故鄉的慘景。

第十一章　首次去拜訪安置中心

　　當安息日會的牧師巴哦勒池‧巴達哩弩咕來到我們的家，為全家人除孝的那一天，他勉勵我們說：「你們為已經失去母親，戴在頭上的孝布，我只是幫你們卸下來。但是你們對母親未來一生的淚水，彷彿是雨水的本質是潛藏在天海中的霧雲裡，永遠是揮之不去的陰影。」他說完後為我們禱告，給我們新的力量，並說：「地方政府已經把我們的族人安置在大同農場附近，那裡原來是國軍營區，現已改成災民的暫時安置中心。」而我覺得也應該去看看一下族人。

　　我從日新村出發，往麟洛之筆直的大道。一路上一面開車一面辨識每一條岔路，久久之後才找到小小一張看板寫著「霧台鄉古茶部安村安置中心」的字樣。朝著指示右轉沿著小路進入，兩旁林立的椰子樹，從大門原來的衛兵室前，直看過去就有大牌樓寫著「親愛精誠」四個大字，並確定族人應該是在這裡。一進去大門右側便是臨時的派出所，沿著門形大廣場從左側邊緣繞過牌樓進來到對面，再右轉沿著一路左側都是原來營區的建築物，與路面間隔著芒果樹和椰子樹的路段直走到盡頭，再轉兩個彎便來到門型右側的盡頭。

　　在那麼大的廣場走廊邊緣，依稀可以看到族人坐在走廊前的樹底下，猶如漂流木之木訥的容貌以及慌亂視同無珠的眼神。當我說：「你們還好嗎？」他們才驚醒過來看著我說：「還

好……」短短的一句話，卻是一言難盡又若有所保留似的。

後來，我遇到一位老婦人。她在外面走廊依靠在看護她女兒左側。一看體態讓人覺得她可能已經病入膏肓，但她仍然依她僅有的生命力走出來看一下陽光，順便看一下自己的族人在安置中心之最後的容貌，縱然再也不是她故鄉之新鮮的氣息，她還是想再吸一吸天下人間的最後一口人氣。

「依吶！怎麼了？」我說：「您是最疼我叔叔祿嗎尼的，怎麼能夠先倒下去呢？」

「孩子！我不知道上帝的意思？」

「您可能因為照顧叔叔已經很久了，也必然有所累積的疲倦。」

「我也這麼認為，但也是值得。」

「孩子們都已經長大了且都已經成家了，不論是男或是女的，他們都很優秀又很孝順你們，所以想起來倒已不是構成您和叔叔的壓力了。但是，依吶，您還要再接再厲，等找到了新地方之後，我們還需要您送他們一程入住……」

「當然的，在祈禱中我總是指望……」

「要堅強一點，當您看到我們還在漂流中，更不可以軟弱。」

「我也這麼覺得……」

「我們已經是老人家了，或許在實際的生活已經是不中用了，但是，我們就像爐灶裡那粗大而耐燒的木柴，再也不會是火燄熊熊，但是，我們是那永不熄滅的薪火，永遠是孩子們靈魂溫暖和能量的來源。」

最後當我說：「哎依～！」以表示暫時離別，其實腦海裡浮現著在不可知的未來，能否還有機會再相遇，或再看到她的容貌，我如同是在濃厚的雲層迷霧裡，只有祈禱神明再給予我們陽光和機會再創造一個可能性。

　　說完之後帶著依戀的心情繼續走。不久後便來到一位也是老奶奶，她在走廊外面花叢裡在做清理的工作。看到她縱然是在陽光底下，但她的容貌和眼神，讓人覺得整個思海已經不在現場。我彷彿看到一位美少女，她原來是去郊外採花，不料，卻遇傾盆大雨，當她趕緊想要回家時，卻發現回家的路已經中斷而令她迷惘無助。

　　「依吶！您還好嗎？」

　　「人還活著，這表示還好，」她的聲音如同山紅頭般地哀怨說：「其實大家的心裡都已經是生病了。」

　　「我們都在流眼淚，更何況是您……」

　　「日夜流著淚水的是，我們竟然在別人的地盤，而且還不知道我們要往何處？」她哽咽地說：「我們最大的痛苦，是困在連要回家憑弔已失去的家園都不是的窘境。」

　　「我們都已經無法適應，況且是您呢？」我安慰地說。

　　「其實能夠盡快地找到地方，我們一起搭個工寮式的避難處所，也都願意……」

　　「我們的祖先是這麼做的，而我們也應該有這樣的心念，」我又說：「政府和部落的年輕人正在努力尋找最適合的地方，所以您必須忍耐，而且您沒有本錢生病或軟弱，因為您還有一位美麗的孫女，她需要您送她一程到新的住處。」

「我就是這麼想才活到現在，」她言語還滲一點羞愧說：「況且，我們在這裡，有著連哭嚎訴諸內心的話都不是的煎熬。」看她一面說著又一面為她走廊外面的小花園清理時的背影，似乎在訴諸她內心深層的孤寂。

「莎保～！依吶，」我安慰地說：「您已經盡了力打造我們的故鄉，但我們永遠不知道上天的意思。」最後我說：「哎依～！」

說完之後轉頭離開她，可是她剛才的背影以及她哀傷的神情，那沉浸於痛苦思海的容貌，始終在我的腦海裡。

不知不覺已經來到營房走廊的盡頭，也就是ㄇ型營區右側的勾角。走廊空無一人，在想要回頭時卻聽到二表姊娃娃嗚妮的聲音從裡頭說：「哎依！弟弟，我以為你已經不在人間了。」當我還來不及回應，表姊又打腔地說：「還有我們的媽媽！」她很傷心地哭著說：「當我們的媽媽已經離開的消息傳來，我們正好在離開部落，其實若我還有機會看到她，我也已經沒有能力，更沒有淚水為她流了。因為我現在只剩骨架了……但我覺得甚是遺憾沒有親自目送媽媽一程，但去了那裡，又覺得怕生意外，反而增加你們的麻煩……」

「我們不讓您來是對的，再來我們已經沒有多少時光，也要走她的後程。」

「我比較擔心你不在下面的家守候著媽媽。」

「颱風前就下來了。」我轉移話題說：「姊姊！您還好嗎？」

「我本來已經是多病了，再加上我們離開故鄉以來，使病

情更加嚴重了。」

「您不說我也知道。」

「尤其，當想起還留在家鄉已往生的兩個的孩子……」她一面拭淚地說。

「我就知道您……」

「每當想起他們兩兄弟，萬一他們飢渴時並想到我而回家來時，我卻已經不在家……」此時，她爲兩個孩子落下想念的淚水，使人宛若置身在夏日雨季，於石板屋簷下驟雨中伴隨著雨滴聲。

二表姊娃娃嗚妮是一位很典型的魯凱傳統婦人，對家的概念永遠是和已經往生的人之在天之靈在一起。對生與死的觀念，如同是白天和晚上是一體兩面而已。

「您在這個新環境還習慣嗎？」我說

「這裡再好，畢竟不是自己的家。」她語重心長地說：「好羨慕你能常常回家。」

「當然，我只是比您好一點而已，能日夜與祖先在一起。」

「這就對了。」

「其實很辛苦又孤獨的，姊姊！」

「到哪裡都一樣很辛苦的，」她又補一句說：「重要的是，你有祖先可以傾訴內心的話。」

「這也倒是眞的，」我調味一些口吻說：「他們日夜以寧靜爲我作伴。」

「所以，當我有一天……」她又哭泣地說：「記得，務必帶我回到老家。」

從她所說的那最後一句，我並沒有承諾說：「我一定會做到。」但是，我一直在想如果真的有那麼一天，竟然幸運地讓我有機會背著表姊的骨灰正在回到老家的路上，我這一生是多麼地有價值意義。但只在心裡默默地說：「希望祖先聽到您的祈禱。」

　　二表姊娃娃嗚妮是貴族家族的二女兒，家境非常好，所以她人生的開始是富裕而華麗的。她原先的婚姻不順遂，後來嫁給傳統雕刻家力大古・瑪巴哩屋的大兒子嗚陸嗚鹿。也是在古茶部安家境最好的家族，二表姊夫又非常愛她。但是生了二個孩子之後，第三個孩子還在她肚子裡時，最愛她的姊夫因腦溢血驟然逝世。從此，她的人生不僅是需負擔養育三個孩子的辛苦，連她娘家的命運也面臨如夏日狂風驟雨中。使她的人生如同是在南北隘寮溪之會流處的漂流木，始終是在渦流中出不來。

　　當她已經邁入中年時，難得被阿迭爾部落的大頭目家族之老么匕吶賴所愛。又因他們倆是人生苦難的同路人。他們再婚之後，正逢部落正要遷下來，所以他們倆也跟著族人一樣非常辛苦的遷下來。來到新古茶部安之後原先三個男孩都已經長大了，於是又生了一男一女。但很不幸的，兩個同母異父的兄弟相繼離開人間。最後表姊夫匕吶賴又離開人間，使她原來高貴的血液和靈魂逐漸地凋零。

　　最後，我向她說：「哎依～！」一聲，並順便問她表哥藍豹，也是我的姨丈住處說：「姊！藍豹的家在哪裡？」她指出我與她住處之對角的隅角說：「那裡有一棵大榕樹，就是……」

剛才與三個老奶奶們交談中，心靈竹簍充滿著悲情與眼淚，令人不禁想到：姨丈藍豹是智者，悲情裡終究會讓我心靈有休息的地方。當我以對角走捷徑直線在草坪上走路時，他早已看到我了。來到大榕樹時他正好坐在樹底下休息。

　　「您們還好吧？」我說

　　「夜宿別人的家，還能說什麼呢？」

　　「說的也是！」

　　姨丈藍豹進去他家裡頭不知道在做什麼？而我也順便再轉頭看過去整個營區，整個部落沒有多少家族搬進來，部落裡應該還有一半的家族散落各地投宿別人家，所以還不是整個古茶部安部落的全部人員。

　　暫時的部落安置中心，原來是軍用營區之門型既有的特色，中間寬闊的軍人訓練場地，四面是官兵的宿舍。令人不得不想起以前，當還有軍人在這裡操兵時的情景。又看著沿著官兵宿舍前面馬路邊林立著芒果樹和椰子樹，也是軍人操兵休息時乘涼的地方。而派出所暫時設定在大門原來是衛兵的調兵室。但如今，看著這一切，令人往往沒有想到，我們竟在這裡毫無尊嚴地正在療傷。

　　使我不得不想起第二次世界大戰時，當日耳曼的希特勒時代，把猶太人大行民族隔離政策時在集中營時的情景。然而，在這裡不是因為戰爭的緣故，也不是種族隔離政策，是因為我們被大自然所打敗，也被我們自己的無能所打敗，所以我們在這裡暫時被安置。

　　曾經有人對我說：「原先這個地方，是日據時代日本人研

發生化武器的試驗場所。」想起來應該有不少擄來的敵人，或在地人之不順應日本人之所謂人格不良品，必須要與大社會隔離的，就在此地作為白老鼠當試驗品之後就在此斃命。但時代改變了，我們竟在這裡受大社會的關愛與照顧。

當姨丈正在為我們小聚熱小鍋肉湯時，我進去看一看族人的住處。發現族人是住在隔間著小小的房間的長屋裡，硬塞著不同家族的人，使住的人不僅完全沒有隱私權之外，連吃飯都是集體行動，所以連吃飯或不想吃的自由都已經沒有了，甚至於軟弱有病的人，也無法隨意調和自己的食欲所願。

這裡本來是營區，所以廁所和沐浴室是為軍人而設的，當然對於病人、不良於行或有缺陷的人，可以想像對他們絕對是不方便的，連小解還得走長長的路，才得以到避風頭解除。姨丈藍豹說：「我們男人還可以，但對女人來說是苦難……」

令我想到一位二表哥喇哇郜，因他被痛風纏身，他不想讓別人看到他那已經變形的體態，所以他必須選擇在深夜裡當別人都已經睡著的時候，倚著拐杖去遙遠的沐浴室洗冷水澡。又使我想到當在冬天的深夜裡，就必須出來洗澡時又是如何的情景？

但我總是避開不提他的苦衷，縱使我深深知道他背後隱藏的眼淚，因為我連端一餐稀粥給二表哥都不曾有過，所以那是我深埋在內心裡的一種歉意的痛苦而不敢在他面前提起的原因。

我們正要開始進入小聚，而姑丈最要好的朋友福吶溜·撒勒伯勒勃正好也來到。

「您的住處呢？」我說

「我們還是住在外面。」

「您為什麼不跟族人住在這裡，省了租房子的錢？況且，我們大家正處於苦難中。而你現在必然是在經濟上拮据的時候。」

「我們有病人的家族不適合住這裡。」他很無奈地說：「尤其當我們的孩子若有特殊的個性時……所以，寧可花這個錢。」稲吶溜一這麼說，我便明白他內心背後隱藏的痛心和眼淚。

他們所生的小孩子都已經成家了，但是，最大的孩子卻因車禍變成殘廢，而他的媳婦又早已把他們連同所生的孩子拋棄後遠離了，所以夫婦倆不得不親自養育他們的內孫子女，又得一面照顧他們的大兒子。其他已經成家的孩子們，又因為現在的大社會的經濟不景氣的影響下，無法有穩定的工作和收入，不得不把他們的孩子投靠給他們的父母暫時寄養後，去尋找臨時工作以換取微薄的收入。看著他們兩夫婦年紀已老邁，除了靠著每個月共六千元的老人年金外，尚需要賣力工作以換取微薄的收入以供養一家眾多的孩子和孫子女們。

我們三個人開始進入小聚，姑丈早已倒滿了三小杯，然後對我們說：「依啦！我們把內心的苦衷一起推到深邃的斷崖吧！」我們大家都喝了之後，便是他一聲嘆息說：「想當年，還在我們以前的卡巴哩哇尼時……」

「我們不必太悲傷，」稲吶溜說。

「我們不想哭，絕對不想哭，但是眼淚總是擋不住呀。」

「姑丈，能否說出您內心的話？」

我想聽他內心話的原因，自從 1996 年的賀伯颱風之後，接著又是 2005 年的海棠颱風，還有現在的聖帕颱風（八一三水災）接踵而至，使我們古茶部安部落一而再地受到衝擊之外，大家內心裡的沮喪挫敗感是無法言語的。

　　「我之所以很想哭是莫過於內心的自卑感，」他說：「而自卑感是欲哭無淚的。」「說吧！」我幫他倒一點酒讓他先舒緩內心。他說：

　　「因聖帕颱風的自然災害，把我們的故鄉蹂躪得體無完膚，使得我們不得不離開故鄉。我身為古茶部安人，靜靜地待在家裡也好，走在路上也好，內心裡總會有一種說不出的悲傷和無奈。我們感到內心受傷的事，是連我們住在上面之祖先所打造的國度，都讓我們覺得是被祖先放棄似的，且在內心裡感到孤獨寂寞。」他繼續說：

　　「我們另一個受傷是因自從 1996 年當賀伯來襲之後，我們在內心裡總是疑問：『為什麼獨獨是我們古茶部安人？到底我們犯了什麼天大的罪行？』在我們所有身為古茶部安人的內在心靈，連看太陽、呼吸或喝水等等之屬天的恩惠，都讓我們有不好意思的一種內心的慚愧。」

　　「尤其是我們的自卑感。」福吶溜說。

　　「比如呢？」

　　「我們已經受傷了，在大社會裡的眾目之下，又被貼上標籤『災民』兩個字樣，使我們面對陌生人時總是迴避，那是一種內心掙扎不知道要怎麼活在人間的一種內心羞愧。」

　　藍豹又接著說：「我們最大的內心折損是在於我們的人格

和自尊，在這一段漂流的時光，完全沒有看到自古以來祖先留給我們的內在精神，令人無形中感覺到我們實在是無能而來的自卑感。」

「在安置中心裡，隨之而來的是大社會絡繹不絕地送愛心來，包括金錢、物質，以及日常生活用品。除此之外，還有醫療、心理建設，以及心靈的慰藉如宗教活動。還有什麼使您感到悲傷的呢？」我先向他回敬又再說：「我們的祖先就沒有我們那麼好。」

「也可以這麼說，我們已經不敢也不想暴露在古茶部安族人以外的公共場合，因為我們已被被異族引來笑柄說：『做個古茶部安人多好，可以靠著賑災物苟活……』」稨吶溜根據從別人聽來而說。

「這一句諷刺性的話，我都已經聽夠了，所以我也不敢出門。」藍豹說：「其實在我們原始社會的倫理常識，祖先總是這麼說：『不宜收受別人太多的好意，因唯恐未來我們無法報答……』」他流著眼淚又說：「其實我們老人家內心裡都沒有忘記這個訓誨。但是，我們已經是資深的漂流木，而且已經漂到這個處境。我們總是帶著無奈的心情掙扎，為了熬過每天於是做出了不得已的衝動，顏面盡失地從被慈惠接受，縱使知道內心最深層的尊嚴已經蕩然無存。」

「我深深了解，大家的心靈是非常孤獨寂寞，但又奈何，只有欣然接受事實並面對捱著每一天過苦澀澀的日子。」

「奧崴尼，我的孩子！」我第一次聽他那麼嚴肅地稱呼我而稍微愣住。

「什麼事啊！」

「我已經沒有臉繼續留在這裡。」

「姑丈的意思是……」

「被上帝捉弄也好，是宿命也好，最好是不要在人多的地方。」

「您的意思是要回家？」

「正是這個意思。」

我聽了他們兩個相好的朋友的對話，也真正道破我內心的感觸。於是我立即轉移話題說：

「目前部落的想法，已經做到什麼程度了？」

「部落族人有很多種想法。」

「還有什麼別的想法？不是早就擬定了瑪家農場？」

「不只一個地方，至少部落裡有四個意見。」

「比較可憐的是第一鄰整個受災戶，他們急著馬上有地方著落。」

「既然是全村遷移方案，就必須以大家的意見為主要的導向。」

「遷移委員會的會長是誰？」

「聽說是巴魯‧佧廊。」

「那好，他是挺適合的，所以我們絕對可以放心。」

我們交談得已經差不多之後，於是，我向他們兩位長輩們說：「我們不必太過悲傷，痛苦的深夜，黎明終必來到，況且屏東縣曹縣長，他是一位善良的領導者，他會為我們著想……」於是我就離開他們，在回家的路上，他們的話總是餘

波盪漾於腦海中。

部落遷移委員會成立

當聖帕颱風（八一三水災）之後，部落首先成立「部落遷移委員會」而巴魯‧伕廊順理成章地扮演著集體遷村專案的領導人。他開始收集部落村民「到底我們要到哪裡？」的議題。

但當聖帕颱風（八一三水災）之後，他把因反瑪家水庫之社會運動興起之後，早以草擬過的原定計畫，被政治化而致胎死腹中的計畫又搬上檯面，然後他更積極地開始計畫和籌備，如果預定地許可的話，他準備重新整頓整個原來的古茶部安人，包括已經移民他鄉的人，也希望能夠再回來。他早已事先有周詳的規畫，並謹言慎行，做不到的事他絕對不亂掛在嘴邊。他說：「我們終究已經是在一個強大的威權之下，已經不是在古老的環境可以隨自己的意思。」

關於我們到底要往何處的議題，第一個地點是三地門鄉境內、第二個是海豐地段、第三個是繁華附近電台、第四個是瑪家農場。另外還有兩派少數人，一派正在考慮就地在安置中心，立即指定為古茶部安部落，另外更有少數人對自己的故鄉，仍然懷著一線希望說：「有沒有可能在嘟啦勒歌樂就地整頓後再繼續住下來。」

在聖帕颱風（八一三水災）的真正受災戶，因為房屋已經徹底的被淹沒了，所以急著馬上找到搬遷的居所，即便只是一塊空地，他們也就可以自己打造自己的房子，那怕是簡陋

的也好。另一種人是他們家的房屋尚在，所以內心裡還指望說：「能否可再回去？」同時還有幾家在嘟啦勒歌樂還有銀行房貸，而且才剛剛蓋好房，因此他們處於走也不是，不走也不是的困窘。因各自的意見不同，所以產生嚴重的對立長達一年之久。也因這個因素使搬遷的議事始終無法達成共識。而中央政府說：「只要有一個人持反對的聲音，搬遷的議題就不能通過。」就在這樣的束縛之下，使得集體搬遷的計畫案，即使已經有了預定地，政府始終未能執行。

但我很佩服巴魯・伕廊領導的能耐，雖然部落族人有太多的聲音和意見分歧，但他始終是先聽大家的意見，了解每一個人的心情與評估之後，才果斷地回答並朝著他原先認為最好的原定計畫。

部落遷移委員會一再的過濾篩選到只剩下兩個方案，瑪家農場和繁華附近的廣播電台。部落遷移委員會仍然以瑪家農場為主要的設定預住地，並默默地設計整個將來部落的模式。寬廣的遷移預定地，除了每一家都有份之外，還有派出所、村辦公處、衛生所，以及古茶部安村之獨立的國小。另外還有未來靈魂的安歇處——墳墓。他們還考慮若可能的話，每一家必有一塊小菜圃。他還對我說：「我為何選擇瑪家農場？是為了讓我們避開夏日雨季不再憂慮之外，有心回家到新古茶部安或古茶部安的人都可以跨領域照顧我們原先的故鄉。」可是，仍然有很多人還有自己的意見，於是時間越拖越長，夜長夢多，不知不覺又一年，另一個夏日雨季又來了。

有時候我會去參加開會，不僅想聽一聽族人的聲音，也很

想知道族人如何面對執政者？但令人遺憾的是多數人已經徹底遺忘了自古以來之魯凱人應有的態度和風範。給人的印象總是覺得：「我們不知道自己已經是斷翅的老鷹，已經快要活不成了，豈可還有能力啄別人的意圖呢？」

後來有一天，我帶著妻小去茂林蝴蝶谷，順路觀看茂林鄉災後的情形。在回來的路上經過高樹。在我們旁邊一桌的夫婦倆，跟我們一樣是迢迢前來為了吃一碗高樹有名的牛肉麵，他們是講台語，所以我聽不懂他們所談論的話題。等我們吃完離開高樹的路上，孩子的母親開口說道：

「剛才我聽到別人在說我們古茶部安人的不好，而且說得很不好聽。」

「他們說什麼？」

「他們說我們已經取得瑪家農場，但還在要求更多。最後還譏笑我們不知道羞恥？」

「我們原諒別人，因為不了解受傷的人之心情，我們有時候自己也迷失了。」

說歸說，但我心裡還是很難過。因為在我參加那麼多會議，聽族人的口氣早已是預料中的事。於是在心中說：「應該是從生命中發聲的一種欲求，但永不可以強求。」

還好有巴魯‧伕廊，當他看到自己的部落被災害所打散之際，也就是我們正處於歷史的十字路口之關鍵時刻，他以祖先被號稱是「歷史上的拓荒者」之本來有的血液，藉著他在軍校裡所學到之領軍的方式，毫不猶豫而果斷的一揮他智慧的禮刀。

有時候在他忙完事情之後拿出他剩下的時光碎片，他呼叫邀請一聲溫柔地說「叔叔……」時，我就知道他可能有心事，也有可能他想要訴說他內心的苦境。就在一個平凡的小聚，以及喝了那麼一點使他鋼鍊的容貌還帶柔軟中，並緩緩地把我帶進他宛似風雨前彤雲彩霞時的心情。

　　「叔叔！」他開口說出便知道他內心已經開始起風了。

　　「什麼事啊？孩子。」

　　「我最痛心的有兩件。」

　　「什麼事？」

　　「一是貴族制度，」

　　「你血液裡不就是嗎？還有你的名稱？」

　　「我恨不得馬上去改名，還有，我恨不得馬上去換血。」

　　「發生了什麼事？」

　　「我們光披著祖先留下來之美麗彩衣的名字和花冠，而又不成長也不做事。」

　　我被他的痛心感染得透不過氣來，於是趕緊以酒一飲而盡地撲滅。欲想逃開他的話題並轉移想跨越到另一個痛心，自己想要聽令我舒服的話題，於是我說：

　　「第二件痛心呢？」

　　「我討厭宗教。」

　　「你討厭宗教是對的，因為我們信仰耶穌，卻已經沒有耶穌博愛的精神了。」

　　我說這個話，也無非是已經知道我作為信徒的毛病，常常披著博愛的精神，卻讓別人看不到屬精神之博愛這一方面的氣

息。於是我安慰地說：

「孩子！你應該是不恨那一位永恆的上帝吧！」

「叔叔！我永不會恨，因祂是我們生命靈魂永續的終極，但是……」他稍有遲疑又說：「你們只有反對不做事。」

「還有呢？」

「派系主義，再講清楚一點，」遂說：「你們是一個族群的瓜分主義……」

聽了他對我的撒嬌也是他內心的痛，並低頭深思自從我們有宗教以來，從來沒有團結過。因為我的一生幾乎都在基督教的領域中成長，聽他一這麼說我只有自卑地疑惑說：

「孩子！那我們要怎麼辦呢？」

「人間的問題不是靠禱告，也不是站在你身為一派聖者一群，然後亂帶領一個複雜的社會心態，我再說清楚一點。」他停頓一下，宛似舉起一把禮刀正要向我一揮似的。

「孩子！」我說。

「我不否認基督教所帶給人類的美好，當我們有難時，往往是基督教首當其衝地援救我們，尤其是在看不見之倫理道德在黑暗的隅角時，往往我們的信仰是燈火照耀我們的理性和良知，但是……」

我又說：「孩子！還有什麼呢？」

「很簡單，」他拿起酒杯來冷卻我灼熱之不舒服的等候，於是他說：「凱撒[64] 的當給凱撒嗎！」

「屬天的當給在天嗎！」我即刻連著說以表示認同。

當他說完他的痛心，我宛如是身處在古茶部安夏日裡當狂

64 **凱撒（Caesar）**：古羅馬將軍。取自《聖經·馬太福音》第二十三章二十一～二十二節之耶穌所說的。

風驟雨中之後，然後他的容貌便開始放晴似的舒暢。於是我開口問他說：

「假如還有機會救我們古茶部安人的話？你會以什麼方式擺平？」

「假如我是將領的話，現在長有的蔓草應該全部砍掉讓新芽出來。」

「孩子，很可惜我們不是蔓草。」

「叔叔！我是開玩笑的。」

在談論中不知不覺夜已深了。於是我們不得不互道一聲：「晚安！」我很感謝他太太滋默達思，也很佩服她縱容我們叔姪兩個繼續延燒。使我們宛如是兩個幼稚般地孩子被她盪漾得毫無顧忌。我不僅帶著昏昏沉沉的醉意，也帶著內心裡滿滿竹簍裡的痛心與提醒，一面想著：「真不愧是她生命的名稱『朝陽』，內心裡更有朝陽。」於是想到巴魯‧伴廊孩子說過的最後一句話，說：「叔叔！我這一生沒有做過對的事情，除了唯一僅有做對的，是我娶對了你女兒『朝陽』。」在深夜回家的途中，我彷彿是在老故鄉古茶部安的清晨，看到那一道曙光，不僅是祖先之愛的永恆光芒正在照耀這一對夫婦孩子，也正照耀我們所有在淚水中的族人。

第十二章　故鄉的災情

　　聖帕颱風（八一三水災）之後已經有一段時日，在夏日午後始終有間歇性的雷陣雨，所以南隘寮溪的溪水始終無法消退下來。古茶部安的每一個人一直在關心自己的家園，因事發的早上大家緊急撤離，到現在都還不曉得部落的實際狀況。而且有的人不僅是鍋子裡還有食物之外，冰箱裡的冷凍庫還有一大堆菜和肉類。當族人想起這一段沒有電的日子，家裡瀰漫著臭味之外，還有留下的狗貓，在沒有人照顧餵食之下，應該差不多都已經餓死了。

　　地方政府擔心已經發臭的滋歌樂，若村人冒然進入部落，可能會感染到傳染病而引起又一波疫情災難的可能性。於是在咳哩瑪勞村長和喇伯樂代表不得不再請求地方政府，再為我們村人架設能夠渡河的流籠之後，他們先安排幾個年輕人，帶著噴霧器至部落消毒之後才讓村人進去。

　　一個夏日午後，我在安置中心，甥女阿拉優慕對我說：「舅舅！有兩位安息日會的特派攝影記者，他們想要去故鄉災區拍攝災情，需要我們帶他們回家……」我回答說：「我們順便回老家吧！」

　　不久之後，甥女阿拉優慕帶來了兩位年輕人。一位是我原來還在教會工作時的一位同工趙德芳先生的孩子，因此我感到無比的親切對他說：「也好，帶你去你父母曾經去過的深

山⋯⋯」另外一位是來自南非的白人孩子。我看著他嬌小可愛但且衝勁十足又靈活的樣子,並問他說:

「你爬過山嗎?」

「我爬過很多山。」他以外國腔調的中文說。

「你爬過長鬃山羊的小徑嗎?」

「沒有問題。」

他說的「沒有問題」但我還是心存著懷疑,因為我們的島嶼台灣和南非的山勢完全不同。他們的山是很高並沒有錯,但是外圍是寬闊無邊的草原。而我們台灣是一小塊的平地緊鄰左右的是水晶綠玉般的山嶺和海洋。在他看山的概念是在南非,遠處看高山如在遙遠的山丘,而我們在這裡是近距離看山,所以山丘如高山,因我們總是在山腳下舉頭看著近在不遠處聳立的山嶺。於是我默默地心想:「還好你的身材宛如是長鬃山羊。若你長得像長頸鹿,我絕不可能帶你去的。」

我對甥女說:「即便不是因他們而要上山,我們還是要回家,不然家也會想念我們。」我請她為他們充分準備要在山上的生活所需⋯⋯此後,我和娥默也藉著傍晚趕緊準備一些我們兩人回家之生活所需。

第二天早上,我們在水門相聚並清點路上所需之後開始動身出發,大家各自騎自己的交通車。我和娥默則騎著50C.C.摩托車來到獅子橋,看著橋梁已經被沖毀了,於是我們大家把摩托車留在獅子橋之前路旁放下,便從那裡開始徒步涉過已經毀損的溪流來到對岸之後繼續走到二號橋。

看著長長的鋼索橫跨大溪谷,又看著吊在鋼索上的鐵籃,

還要大費周章地尋找可以爬升到吊籃的雲梯。進入吊籃後，又要如何流過溪流到對岸？實在是一門還要學會的課程。假如溪流的水是有靈的感知，她應該是在笑我們說：「為什麼不試著藉由我的能量？」

當看了這個狀況，實在很難相信架設的人有否用一點頭腦？但我們內心仍然很感動地說：「終究比沒有好，不然還有誰有勇氣冒然渡河？」

我們一個個地進入吊籃，分兩次輸送到對岸。光是在渡河的時間上就已經花了兩個小時多，而兩岸在拉繩的人也已筋疲力盡了，因流籠的拉繩沒有處理好所以浸在激流，也之所以拉繩的人幾乎與河流拔河。等到我們一夥人都安全的渡過之後，來到對岸一處路旁一棵大樹下，才休息順便吃午餐。在吃午餐的同時，看著前面的路段已經是柔腸寸斷，在內心想著：此次回家的路也應該都是如此。

我們大家都吃完後便開始動身。其實在海棠水災之後，二號橋已經沖毀，縱使我們已經習慣了走在這一條路上。但現在的太陽又是午後的炎熱，要不是一路上處處是豐沛的山泉從坡坎排水洞噴出清涼的水來，讓我們可以停下來浸一浸臉，否則是很難移動腳步的。其實不單純是烈日的因素，也不只是因為路途是這般地破損，還有部落已經沒有任何人了，當然也就少了心靈的吸引力。

我們來到一轉彎處小山脊站著眺望一下部落，部落輪廓仍還在，我們彷彿在看往日曾經一度特別興旺之蜜蜂的滋歌樂，是那樣地引人垂涎吸蜜的地方，但如今，蜜蜂窩卻空空如也。

我們走下來到原來的一號橋上，但水泥橋不僅已經被沖毀了，整個河道完全變了樣。我們在下坡的路段稍微停下來，隨風而來的回憶，是我們整個族人在這裡打石板的歲月。還有曾經有的攔河堰，橋上方有小池塘，每當夏日風雨過後，不論是大人或小朋友總是在那裡游泳消暑的情景。還記得最後來這裡的時光，是我和內人娥默帶著才一歲多的外孫女靜嫻在這裡游泳。但現在看來這一切，我們似乎是在另一個噩夢中。

我們走下來沿著別人走過的腳印來到一號橋之轉彎處，但路段已經完全不見了。從這裡可以看到連部落下方那筆直的大馬路也已經快要消失了。過去這一條大道是部落下方之外環道，再下來是大約有五、六層樓高的落差下到河谷。但現在看來不僅土石把河道已經填滿了，並且已溢過原來的路面。這是由賀伯、海棠和聖帕三個颱風所帶來的雨量，而引起山洪土石堆積的，但目前毀滅性的元凶是來自學校上方之朱咕朱咕地段那裡，現在看來差不多都已經快要瀉完了。從河道之土石發展的情形看來，現在的部分還只是從部落北方之啦括撕大峽谷那裡流下來的而已。

當想起 2005 年海棠之後，舊古茶部安部落東北方，也就是霞阿迭爾山隔壁的達阿啦啦吉贊山，還有東南方之達嘟咕魯遺址前面達大哩哩巫陸，以及達卡勞素之北面卡鳴隆山等等幾座山，在這幾年嚴重地持續崩塌下來，所以更龐大的土石應該還是在水流的途中。

我們沿著到學校下方大馬路來到村口，左側是國小大門。看著上方原來的校舍和第一鄰已經淹沒在厚厚的土堆中。當看

到那厚厚一層土堆深深地感覺那瞬間一洪洩下來時之衝擊。甥女阿拉優慕訴說當下的情形說：「從上方流下來的水先是深黑色汙濁濁的，我暫時迴避繼續工作，但當聽到山洪瞬間的聲音，赫然轉頭一看土石就已經淹沒了整個面積。」可見並非一般我們所能夠想像和理解的快速。

　　我們帶著疲憊又驚訝地來到已故大表哥卜依靈的老家，但屋子的內外是一層厚厚的淤泥覆蓋著。使我想起以前卜依靈大表哥和大嫂，我常常停在這裡吃他們為我預留的飯，之後才來到外面在一棵小榕樹下的圓桌，然後是大表哥親切問我說：「你需要什麼？」他只知道我從山上下來一定很渴，並已經手上拿下來了。在累中帶渴，或渴中帶累下，已經不知道喝了多少。當我醒來時問說：「老哥！我要買昨天的醉樂，」便是他一句回我話說：「因你也帶給我醉中歡樂，使得我已經記不得多少？」

　　但現在看著這個場景，讓我很想呼喚他的靈魂說：「老哥！醒一醒再看一看我們……」我流著眼淚說：「再看一看您一度為我們打造的國度，隨著您下半個一生三十年的場景，就這樣隨著您演完了人生的戲便要落幕了。」

　　我對老哥卜依靈以心靈說完之後，便轉向正在噴藥的孩子們小聚，喝了一點酒表示安慰他們的辛勞之外，很想聽一聽他們述說在當天早上的情形，也順便聞一聞他們內心的話。但我們所談的不外乎是我們這一代人之不幸的遭遇，而我身為他們的長輩，除了鼓勵他們不宜懦弱之外，總是希望他們重新創造一處屬於他們這一代人之心靈國度。

不久後聽到直升機的聲音，然後看到它停在我們下方空地，隨後噴藥的孩子們向我們一一道別，便搭乘直升機離去消失在天邊。使我想起當族人被吊離災區現場的那一剎那，也應該像這一幕。

　　我們一夥人帶著背包，隨著甥女阿拉優慕走到在第二鄰後第二排她家，在那裡休息準備明天上山。我藉著休息的時刻去走一走看一看災情，完全與我們以前所憂慮的情況背道而馳。因為我們興建村落之前是台地，曾經一度在歷史上下過很大的雨量，然後從瓦陸魯舊部落下方那裡大量的土石流沖下來，造成一號橋下方那裡形成堰塞湖之後，逆流造成的沖積地。而老一輩的人當憂慮的時候，總是想著：「也必然有一天，以相同的形式淹過村落。」但往往人類的猜測總是不如天算。

　　學校運動場、校室以及與第一鄰之間的分隔道路先淹沒，然後是第一鄰和第二鄰之間的分隔大馬路淹滿之後，順著橫向巷道沖下來淹沒。若不是大空間學校運動場容納大量的土石流以緩和龐大衝擊力，整個房子就不可能還聳立著。甚至於第二鄰也很難倖免。

　　眼看著第一鄰整個都已經在土石流底下，而尚裸露在地表面所能看見的，只剩下最近才剛興建完成的兩層樓房之第二層樓。路上到處是從住家裡頭被強烈的衝擊力道而隨著淤泥溢出來的家具，且讓人心痛的是這個住家是由政府和世界展望會很有心地協助建立，且還有我們多年努力而使家更堅固和豐富起來的。尤其是才剛剛新建設的幾戶豪華建築物，用心良苦地為他們的子孫打造的住處，卻還沒有真正的住過，就這樣被土石

流給淹沒了。還有那些昂貴的禮服和首飾，是每一位母親以心靈一針一線，和時光歲月編織累積出來的，但現在看起來就如同垃圾般地處處散落一地。

　　當閉著眼睛沉思，在這個區塊那往日繁榮的境況立刻湧現在回憶裡，尤其是那善良的老人家們。雖然他們比聖帕颱風先走了一步，但如今，他們彷彿還在人間似的。於是我走到尚露裸在土石地表面的第二層樓房，一棟一棟走過巡禮一回，當家主人就像我們在古茶部安的祖先，儘管未來還有一段非常長的路，要爲打石板的累贅背負，但讓人想像當初要興建時的計畫，是對家的希望未來的子孫能夠過的生活更好。我來到一處尚未完成的樓房，位置憑想像應該是我們的吾拇哲默樂賽・阿哦勒安他老人家的位置。使他那親切的容貌立刻浮現於回憶裡，他給我印象最深刻的，是他已經是八十五歲以上的老人家，所以他已經沒有能力美化原來當初興建的家屋。但是他所能做到的，是在他家盡他所能地種植許多芒果樹和檳榔樹。後來一位已經移民高雄縣六龜鄉荖濃村的茉莉安老奶奶，回來故鄉與我們的吾拇哲默樂賽結爲生命黃昏蒼茫中的伴侶。

　　那時候正好是屬哩咕烙民族的聯合豐年祭，吾拇哲默樂賽和茉莉安老奶奶穿著禮服，然後很自然地並坐搭肩，然後對我說：「孫子！幫我們留下永恆的影子。」這一幕我始終難以忘懷。我雖然並不知道他們兩個老人家的生命哪時候結束的，但那一刻的印象始終讓人難忘。

　　夜幕逐漸地拉下來，無主的狗兒們到處亂竄。看著牠們都已經是骨瘦瘦的，眼神是那樣地絕望。令我很納悶的是牠們的

主人為什麼當時沒有把牠們給帶走？後來又想到援救的直升機只救人不救狗。但仍然覺得，或許我們人類還有一段路要學習尊重生命，況且牠們是我們人類最親近且最忠實的夥伴。

到了晚上，甥女阿拉優慕煮了一大鍋飯，我就知道她想分一點給被遺棄的狗兒們。當看著牠們一群為了搶到僅有的一餐飯還要一番戰鬥，最後是強者取得勝利而獨吞。在此同時，不得不讓人想到德國哲學家康德所提到，「人類最原始的心靈早已存在著那最高善性格之行而上學的本質。」但想到在這一次颱風期間，我們人類竟把牠們徹底背信遺棄，一點康德所說的人性善美的本質也沒有。使我自己猜想，連本質最忠心於友情的狗，在最匱乏之後的忠心情誼的本質會不會也隨之而消失？

我這麼一問生怕牠們對我們人類的無情恨之入骨而多少保持距離吧！但牠們不會，牠們仍然想靠近我們。或許在我內心既有的汙濁，使我誤以為牠只是在乞求換取一頓食物，但牠靈敏的嗅覺，應該是早已知道我的貪婪之外，也早已聞得出我背包是空無一物，但牠們仍然是一個個來聞一聞我的手，也或許牠們內心裡在說：「難得您手心的撫摸與溫柔……」也或許是在說：「看一看我們這一群沒有未來的……」而當牠們又一再地聞一聞我手心時，又彷彿正在透視並尋找當初對人類的情誼和信賴。當牠們發現我是個陌生人而不是原來的主人時，也一個個的離去。

當我們吃完晚餐之後，因為大家完全不知道明天之後的路況，為了明早要往山上走，需要儲備更多的精神和體力，只好提早睡覺。

部落入口處。

第一鄰。

第二天清晨一夥人從容地醒來，吃完早餐開始整理我們的背包，便出門朝著往山上的老家出發，旭日朝陽也正在緩緩東升中。

　　我們來到已經毀損的第一鄰隔壁之第二鄰朝著第三鄰，看著在賀伯颱風時被淹沒的地方，又是一堆土石在那裡。到達第四鄰望著下方，循理會的聖堂和旁邊的人家都已經被掏空了。心想：「如果哪一天再下一天雨來，整個部落一定被淹沒。」還好老天還留下給我們有喘息的機會。

　　我們在第四鄰走過幾家，還看到鍊子繫在一堆骨骸之上的慘狀，牠們之間還有一小空空的容器，心想應該是餓死的兩隻狗。不禁讓人想到當牠們還活著的時候，對主人忠心到底，和始終的情誼本質。

　　我們走小徑爬到上方彎道停下來休息，一夥人再轉頭看一看已經毀損的部落。湧上一股難以理順的心情，是欲哭無淚的一種複雜的心情交集。我們拍幾張照片留做歷史的見證後，又繼續動身往前古茶部安。

　　當走到往生者的巴哩屋（墳墓），看著旁邊靠著岩壁的地方也被水沖蝕了，我望著正在上升的陽光說：「祖先啊！靈魂已經在您們那裡，但僅剩這一塊是靈魂留下的骨骸之安置所，也應該留下吧！」

　　我們走走停停地來到巴拉里巫魯地段，一路上在整個夏日裡，所有綠色革命者尤其是含羞草，正朝著它的本意想占有整條路面使我們寸步難行。來到稍稍平緩的路段便是阿瑪勒・部阿哩屄尼的田間小屋，大家便在那裡休息以緩氣。不久後，大

夥兒又繼續動身並轉個大彎往登山口前進，在這一段路雖然平緩，每個人心急得想一口氣走到登山口，但終究還是在途中路旁大芒果樹下休息之後才繼續挺進。

我們在這裡遠看著啦刮撕大峽谷，也就是巴拉里巫魯之禍源，崩塌的面積又再度擴大，而且還有再繼續崩下來擴大的跡象。當走到大峽谷的中央，我們在那裡花很多的時間只為開一條能夠走下去的路。大家好不容易越過大峽谷來到對岸，終於可以停下來鬆一口氣，同時一面眺望著對面巴拉里巫魯地段，也正搖搖欲墜。

我們一夥人繼續走到岩壁拉登休息區，接著也來到第二溪谷。曬著夏日雨過天青那強烈的陽光才走一段路，不用有人說休息一下，一夥人早已一個個卸下背包之後浸在清涼的水中，時而出來曬太陽又一會兒浸泡於水中，等消暑了之後才知道要吃便當補充體力。

之後，我們又繼續攀越斷崖小徑，僅僅是這一段路至少我們休息了四、五個地方，最後氣喘噓噓地來到斷崖小徑之盡頭保報瀑布。看著大家都變了臉色，於是紛紛找歇息的地方。稍微休息再造體力後又繼續挺進往上爬，原本要沿著力大古老人家之原來田園下方的橘林樹跨越，但原來的老路都已經被沖走了，因此我們不得不沿著小溪爬升上去。我一面注意那兩位攝影師，還一面關心我的另一半她還嫩芽的體質，因她不諳於山上災後的路況，深怕她突然說：「我走不動了。」同行的智高頭目，他背著一大袋的米，又緊跟著領路的白浪。於是內心默默對大頭目智高說：「平時的太陽裡實在看不出你有那麼大的潛

能，要不是這一次的水災，或在這種路況，今天我終於看到了你最可怕的地方。」

我們終於爬完了最陡峭的路段，來到相思樹休息區。我們稍做休息喘一口氣又繼續往紅櫸木。這一段路雖然比較平緩一點，大家因為在斷崖小徑用光了體力，但又覺得「已經快到紅櫸木……」的念頭因而加快腳步。

我們快到紅櫸木之前，我總是停下來站著觀望尋找底尼外地段的紅櫸木，內心裡說：「寶貝，我心靈的遮蔭樹！妳今還在否？」因每年夏日雨季時，總是看到明顯的痕跡正在往下滑落。而且不僅是底尼外的紅櫸木休息區這一塊，已經涵蓋上方祖先之打石板那一區塊，以及相思樹休息區和下方的保報大斷崖中的瀑布都連帶全部將要滑落。當看到它仍然還在那裡，縱然紅櫸木休息區之前後路都已經往下陷落更激烈，但沒有想到我還能看到她時，內心泛出情不自禁的淚水說：「愛人哪！我是為妳而來……」每次我在那裡休息時，便覺得已經快到家了。當把疲憊卸下來後，躺著徜徉回味過往的歷史歲月，有時候是逗留在緩緩夕陽中而流連忘返。在此使我想起老爸當還健在的時候說過的話，說：「夏日的風雨是在清洗、梳理大地的容貌和頭髮……」姑且是如此，大地到底要去哪裡約會？又為什麼年年如此打扮呢？

我還在古茶部安的時代，也沒有遇到過如此密度那麼高的粉妝──天災。觀看整個地形都是傷痕纍纍，讓我感受到大地已經再也不是老爸所說的那浪漫打扮，而是惡性地改變。

我又想到將來的某一天，大地處處是傷口時所要面臨的危

機時，倘若再遭逢超大的雨量，把現在已經是搖搖欲墜的斷層沖下去，那麼水門那裡的日據時代所設的長堤，將被流沙灌滿而溢流至長堤外，且會禍及長堤以外下游的同胞。於是我在內心說：「大地母親啊！情緒化可不能太久……」

我們離開紅櫸木往回家的路，約一個半小時之後才到家。短暫停留三天兩夜中，總是在家裡陽台觀看著舊部落以東之整個山嶺，也都是傷痕纍纍。在我們這一代近三十年遷下來新古茶部安之後，水災是如此已非往年常態的現象，而且破壞力有越來越強的趨勢。

往年夏日的回憶

西元 1958 年的夏日 8 月。那時，我已經是十四歲小少年。整個部落族人在 7 月中就收完了小米，大部分的人家都已經把收成的小米搬回家了，但還有少部分的人家尚未搬回來。因 8 月初就要展開序幕，例如點火祭、宣告祭，我們正在醞釀心情說：「還有半個月亮獵人祭就要來到。」

我們全家人趁著還有傍晚餘光的時刻趕緊吃晚餐，西南方空中的雲彩被感染得發出銅紅色，老爸看著窗外便出門拿幾根較粗的木柴，加在爐火裡使之不至於熄滅。夜幕緩緩來到，風雨越來越強。在門前從屋簷流下來的水流已經被一陣陣風吹得如同是齊身彎腰曼妙舞姿的舞者。

我們很無奈地躺著醞釀睡意，想著要來到的豐年祭。窗外豪雨越來越密集地撒下來，一陣陣如竹筒傾倒似的雨勢沙沙

聲，使我們如在搖籃中被催眠，很快地進入人生以外另一處夢鄉。

在深夜黎明，有一個人突然從外面對我們說：「你們還好嗎？」熬夜守望我們的老爸回應道：「我們還好！」後來接連不斷地有年輕人以同樣的問話經過家外面。我和老哥相繼起床來到爐灶老爸的旁邊烤火取暖。因為風帶來的豪雨不斷地藉著陣風從每一縫隙把雨水給吹進到屋裡來。雖然石板屋並不至於被吹垮，但是滿屋子都已經積水了，讓老爸不得不把他那長鬃山羊製作的遮雨皮拿出來蓋在正在睡眠中的兩位妹妹。

黎明破曉時刻，聽到部落的長老魯漫‧瑪尼蓋的宣告聲隨著狂風驟雨中傳來「所有的年輕人，請注意！」時，讓我們頓時愣住屏息以待。他說：「往各地方的橋梁可能都已經被沖毀了，而我們的族人尚有一部分的人還在野外過夜，務必心理準備當天一亮，我們就要去架設便橋，然後分頭往各處去探視他們有否安好？」當老爸一聽到宣告聲，就提醒老哥說：「孩子！你已經長大了，起來準備一下我們的刀具，我要帶你出門去援救我們的族人。」當天空泛出一絲亮光，老哥起身繫刀隨著老爸出門往我們家西邊的方向消失。

不久之後完全天亮了，我好奇地隨著鄰居的啞巴朋友，往部落西邊大榕樹那裡的休息區觀望著下方溪谷，發現下面滋泊滋泊溪谷那裡的木橋已經被沖走了，但部落的年輕人已經藉著一塊卡在水道中的大石頭把便橋做完，並繼續往西方搜索每一耕地探訪在耕地過夜的人。中午過後，有兩個年輕人匆匆回來報喪說：「咕陸東‧達勒阿拉尼和卡埌‧達勒阿拉尼一家兩個

人被土石流淹沒。」不幸的消息傳來，報喪的人又說：「我們是從他們被沖毀的小米田裡，挖出他們的屍體並將帶回來，背負的人正在路上。」（特別要說明的，雖然家名都是達勒阿拉尼，但是不同家族。）

　　還記得那一天下午，整個部落的年輕人將他們兩個人的屍體從紅櫸木背負出來，經過滋泊滋泊溪所搭建的便橋，再繞道爬上沿著古代被指定在野外意外身亡的人之通往回家的路，之後上來部落上方之名叫垃勒默勒默撒尼小鞍部脊停放屍體，然後讓他們歇息的同時，並為他們兩位打理，才讓家屬前來與他們見面。

　　在那裡與族人和親人告別的當下，另一批年輕人早已在往學校東邊小山丘之第二墳墓那裡為他們兩位挖墳墓，而我們小少年們雖然不被允許靠近，但是我們被震撼的遠遠站著觀望表示深表哀悼。

　　雖然我們還尚沒有成熟的認知，但總是讓人覺得部落的凝聚力是這般地像一綑銳利的箭似的團結。因為在整部落族人的觀念裡，每一個人終有一天也會像他們的遭遇一樣，唯有族人的同心協力互助合作才能夠熬過。

　　當天色將暗，當年輕人把他們兩人從他們的親人眼前強行帶走的時刻，聽到他們的親人一聲聲吶喊著今生今世不勝離情，使圍在一旁的人難掩感同身受的鼻酸，連我們遠遠觀看還不知道什麼叫做悲傷的人，也情不自禁地滴下淚水。

　　幫他們埋葬的人完成時，天色也暗下來，老爸和大哥也回到家了。母親把中午為老爸和哥哥預留下的午餐端下來，當他

們在用餐的時刻，老爸如此描述說：「他們是兩家合夥開墾耕種小米田，已經收穫完了，正準備好要回家。但因為太晚起步趕不上回家的時光。於是他們只好留在工寮等待次日早上才回家。不料當天晚上遭遇土石流把他們的工寮連同裡頭的一大堆小米和他們兩個人淹沒活埋了。」

還記得獵人祭的腳步依然，祖先的煙火依舊點燃，而我們部落不僅是少了他們兩個人，連他們的親人和嗷嗷待哺的小孩子們，也少了唯一的依靠，當然在我們整個部落也增添了我們對夏日不幸的記憶和印象。

在古茶部安的西方溪谷中之造便橋的石塊。

第十三章　在嘟啦勒歌樂的最後一夜

自從於 2005 年 7 月的海棠颱風以來，啦刮撕大峽谷，突然激烈地在變化，使我們在嘟啦勒歌樂守望著故鄉的幾戶人家，每年當要準備舉行豐年祭時，總是會遇到夏日裡狂風豪雨的季節。有時候我們還是下去平地，為豐年祭買了一些茉準備第二天要回家，但若遇到豪雨把啦刮撕大峽谷暴漲整個河道就無法涉過，因此就無法回老家，於是只好取消了。

於 2007 年在嘟啦勒歌樂的部落被聖帕颱風毀損，而部落的族人都已經在安置中心之後，我們要回家或下來往平地的路程越來越遙遠。雖然行程受到嚴重的阻礙，但只要是沒有水的季節，我們仍然上上下下。

2009 年 8 月 5 日，眼看著日曆並數一數自從沒有能夠在山上舉行獵人祭的歲月，已經整整四個夏日了。於是在內心裡說：「不管今年如何天氣再怎麼變，終究還是要舉行。」

在此同時，往日還在古茶部安少年時的回憶即刻浮現，即便夏日風雨季節再怎麼強勁的颱風豪雨，與祖先的永恆之約——獵人季，從來沒有動搖過。還記得以前當要舉行獵人祭時，有時候是在風雨中進行。在傾斜面向東南方的部落，風雨中在縱橫交錯像迷宮的路上，人來人往，上上下下，都戴著各式各樣的雨具，還有一些人的頭上，僅以香蕉葉當擋雨具地挨家挨戶地分贈阿派[65]。這一段情景總是令人難忘，於是我撥電

65 阿派（Abay）：用粟米粉製成的圓糕。

話給甥女阿拉優慕問說：

「妳準備的有哪些？」

「舅舅！你所需要的都已經買了。」她回應道。

「那你可否再送我一程去新古茶部安？」

「也好，順便看看一下家裡。」

後來，我騎著摩托車來到水門甥女的住處，她開著貨車帶我往新古茶部安。貨車在往新古茶部安之曲折蜿蜒的山路上顛簸，我想起昨夜天氣預報：「有一道颱風要來。」時而望著天空看一看颱風前的天色，是一片雲高無風而令人透不過氣的現象，我為自己打氣說：「近二十年來，風雨啊！你難不倒我的。」

不久之後，便來到早已在前年聖帕颱風（八一三水災）時破損不堪的新古茶部安部落。黃昏裡是這般的寧靜，宛若是在一處杳無人煙的郊外令人感到格外的淒涼。縱使知道所有的族人全都已經搬到安置中心，而部落裡頭的家屋都已成空，但聞起來仍然感覺到還有人氣，總是想起往日的情景，每當正在過路時，總有人從裡頭一窺探頭寒暄說：「你要往何處去？何不停一下……？」

自從聖帕颱風之後，表弟古阿勒（Taugathu）、老祖（Kadrangilane）、藍豹（Dringiruru）、喇瑪邵·阿部嘟阿尼、阿拉優慕和白浪兩夫婦，以及銳嗚珠（Teesenge）、嗚咕撒尼（Kadrangiane）、古樂樂（Kadrangilane）、喇阿祿（Pacekele）等十個家族，仍然堅持守住新古茶部安的家園之信念，到現在再過幾天就要滿兩年了。今天我還是過去那裡想看一看他們，但

可能因為是颱風要來的緣故，大頭目老祖已經下去了，而表弟古阿勒正好不在家。但我還是來到表弟古阿勒家並坐在陽台，深深地感嘆說：「弟！我已經不習慣你不在家……」

當再也看不到往日的情景，以及說，我們在往日的相遇，當再也不能重新編織時，才恍然悟道，在這一條路上來回奔波的許多年以來，新古茶部安以及整個族人是我心靈的低尼外。

我內心裡始終保留著一線指望說：「或許明日或更久的未來，還有機會看到族人回來。」僅僅是預設這個可能性，那是一種無言無語所留給我之無形的能量與依靠。讓我的靈魂有了便當和拐杖，還能夠堅守著山上的故鄉。於是我又重新鼓起勇氣，望著夕陽的餘暉遙寄祈禱說：「後裔子孫啊！我這一趟回家是要帶著我們的眼淚，以獵人祭的煙火告訴祖先說：『因為您們在，所以我們並不是棄兒。』」

甥女阿拉優慕匆匆煮了一鍋豐富的晚餐，一面為我打理背包說：「因你外孫絡臢的原故，我必須先離開下去，所以今晚你是一個人。」她手中又拿著三瓶米酒說：「多帶一點，因為智高頭目待在上面很久了，我想，只有三瓶一定不夠洗刷他對你思念的淚痕。」便把那三瓶米酒硬塞裡頭已經滿滿僵硬的背包。我們吃完晚餐之後，她和白浪便先離去留下我一人在空蕩已久的房子。

我要住的房子並不是甥女阿拉優慕原來在第二鄰的家，而是甥女婿白浪坐落在第四鄰的家。以前當我平時來到這個區域時，那時嘉瑪爾·達魯拉落幕老人家還在，我常常帶著粟米酒去拜訪他。但如今，當內心裡知道他老人家再也不回來了時，

內心的遺憾眞不是滋味。

　　甥女阿拉優慕要離開時還說：「部落裡還有兩三個人，如果你寂寞難熬，可以去找他們……」當夜幕低垂的時刻，偶爾聽到一些聲音而很想去看一下，但因明天要走山路，覺得應該躺著養精蓄銳，因此也在不知不覺中睡著了。半夜裡醒來打開電燈，才知道已經睡了好一段時間了。便去廚房找一找水想解渴，幾瓶寶特瓶放在飯桌上都是半瓶水，雖然很渴又一絲懷疑地說：「人去已久了，不知半瓶水裡是什麼時候的？」於是打消了想喝的念頭。

　　我想到背包裡還有舒跑，於是拿出來喝的同時，便坐在沙發上一面看著這個空房子，牆壁上還掛著幾幀大小不均等的相框排列著。最大的相框是他們的祖父爾布·達魯巴喇司，他是在古茶部安壽終的。在他們祖父的右側，是這個家的當家主人巴哦勒池·達魯巴喇司，因他是爾布·達魯巴喇司所生的孩子當中之老么。但他父親並沒有能力再蓋一間石板屋給他，所以他只好入贅給哇魯咕嗚咕家族的女子也是當家主人樂默達絲。他盛年時，正逢族人從古茶部安遷下來，但因四個小孩還太小，除了還要養育他們之外，還要興建家園，在如此忙碌的情況下，可能是過於操勞而提早枯萎。

　　他們祖父爾布的左側是一位名叫白浪·達魯巴喇司，是巴哦勒池的大哥。他於 1965 年跟著最後一批從古茶部安遷往三地門村，在那裡必須從零開始起家，但也可能是在那裡過多操勞而離開人世。再左側是巴哦勒池的三個男孩之中之老二，他在少年時，也就是當新部落才剛開始興建時，他或許是爲填補

家計而離開家鄉下去平地工作，但不知發生了什麼事，回來不久後便離開人世。

　　還記得當這個小孩的死訊傳來的那一天傍晚，他的一位表哥細希哩問我說：「可否幫個忙把我表弟的棺木用小貨車運上去新古茶部安？」我便開車從龍泉那裡運上去。當把棺木在外面放下之後，在他們家邊緣稍微歇息一下，聽到他老爸巴哦勒池正對他二兒子悼言說：「疼愛的孩子！你一定是累了，我們原本意味著『巴哩屋』是要給你們住的，但是，你所付出而打造的巴哩屋，卻永遠沒有機會住了……」

　　另外在我靠背的另一牆壁也掛著相框，裡頭張貼著密集的相片，使我不得不站起來戴上老花眼鏡才能看個清楚。那是他們還在古茶部安或在新古茶部安時，一家人往日曾經一度在一起時之歡樂的回憶錄。

　　後來，我久久看著房子裡頭的陳設，所有有價值的東西都帶走了，使這個房子更格外地淒涼。但我疑惑地心裡說：「為什麼把相片還留下來呢？」我想他們始終留下一種可能性，當這一年的夏日雨季再不下那麼大的雨量像去年的水災，他們仍然還有意思回來的念頭，所以相片並沒有帶走。也可能是說：「請你們的靈魂在這裡守望著家園吧！讓風雨適可而止……」

　　我想打發時間熬過下半夜，於是出門往部落走一走。部落是這般地寂靜，上旬月光像鐵鍋般地早已在黃昏過後西沉了，而現在只有眾星淡淡地照耀下來。我漫步地挨家挨戶看一下，但每一家屋的門窗關得緊緊上鎖著。在諸多想念和悲傷交織的心緒裡，總是往日只是匆匆走過而留下的回憶。族人的影子彷

佛是在我頭頂上那遙遠的眾星，忽明忽暗地正逐漸地往西方地平線消失，而往後的日子是否還有機會再相遇，而且是在我們這個令人魂牽夢縈的故鄉？

想起在我們內心裡揮之不去的夏日夢魘時，那瘋狂般憤怒的激流，已經逐漸的代替了原來清澈而清涼的溪流。其實，若還有機會和這個故鄉再相遇，又何以是那昨日自在的樣子呢？

我走在已經空城即將期滿二週年的滋歌樂，令人不禁深思滋歌樂存在的意義，並非是昂貴的建築物，而是即便是以簡單的茅屋搭蓋的房子，裡頭有人住才能說：「那才是有靈魂的滋歌樂。」繼而當我們彼此有緣分地在今生今世相遇，然後毗鄰而居地共生共存，相扶相攜地緊密一起營造一個祥和的社會，那才是滋歌樂存在的永恆意義。

我仰望著天際那遙遠眾星正在閃爍，感覺到創造者不僅在照顧眾生，也在照顧我們並且知道我們的淚水。我祈禱說：「創造者啊！還好我族人的生命樹並沒有倒下去。」因為滋歌樂的毀滅並不意味著是一個族群的毀滅，因大家打造的真實存在的滋歌樂，應該是在內心裡建造的精神心志的滋歌樂。聽取所有從古茶部安離開去他鄉的人都說：「我們的心和夢，永遠是在舊古茶部安。」這一句話顯然他們並沒有把靈魂搬走，而只是暫時離開的一種生活方式，其實內心永遠是投在祖先永恆懷抱的巴哩屋。

次日，8月6日一大早醒來出門，在我住的家下面河道正在興建防波堤的包商，早已在那裡正在趕工，我想：「大概是因為昨天的颱風預報，所以……」我並不訝異颱風豪雨的來

臨，因爲向來這個季節是它常來光顧的季節。比較訝異的是人類花費那麼多的社會成本在做出幼稚的沙灘城堡。

我背著背包去隔壁不遠的一家親戚名叫小喇阿祿的一位孩子。我在他家外面暫時放下背包，然後去大門外叩門呼喚說：「*Drangalhu*！……」但他並沒有立即回應，可是從他家裡面電視機內所發出的聲音，便確定他應該是在，但可能還在睡覺。我又再以喇阿祿之概念名詞呼叫他說：「守望者啊！……」他終於醒來說：「什麼事？」我請求他能否幫我送一程到登山口？他一口就答應，我便說：「我先走一步。」因爲我想到他至少還要沖洗一把臉。我背著背包往他家後上方的捷徑到上方大馬路的轉彎處，在那裡休息一下並等待他的同時，朝陽從我背後緩緩升起，居高臨下看著滋歌樂被聖帕颱風（八一三水災）沖毀的傷痕全都在太陽底下。我內心默默地向上天寄上一份祈禱說：「我們不僅失去了家園也失去了一切，當然地，祢一定是知道我們的眼淚。但還好，族人並沒有出人命，不然今天我們一定是更痛心的。」我安靜地在思索應該對上天說多一點的話，於是又說：「我們失去了外在物質，但還好，生命樹並沒有倒下去。外在物質隨時還可以重新開始，但生命樹倒了就什麼都沒有了。」

小喇阿祿正好騎著摩托車來到，他把背包安置在他前面，而我則在他後面半信半疑地上了車，看著這一位比我矮小一點的孫子守望者（原名概念翻譯的），天不懼地不怕的野心在曲折陡峭又高低不平之狹窄的路上，我心裡想著：「不愧是他外公喇阿祿的祖先之後裔。因這個家族自古以來是專司部落社

會之道德倫理秩序，所以祖先給他的名稱不僅是生命個體的本質也是他一生職責。但小喇阿祿因爲對他的名字並沒有什麼概念，於是我比較喜歡以漢文之具體概念稱呼他說：「我的守望者啊！……」而他是繼承他外公的名稱，所以在他守望者的名稱前面再加「小」字，以分別清楚他與祖先之間的關係。

　　機車像醉人似的時而蛇行使我不得不緊張，不一會兒便來到登山口，還來不及鬆一口緊張的氣，他就把背包放下來說：

　　「吾拇！一天的日子夠長，您慢慢走一定會到家的。」

　　「你縮短了我要走的路段。」一面提給他一根香菸表示謝意說。

　　「謝什麼？這是應該的，」他又說：「好羨慕您要回家。」

　　「反正你隨時會回家。」

　　「我還有事，不然今天我會跟您一起回家。」

　　「我就在上面等你吧！」我又說：「小喇阿祿！小心路上……」

　　「好的。」

　　他說完了便離開。我重新看一下背包並調整肩帶，一面懷疑我是否能夠到家？並在內心裡已經準備好走到哪裡就到哪裡的打算，因爲想在沒有壓力之下輕鬆回家。便背起背包開始出發，一面舉頭遙望著對面山頭那裡的紅櫸木，爲自己打氣說：「夕陽西下之前，希望我已經是在那裡。」一路上以烏龜似的步伐，且不設定一定到休息區才休息，只要雙腳有一點累得發痠了，便隨時暫停下來站著休息。

　　越過第一道碎石坡來到嘟吉廊[66]路段，在大頭目老祖的

66 嘟吉廊（Tukirrange）：位於登山口之後和大峽谷之前之地段的名稱。

地段泉水那裡，有兩隻屬土螃蟹在路上正在約會後告別，另外還有的母螃蟹還擁抱著一群孩子在移民，牠們不說也知道那是颱風前的預兆。僅僅是從第一峽谷走到對面邊界岸上別人的耕地，我就已經休息了五、六次，但是爬坡的路上才要開始呢！我休息一下一面轉頭看著這個地方從辛樂克颱風以來的大改變，也正如其名，啦刮撕是古人看著那一條溪谷每年總是會改變其河道而命名的，便心裡說：「希望要來的颱風豪雨不會再破壞了。」

我開始爬坡，偶爾停下腳步站著看一看景色，又繼續走到啦登休息區，在這裡坐著休息看下方南隘寮溪谷寬廣的沙洲。想起以前那裡本來也應該是沙洲，但後來在我有生之年時幾乎變成綠洲，並且還有人家在那寬廣的綠洲上種植芒果樹。但自從賀伯以來，年年夏日當風雨走過，終有些變化而綠洲也越來越縮小了。辛樂克颱風又把原來的綠洲徹底地又變成了沙洲。幾十年來，儘管大水氾濫成災，終究還沒有過那麼大的雨量到把原先留下來一些痕跡變成沙洲。因此覺得：「很顯然地，這十幾年來天候很不尋常地在變化了。」

我又起身繼續挺進來到第二個溪谷，並沒有累到想休息的念頭，但我還是停下來休息。在我這一生已經習慣了，把這一條溪谷變成靈魂的聖堂。不休息的話對自己的靈魂感到很內疚。不久之後我開始走路，走在這一條陡峭的斷崖小徑不知多少次了。但因走路很慢所以無形中對路旁的一草一木看個非常仔細，我自己也感到很意外地發現有些花草似乎不曾看過的美，尤其是各種不同顏色的昆蟲，彷彿是在婚禮的舞會或在告

別禮拜，在我非常遲鈍的腦袋，始終無法進入它們在述說一個未知的領域。

我努力地走在陡峭的路上，一步步地走到上方一段路上，同樣的環境不同高度，終究是不同的心情，於是在心中有一種再走上去又是豁然開朗的感覺。我走到上方斷崖小徑之台灣欒樹那裡的樹蔭底下休息，看著花絮正是純黃的時候，使人想到離秋天沒有颱風的季節還有一段時光。

我又想到在台北工作的大孩子，以及才剛誕生兩個月的么兒，並想像他們未來的某一天必然像我一樣在回家的途中。一位素不認識他們的人，從他們的背影看著他們的身材，以及走路來的樣子，便猜測可能是似曾記得的人。抑或，不必看他們的容貌，聽他們的聲音，便覺得是似曾熟悉的聲音。但是，我還是希望他們能夠有他們祖父哲默樂賽‧卡勒盛的個性，因為我始終不欣賞自己。於是我對么兒說：「么兒啊！希望你能像你祖父，深謀遠慮、又有果斷的判斷的能力，就好像神準的射手，從來沒有失手過。」我再一次默默地祝福他們說：「希望你們祖父之愛的燈火，永恆照耀你們兩兄弟的前程，勇敢的活下去！」

我喝了幾口舒跑以補充體力，然後繼續爬到上方種有咖啡的瀑布那裡，在長有野梔子花下方休息一下，以咖啡調理包沖山泉一飲而盡，於是又繼續走上去爬過陡坡的一段路上來到相思樹林，看到前面不遠處的紅櫸木，又邁開步伐繼續向紅櫸木挺進。

當來到紅櫸木之前的台階，發現以前的裂縫越來越大。而

這個裂縫已經明確地暗示下方正在扯後腿，使整個紅櫸木包括上方古代打石板的地方，和相思樹休息區的石板路正在漸漸地滑落。讓人覺得紅櫸木休息區終究有消失的一天，而且近在不久了的將來。以往每趟上來還能看到紅櫸木，或坐下來休息的時候，總是一股萬般不捨的留戀。在這個地方每一趟有酒喝時，總是最後一杯爲永恆離別而陶醉。

看一下手機正好是十二點多一點。在紅櫸木休息的當兒順便打個電話給母子倆報平安說：「我很順利地來到紅櫸木了……」

我拿出昨天買的麵包和舒跑，一面補充體力一面眺望整個景色，又看著對面的旗鹽山[67]，古人神話中稱之「嬰孩國度」，然後想起母親常說的神話故事中浪漫的愛情，以及當嬰孩誕生之後之鳥兒般地逍遙自在的徜徉在他們永恆的國度。又看著那一座發祥地之整個山景，就像一座古堡永遠聳立，隨著清風吹來一陣閃過似乎是在說：「有誰知道明天？」

爬過小山脊開始走緩坡的路上，我則以緩慢的步伐一面欣賞眼底下的景色。看到路旁的獼猴正在認眞地覓食，在各種鳥兒和鳴裡是一小群名稱叫孤巫咳[68]，正以黑管低沉頓音節奏似的高聲叫著。使我內心想：「這一個颱風所帶來的雨量眞不少。」

我來到最後一道滋泊滋泊溪谷之前的小山頭，有溪谷流水聲中青蛙正大合唱地鳴叫著，不如說牠們正在互相提醒說：「水災即將要來臨，大家一起往高處移位，抑或是在向自己的愛人和家人道一聲再見，因爲即將要來的水災不知道要帶來

67 旗鹽山（海拔 1,057 公尺）：位於舊古茶部安西南方，那裡原來是屬排灣族的發祥地（Kapadainane）。

68 孤巫咳（Kuuka）：一種畫眉鳥的叫聲，常以「孤巫～卡～……」發出，也是魯凱人藉其聲音預測當天的氣象。因牠特有的聲音而得名。

什麼樣的改變和破壞，或在逃難時路途中還不知道命運如何？所以大家在歌聲中充滿著別意的韻味。」於是在我心中向牠們說：「那要來的颱風終究是要來，你們也已經知道了，而我又已經快到家了。」衝刺最後一段爬坡來到滋歌樂的入口處的相思樹下。我便停下來休息，並再一次撥電話給兩母子說：「我已經到家了。」她一份心意的話說：「颱風天要小心！」

　　下午，我來到了家外面前庭先站著鬆一口氣，看著家裡緊關著門窗一個多月不曾看到陽光，使我彷彿看到一個人躺著閉目哀傷的神情等待著我打開似的。又看著老故鄉在荒煙蔓草中沉眠。因有不正常而晚開花的相思樹，林蔭綠草一片增添淡淡一點黃色神采，也成故鄉另一幅神祕的圖畫。我把背包先放在外面大門邊的台面，然後將門窗一扇一扇地打開讓陽光和新鮮的空氣進來屋內。

　　我靜下心後開始起火使家裡有炊煙，然後又出門去巡視一下四周環境，看看草木們都已經長大了一些。尤其是我親自種的果樹，離開一段時間之後，似乎可以感覺到它們被冷落的表情。夏日雨季午後慣常有的一陣陣輕風吹過來，不難理解這是為「明天有颱風要來的序幕」……

　　回到陽台圓桌旁坐著若有所遺忘似的在思索，抬舉頭來望著家上方，意外地看到一棵梨樹正在開著白色的花絮。使我驚訝地想起當我還是個少年時，梨樹是春天裡開花的，8 月中已經是可以勉強採下來試吃咬一口以品味。但往往 8 月總是遭遇強風豪雨來襲，早已幫我們打落而不需要爬樹。因果實來不及

成熟就被 8 月的風打落下來，梨子就這樣給人的印象中永遠是不成熟的落果。如今，8 月中旬了才剛花開，在一瞥之間閃過的疑問說：「你還好嗎？」我所說的「還好嗎？」是帶著間接對上天的疑問說：「到底上天要發生什麼事？為什麼讓你花開得很不尋常？」

不久之後，智高頭目從他上方的家下來。看他走路的樣子，沉重的步伐似乎心靈的竹簍裡，裝滿著複雜的心思。看來他對今天我突然上來還帶著詭異的臉色，當我還來不及開口說出想念他的心，他已經說出口：

「好久不見！」

「一個多月了。」

彼此的思念已不在話下，所以我們以瓦斯高速爐煮開水沖咖啡，想趕緊馬上進入彼此思念的浪潮。他先喝了一口後，咖啡的味道裡聞不出我對他的思念。於是他又開口說：

「老哥！摻一點那個……」

「什麼那個？」我假裝疑問。

「那個啊！」

「哦！我明白了，我差一點忘記。」

「來人不帶心靈的彩虹有點奇怪。」

「你還用說嗎！」

「今天鳥兒的歌聲如何？」

「溫柔的歌聲裡還摻有美人蕉的韻味。」

「所以你不敢相信只是咖啡？」

「誰敢相信？」

我們又一面喝摻有彩虹（米酒）的咖啡，一面談到他在上面已經有一個多月的時光。在談話之中我們不時地從窗戶看著山嶺是一片寧靜，連一點風都沒有。只有在東方藉著斜陽綻放著豔麗的兩道彩虹。

　　「聽說有颱風要來，你看著這一切有沒有現象？」

　　「聽收音機是這麼說的，可是中心位置是在東海岸。」

　　「夏日風雨季節是必然的，擔心的是不要帶來大的破壞性。」

　　「我關心的是我們的水源地。」智高說。

　　「我關心的是我們下去平地的路。」我說。

　　「不管明天如何？只要下起雨來，路都不通了。」我用猜測地說：「所以如果你有獵夾的話，要去一個一個地給拆卸下來。」

　　「只有幾個地方而已。」

　　「還是要去給拆卸下來。」

　　「那我們明天一早去吧！」

　　我們一面喝一面談到他在上面已經有一個多月的時光。在談話之中我們不時地從窗戶看著山嶺是一片寧靜，只見在東方藉著斜陽綻放著豔麗的兩道彩虹。但不知怎麼了？他緩緩進入胡言亂語的仙境。於是我覺得他可能是酒國裡的國王了，而我也有點累了。於是他在廚房那裡倒下去躺著呼呼大睡，而我向他道聲「晚安」後，並幫他點另一根蠟燭，希望燭光陪伴著他，便把門窗關起來，但外面尚有一點微光彩霞裡已經開始下著細雨。之後，我們各自作夢完全忘了我們是同在屋簷下而眠

的兄弟夥伴。

　　我因喝了一點彼此思念的酒，所以靈魂的載體已不勝疲憊地躺下去，又咖啡摻有彩虹使精神陶然於濃厚的睡意裡，靈魂又像幽靈地在夢中猶如一隻老鷹般地仍然繼續輕盈飛翔。

　　後來不知不覺進入夢中，我在另一個永恆不變的心靈家鄉，人們還是一樣仍舊在那裡。看來我們滋歌樂應該是農閒的季節，不然他們爲什麼大都在家裡外面閒著呢？有一些人是我所認識的，但大部分的是素來不認識的，卻很特別的是有一些人還帶著很詭異的眼神對我訕笑。後來我回家裡，知道自己已經在家，而且是在這黑暗的夜晚。突然是我前妻的二姊出現在眼前對我訕笑便消失，她是去年已經離開人世的，自從她離開人世之後不曾夢見過她，使我下意識地倍感錯愕。不久之後，又感覺是我一位還不會說話的外孫子喇夫哈思，他的手在觸摸我的衣角，一如我們兩個人平時在家的時候，他會以他的手示意說：「吾拇……」之後，我完全進入黑夜裡不省人事的睡意。

　　在此同時，來自遙遠的颱風，正在逼近我們的島國。它帶著非比尋常的力量，超越於往年我們對颱風一般的認知，那是天與地一種莫名緊密的聯繫與接觸，天雲已經不勝負荷人類製造的汙染而形成高壓，地底下也已經不勝人類傾倒滲入地下，而產生無形的能量正在抗壓。於是夾在其間的颱風被夾擊得透不過氣，使其掙扎後加速旋轉。地上的草木，以及其間的生物、走獸都會意識到他的威力，只有人類還在夢中浪漫地歌唱。連在這一次的颱風即將隨著颱風要走的人，或多或少從自然界應該早已有所提示。因爲人類太相信文明所給予我們的認

知，再加上我們因貪婪而朦朧我們原來對大自然的觸覺如我一樣。昨天上來的路上所看到的情形，螃蟹最後的約會、昆蟲的舞會、青蛙的大合唱，和鳥兒黃昏的離別會。以及在古茶部安郊外的花兒早就在提示說：「盡在這一時充分地開花，因為我們不知道明天還有沒有開花的機會……」

第十四章　莫拉克颱風之夜

一、颱風的前夕

　　8月7日早上醒來時，大地已起風下雨，但其實昨夜早已下雨了。正午時分看到小獵人從山下面冒風雨上山，便可以理解是他很擔心他太太一個人在山上的家。智高頭目從小獵人那裡得知下面新古茶部安還有嗚咕撒尼一人留著。但我們看著天已經下那麼大的雨，希望他應該是下去水門了。我們又擔心另外兩位假如他們仍然還在新古茶部安，而小獵人只是沒有看到而已。

　　外面仍在風雨帶霧朦朧中。我起來往爐灶那裡起個火，智高頭目說：「真的颱風來了。」便把他手掌型收音機打開搜尋警廣交通廣播電台，報導中說：「莫拉克颱風的中心位置，在花東偏北的位置，正在朝著西北襲進台灣北部。」

　　我們匆匆煮一鍋簡餐，便又分頭躺在自己的位置。我們待在屋裡偶爾大門打開看一下雨勢和風向，起先是由北方吹下來，過了一段時間風勢又開始從東方吹來，過一段時間又從西方吹襲而來的。使我想像颱風是一塊大鐵餅似的正在從我們東方中央山脈從空中旋轉飛過，然後可以盤算猜測她的中心位置。昨夜的強風是由東方而後慢慢偏東北方，而現在是由西方

吹過來的。

「我覺得可能颱風已經快要遠離我們了。」我說。

「可能吧！」智高頭目說：「所以啊！我們等一下去水源地看一下，順便看一下上面的家。」

此時可能已經是下午但不知道絕對時間。我們出門時，覺得風雨正在消退，故便往水源地，路旁的樹有些枯木是昨夜被強風吹落的，因此覺得差不多颱風不久之後就要停了。我們經過派出所來到運動場要爬上台階之前是一處斷層凹陷，發現從來沒有發生過的情形。我們跨過走上台階來到水源地，看著流下來的水勢並不如賀伯那麼大，頭目又再解釋說：「當賀伯的時候，我和尤再建正好來這裡看水源地的水勢，幾乎是已經快要流到運動場了。」

「聽你這麼說，我們還不至於有危險！」

「很難說。」

我們看了水源便轉頭往回家的路上，風勢從西南方帶著濃雨吹來的風強勁得很不尋常，使我們不得不用跑步回到上面智高頭目家。回到他的家想開大門，但發現大門已經打不開了。大頭目查看了一下什麼原因，才知道是銜接大門門柱的蝴蝶夾那一邊已經陷下去了，所以門板無法打開來，而另一角也已經卡住了。後來他不得不從窗戶進去裡面拿著鋸子，我們把另一角鋸掉才把門板打開的。

我們進去裡頭再查看個仔細，智高頭目發現鋪有石板的地上，從外面沿著縫隙間有裂縫，爐灶上的牆壁也已經有了裂痕。於是他說：

「我好失望。」

「怎麼了？」

「這個房子已經說明永遠不能住人了。」

「說不定只是局部性而已，」

我說完並出門沿著裂縫看出去，他們家原來的大庭中央也有裂縫橫越整個建地，而且連牆壁都有。我們趕去隔壁杜冬振的家查看一下，我們又發現與他自己家的裂痕是同一條。

「完了。」他失望地又說：

「或許只是裂痕而已，而雨停了之後，就不再繼續裂下去。」

「希望是如此。」

我們又去派出所那裡的室內察看，也發現裂縫。於是我們想起運動場那裡所看到的裂縫凹陷處，便判斷出應該是同一條斷層，如果繼續下著大雨，裂縫以下整個地段包括二分之一的原始聚落就要全部崩坍了。

我們從派出所回來把心情靜下來起個火，煮開水沖咖啡，各舉一杯以相敬。然後想現在所看到的裂縫，不僅是學校運動場、派出所，還有整個哦默默思區，所有在下方的人家全部會被連帶沖下去，於是我說：「難怪日本時代之前的古人，下方從來沒有人家去那裡興建聚落過。」而智高一語不發，我可以理解他的心情。

在十幾年前，那時智高還在就讀神學院，在一個偶然的機會跟著一群神學院的學生上來古茶部安。他憑藉著當還是六、七歲時的記憶，去尋找他們的老家，但是，老家不僅已經全部

塌下來得完全看不出曾經的輪廓，且淹沒於草叢中，所以當然地他找不到老家。於是他去找蓋努安（Arrudraedrame）老人家請示才找到他們家原來的地點。

在他印象中的老家，永遠是他童年時的回憶。他跟著父母離開古茶部安遷到霧台他父親的家鄉後，接著古茶部安又集體遷村下來新古茶部安。經過十幾年的歲月，當然石板屋也就這樣塌下來了。而他隨著父母離開之後又不曾來過，再來是他已經長大了。其實，我們在回憶中的每一事物，在時光歲月裡，會逐漸地褪色，而人則隨著時光增長回憶中當初的現象也會變形。

後來他決定重新修復，並雇幾個老人家幫他的忙。但是老人家並不是白做工不拿勞資，所有的工資是他一個人付給他們錢才完成的。從他決定蓋房子以來，我可以了解他深層的一面，雖然他並沒有坦白說過。他是這個家五個男孩之中的老么，下面他還有兩個妹妹。他隨著父母搬到霧台，當他的父母過世之後，他慢慢地發覺越來越沒有歸屬感。於是他覺得不如把他回憶中的老家給修護，況且他上面四個哥哥，看來都已經把這個地方遺忘了。於是他在心裡想：「家裡的資產我分不到，地產更分不到。不如我把這個早已被家裡的人棄置於遺忘角落的老家，為我靈魂之永恆的歸宿。況且祖先的靈魂還在這個地底下，尤其是我母親的靈魂，也應該還是在這裡……」

當他已經投入那麼多精神，並設定為他永遠的家鄉時，突然八八水災蹂躪得使他唯一的住處有了裂痕，於是他心裡非常沮喪。看他靜靜的眼神，濃厚的憂鬱宛若是一抹濃霧正在逐漸

的籠罩，在他眼角裡不知道是雨滴還是眼淚在晃動閃爍。但可以肯定的是風雨中的心靈也好，是人生背景也好，那閃爍的水珠應該是發自內心深層滲漏出來的。

我們看著外面的風勢正在逐漸地增強，使我們不得不趕緊回到下方的家躲避。當來到家裡時，風雨隨著天色的昏暗越來越強，讓我們內心起了更濃厚的憂心。於是我說：「不尋常的風雨，不知道今夜如何？萬一真的發生了，記得我們要往高處逃難，看起來我們的房子上頭那裡還可以躲。」說著不得不準備手電筒、雨衣、一把刀，還有要吃的乾糧，並心裡想只要家有一點震動，就要立刻出門逃難。但是，還是帶有一種半信半疑地，內心裡說：「祖先選擇的地點作為滋歌樂，應該是不會錯的。」但我面無表情地不讓智高頭目發現我內心的緊張，以避免使他更驚慌。

二、颱風夜

8月7日這一天隨著風雨中吹過。強風雖已稍微減緩，但上半夜雨勢仍然是在驟雨中。當8日深夜凌晨，我把煤氣燈灌入兩罐去漬油然後點起燈來，將房子打得光亮，然後對他說：「煮開水讓我們以咖啡熬到天明吧！」我把筆電打開想藉著今夜寫作以打發時間，突然外面是土石流一洪而下的聲音。

「弟！請聽一下聲音是在何處？」

「聽起來應該是在對面的山頭那裡。」

「你可否去外面確定一下，說不定是整個滋歌樂正在往下

滑。」

「老哥！請不要開那麼大的玩笑。」說完又避開話題說：
「我來變魔術。」

「你要變什麼把戲？」

「你來看看吧！」

後來因為太多心事干擾，於是我把筆電關起來，然後把大
燈帶過去廚房。桌子上面是兩杯他已經煮好的咖啡。他從網袋
裡取出一瓶超小瓶的威士忌說：

「我就是要變這個魔術。」

「我就知道你的魔術實在超高明。」

「因為我意識到明天，是否還是今天的我們，所以啊！」

「不要那麼悲觀吧！」

「誰知道呢？」

「也罷了，跟著祖先留給我們的搖籃一起流走有什麼不
可？」

「說的也是。」

深夜裡依然下著大雨，風勢的頻率雖稍微減緩，但雨勢仍
然下個不停。可能是我們被雨聲所催眠，於是兩人各分一間房
間睡著了。心想「祖先留下給我們的故鄉應該還不至於吧！」
的一種舒然安逸的心態，不然我們怎麼可能睡得著呢？

或許昨夜睡得太晚，所以當醒來的時候早已天亮了，我們
把大門打開好奇的出門想看一看外面，尤其想看看昨夜山崩的
地點想知道到底在哪裡？雨勢已經減緩了許多，但外面還是霧
濛濛的，所以無法看清楚究竟是在何處？又一陣雨逼得我們趕

緊進屋子躲雨。

　　當天氣慢慢放晴，但仍然還有間歇性的陣雨，我們藉著雨停的間刻走到外面看個清楚，才發現對面的山頭因土石流而把對面的伯勒伯狼瀑布沖刷得乾乾淨淨。在我這一生當中，頭一次看到前面瀑布那裡連一根樹都不見的容貌。從陽台遠看所有的山嶺都已經是傷痕纍纍，從這裡遠看達嘟咕嚕下方的巴部丹溪，可以看清楚已經是沙灘一片。眺望著西大武山那裡的屬排灣部落的地段，對外聯繫的道路明顯地看到已經被沖毀了好長一段路。尤其是旗鹽山那裡之卡巴待吶尼發祥地之撒啦灣那一區塊全部被沖走了。當看到撒啦灣這一幕，使我們驚訝地心裡說：「完了，我們已經沒有神話故事可以說了。」於是我轉頭看一看古茶部安的滋歌樂基本上還在，但內心裡已經有了底說：「撒啦灣那裡祖先都已經守不住了，我們的滋歌樂將來也必有一天也會。」我繼續往西邊較高一點的地方望著下方的南隘寮溪谷源自西大武山那一支流，南西隘寮溪之匯流處，我還以為是堰塞湖，等陽光照到那裡，才看清楚是土石流所積成的沙河。

　　我們從收音機所聽到的，不外乎是一個個部落被土石流淹沒而紛紛撤村的消息，或在平地不尋常的淹水汪洋中掙扎。我想到水門長堤那裡，萬一被土石流所灌滿而溢出改道，會使三和村、日新村，以及下方的整個原來的原始水道，整個位在這一個老水道的住家都會遭殃的。使人不得不擔心所有的同胞，以及我在日新村的家人。後來我是藉著陽光的幫忙充電我們的手機，風雨完全停了之後，才趕緊出門開機向家人報平安。

我又趁機撥電話給姪女阿拉優慕問有關新古茶部安的消息。她說：「新古茶部安並沒有正面報導狀況，但聽說已經完全被沖毀了……透露這個片面消息的，我們猜測有可能是直升機由空中觀察到而說的。」因我要離開的時候尚有三個人留在那裡，而最後上來的小獵人說：「只剩一位嗚咕撒尼一個人還留在那裡，但沒有任何消息證實他的話。」而當我們一聽到片面消息說「滋歌樂已經徹底被淹沒了」時，便覺得那三位當中的任何一位尚留在那裡必定是已經遇難了。於是我又撥電話問有關古樂樂和小喇阿祿，當她說：「他們兩位在下雨之前就已經下來了。」我們才安心下來。

　　小喇阿祿是一位在舊古茶部安以司法官家族之當家主人名叫喇阿祿・巴滋歌樂的後裔。老喇阿祿生有兩個女兒，大女兒娥冷嫁給漢人並在豐原市落腳之後，為她的爸爸生孫子，便以她爸爸的名稱取名給小男孩喇阿祿。他下面還有兩位弟弟和一位妹妹，後來小喇阿祿的爸媽相繼過世之後，他幫兩個弟弟和一位妹妹成家有棲身之處之後，孤身影隻從中部的豐原市下來南部來到嘟啦勒歌樂尋找他母親的老家，便在老家那裡獨留一個人住。

　　在這幾年以來，他常常上來舊古茶部安為他外公喇阿祿之已成廢墟的老家砍草，並且就地搭帳棚住上幾個晚上。從他的背影在大太陽底下汗流浹背地在砍除雜草，似乎是在尋找已過往當他小時候與母親在他們老家時的情景，使人看了莫不感到淒涼而動容。在我家的上方不遠是他外公老喇阿祿的墳墓，我抬頭望著那裡對他老人家說：「祖先！您應該是看到了您的孫

子吧！請您伸出右手賜予他力量並庇蔭他。」

　　我回去古茶部安將近二十年來，曾經多次鼓勵年輕一輩的人回老家，可是大多數的人都說：「對那裡沒有什麼印象，所以沒有感情。」因為不在那裡誕生當然也就沒有什麼印象，這個可以理解的，可是小喇阿祿或許當他還是孩童時，曾經跟著他母親上山多次所以有印象，即使有印象但倘若沒有感情呢！或者說，即使在這裡誕生、長大、然後成家的人，也不見得對老家有情感，不然，為什麼看不到他們一絲留戀然後上來呢？所以我對小喇阿祿有這樣的看法，在他血液裡必然一定是流有他外公老喇阿祿的操守和對道義責任的堅持。但是，假如沒有大人的指引，很容易在他誤判之下付出代價。

　　我又替嗚咕撒尼想像，那一天晚上，因他生命中內在的本質，就像他如楓樹傲然瀟灑的身材，不把颱風當一回事。他必然是已經喝醉了，並瀟灑地躺著不把人間世故放在心。他內心裡只是想睡個覺等待天亮醒來時，他最瞧不起的颱風竟在他睡夢中突如其來，他不知不覺中沉睡在永恆的國度。

　　我又想像當他要走的那一刻之最壞的形式。他在深夜裡一個夢中突然是在一潭水中夢遊般地掙扎，忽然覺得不是夢而是事實，並奮力地尋找得救，但在深夜裡他無從知道方向感。當他要滅頂時，必然地高喊出長長一聲，然後想起他這一生對他最好的一些人。最後，他欣然無奈地接受宿命的安排。

　　但是我仍然相信他的能力，然後自己說：「應該他還是活著……若不是，應該是飢餓和失溫使他倒下去。」最後，我想到最疼愛他的哥哥，也必然地不知怎麼面對要來之失去親兄弟

的痛心和哀傷。他又不知道要從哪一條路走到新古茶部安？要等待溪水退去，又要考慮援救生命的時效。於是在我內心裡露出一絲希望的幽光裡說：「只要他清醒，他的智慧必定會指引他。」這一句始終是在我們的祈禱中。

9 日一大清早，我們煮開水沖咖啡對坐在窗邊，朝陽緩緩在巴拉都達尼山頭露臉照耀下來，曬過一陣之後，清風夾帶著腐敗的氣息吹來，不知道是動物還是植物的腐朽味？當白娃娃麗 [69] 始終是在野地撿便宜地在吃早餐時，我們才曉得這一場水災不僅是我們人類遭受到嚴重的打擊，連野外的各種動物也遭殃。

我們的飲用水早已在 7 日的深夜裡被切斷了，我們只靠雨水度日。早上靠著僅有一桶雨水煮了早餐，颱風過後的第一個晴朗的天氣，我們首要的工作就是要去修水管，因為再不修接引水下來，午餐就成了問題，我們匆匆吃了早餐之後，便分頭準備了一些工具往水源頭去。

從我們走過的路上看來，倒是沒有杜鵑颱風般的厲害。但也可能因為是西南氣流的關係，所有地形凡是面對西南方的面向，應該是特別嚴重。當然，這只是猜測而已，其實，我對氣象的認知，除了是老人家說過的所謂經驗之說，以及自己親身經驗的累積，我是完全沒有什麼知識。

我們來到了水源頭，整個水源頭的水道已經改變，當然源頭的水管都已經被沖走了。我們暫時修護只是要把最起碼要生活的水接下來，因為工具和材料不足，而且還要大興工程才能永久。

69 白娃娃麗（Paivavalhi）：魯凱語，稱呼純白的顏色，是一隻小狗全身是白色而取的名稱。

我們在修源頭的水管工作中，在日曬之下又就近水沖涼的同時，看著水流是那麼清澈透明得清涼得吸引人，又看著水即將流到平地那裡供應像我一樣口渴的人，不僅是如此，連我們人類要吃的一切農作物更需要水。讓人想起自古以來，有多少個人，因為夏日雨季的土石流的緣故而家破人亡。

晴空萬里下工作聽到直升機的引擎聲不斷的來來回回，後來才知道霧台鄉境內的五個村落，所有的族人都被直升機吊上來正在脫離災區送到安全的地方。讓人想起兩年前當聖帕颱風時，部落族人被直升機吊離現場的情景，於是我內心說：「我們的族人西魯凱族整個霧台鄉，也必然像我們一樣的心情。」

縱然我們心急如焚地希望快一點下去探視我們的族人，可是再怎麼想要下去，每一條路可能可以走的路，都必須涉水才過，所以我們就必須等待幾天溪水退去，才能進一步去探勘下去往平地的道路。

三、巡視山嶺

我們看著北方流自井步山之「求雨的池」下方嘟陸部陸部小溪流的水，便想起老爸說過的話，說：「看一看那一條溪流的洪水，差不多都已經流盡了，便可以判斷出拉哥拉勒水源地和達爾畔兩條溪流可以過了。」

我們吃了早餐，便出門往部落的後山名叫哩希安的地方。我們來到水源地要過溪，我們是先看一看水潭已經更換了新的泥土和大石塊，智高沿著有露出淺灘激流水面中的石頭跨越

的，我也跟著學跳躍而跨越激流，一面看著水流便可以判斷出南隘寮溪大約多久便可以涉水越過，於是我說：「要下去平地還有一段時光。」

我們繼續走過達爾畔溪之後又往上沿著稜線上去，又不時地站著轉頭看一看整個東南方半徑內，整個山嶺處處是傷痕。一看這個情形便可以判斷出整個南隘寮溪差不多已經灌滿了泥沙和土石。

我們在布卡勒地段稜線上，發現有幾處一堆一堆的草，但是智高頭目可能沒有見過。於是他很驚訝地問我說：「這個是什麼？」

「山豬的哩部，」我加以解釋說：「所謂哩部是當要颱風之前，山豬知道有強風要來時，牠選擇在稜線上找一處稍微平坦有可能是最安全的地方，挖成鍋形之後內部底處有排水的凹槽，然後去採茅草或山蘇堆積起來，當下起雨來時便帶著小山豬躲到裡面的。」

但是，令我們訝異的是，牠們怎麼知道颱風要來？然後知道用牙齒割起茅草來為小山豬打造一個躲雨避風的地方，甚至於說，牠們又怎麼知道選擇不會被上方滾落的石頭擊中？或不會有土石流的地方？又怎麼知道草堆之周圍盡量避免有倒樹？使我又想起我們嘟啦勒歌樂部落，我們竟然是想冒然超越山豬的認知和啟示，甚至於我懷疑現在的人有否真的認識山豬？我自己猜想大多數的獵人看了山豬，只想到如何獵到牠？從不去試著認識牠生存的哲理。

我們又上來到德烙地段之制高點，才看到在我們下方之巴

啦陸素廊整個地段全部被沖垮了。下方出口也就是第二溪谷底拉峨喇安上方之達部滴阿刊瀑布，因那裡是狹窄的噴出口，所以當大量的土石瞬間噴出的時候，形成如爆彈之瞬間彈炸的驚人能量。但從這裡因為我們無法看到下方，所以下方之瀑布斷崖那裡實際被沖毀的情形還無法知道。

我們從稜線眺望西下方啦刮撕大峽谷那裡發現，已經很嚴重的改變，便猜測嘟啦勒歌樂部落全毀的原因，是突然在很短的時間，大量的土石以山洪而下，把下方南隘寮溪堵成大面積的堰塞湖，等到潰堤之後又一洪而下把新嘟啦勒歌部落全部給掩埋了。

我們從這裡看到哩希安一條溪流上方源頭，那裡的原始森林是在井步山的西下方，是唯一原來是被指定為部落的公共造林地。當我們遷下去之後，村長古喇希哩‧阿魯啦登，和卜依靈、撒卡勒兩位代表，為了部落遷下來的需求而賣給商人以籌足開闢往巴拉里巫魯地段方向的產業道路。但今天，眼睜睜地看到了現象。不僅是自然現象之不尋常之外，人為伐木時所造成裂痕，自然力量趁縫加大面積的土石流現象。當我們正疑問「怎麼是這樣？」時，鋼索如麻地纏住每一塊溪流中的石塊。於是想著部落的原始公共造產，賣給商人只有新台幣八百多萬元，在變換價值之後又看不到結果，再來是原始森林又消失了，最後，不僅只剩下大地的傷痕之外，整條溪流被土石流破壞得完全摧毀整個生態。

我們又看著整個山嶺是一處陡峭的叢山峻嶺，像這樣的地形，應該是在幾萬年前，大地必然地曾經發生過激烈的地殼運

動，才形成如此的大峽谷。但是當我們有人類以來，從來不曾看過像這樣奇特又令人恐怖的狀況，所以也永不知到自然界的威力。之後，我們朝原路折返回家中，一路上是內心重新體認我們的無知與渺小。

四、往紅櫸木探路

次日，天氣仍然是晴空萬里，直升機的引擎聲不斷的來來回回，便知道直升機還沒將族人完全吊離災區。使我又陷入回憶裡，那時我還是國小，我們家裡養了幾隻雞，其中一隻母雞才剛孵出二十來隻的小雞。有一天早上，母雞才剛出門帶著小雞出來覓食，不料一隻大老鷹從空中不知何處飛過來要抓小雞，當小雞要被抓的瞬間，母雞一度和大老鷹正面生死搏鬥，但因牠可能是在孵蛋期間已經耗盡了牠的能量，或者牠可能又想顧到整體，而最軟弱的小雞來不及跑到母雞翼下庇蔭，於是牠被老鷹抓走了。當小雞被大老鷹抓到正在飛走時，小雞悲鳴的哭聲不斷，跟著老鷹飛得越遠越小聲，然後消失在霧雲中。

我對族人的想像，當在鐵做的大老鷹上之哭嚎，並非是小雞那種走向死亡的悲鳴哀淒，而是因為轉頭看一下自己的故鄉已經是滿目瘡痍之外，當被宣告已經是危險區而只是抽離跨越一個空間到某處，其含意已非比我們想像得那麼簡單。不僅是因為故鄉遭到土石流而必須暫時遠離，在族人的心念裡，反正雨停了還可以再回來，但或若有可能再回來？以前的我們是否還是我們？我們的心靈和心志是否還能帶回來？或者說：「已

經受傷的心靈國度，已經再也不是我們的往事，那種完全信賴的安全感。」

　　從古茶部安人一路走來的經驗，可能就此我們永不回來了，因為我們的故鄉被沖毀外，我們的心志似乎是正在妥協，妥協給自己的懦弱。我們或許已經忘了，魯凱人號稱是屬哩咕烙的族群，是高山叢林的守望者，但守望者啊！我們要去哪裡？即使我們去一個地方，我們的小哩咕烙又怎麼能適應那裡？而別人又怎麼對待山中的哩咕烙呢？尤其哩咕烙的個性，已經適應了吟遊山中綠海的習性，又怎麼能……？即使再華麗的寶座，哩咕烙的尊嚴又怎麼擺呢？

　　風雨已過了，樹已靜了，天也放晴了的第四天了。我們對坐於窗邊吃早餐的當下，朝陽緩緩升起，早晨大地的呼吸……清風依舊夾帶著濃濃的腐朽氣息不時地陣陣吹來，宛似一位美麗的姑娘，被蹂躪得已經看不出原來端莊的模樣。

　　「等待溪谷的水退下去之後，我們才能下去拜訪族人。」

　　「怎麼知道水已經退下去了？」

　　「看下面隘寮溪的水流就可以判斷，」我說：「所以在這一段等待的日子，我們只能是去紅櫸木那裡探路。」

　　吃過早餐之後，我們準備了路上要喝的水和咖啡，便出門往紅櫸木的路上。我們來到部落西邊下方的溪谷，水量並不如我們想像那麼的大，我們輕而易舉地涉過，一路上鬆動的路面也沒有那麼嚴重。我們來到力大古的竹林，智高頭目去那裡採兩根竹筍，便說：「吾拇！請原諒我們，只是採來餬口一餐，因為我們已經餓昏了。」我們坐下來剝皮的當兒，對老人家的

懷念，似乎還活在世上並且在我們旁邊似的。

　　我們繼續挺進到紅櫸木之前，在想像中，我們疲憊時的歇息處，我們的心靈的遮蔭樹——紅櫸木，差不多已經不見了，因而不指望還能看到它原來的容貌。但沒有想到當從上方往下看時，它依然聳立，使我們雀躍地加快腳步往下奔走，到了那裡，卻讓我們看到意想不到的事情。紅櫸木仍然還聳立著，但是，位在它旁邊的一塊大石板已經是被掏空了。但我們仍然坐下來在僅剩的大石板上面和紅櫸木的樹底下，以山泉水製成的咖啡，靜默地彈指幾滴，對它的頑強與能耐表示最敬意地說：

> 我們的遮蔭樹啊！
> 縱使知道必有一天
> 是您宿命必然的走向
> 但是
> 您的容貌和風采
> 還有您那頑強的個性
> 以及您那屹立不搖的本質
> 是我們對您永恆的回憶

　　我們開始移動腳步，帶著割捨不下的心情離開那裡，再走幾步便是斷崖了。我們小心翼翼地橫越斷崖才銜接老路，但是路面已經陷下去了。我們在幾乎是走在已經不是路的小徑，很勉強地跨越一處碎石坡。因為再下來的路上草木仍然還在，但是整條長長的路其實是已經滑落了，所以我們都是以遙遠的大

樹來目測並確定要怎麼走的，才來到相思樹那裡的休息區。

　　我們先休息一下，抽一根菸的時間，同時先緩和一下心情，因為我們即將看到什麼樣的情景完全不知道。之後，我們開始下去來到杉木那裡，望著上方力大古老人家的石板工寮已經沒有了，而石板在崩塌地散落處處可見。

　　他原來種在小溪旁特別旺盛的竹子，但現在看來，莫拉克颱風連根拔除之後，又洪流帶走連一根都不留。於是我們對老人家說：「您老人家遠離我們有一段很長的時光了，但看到了您留下來的小石板屋，以及您種的竹子，使我們仍然覺得您還活著，並且陪我們這些孤兒。但看到現在這一切，我們才感覺您真的徹底離開我們遠去了。」

　　我們繼續下去到咖啡園那裡，從這裡可以看到前面斷崖處整座山已經是光禿禿了，而在斷崖處原來的羊腸小徑，全部被土石掩蓋著。以前當我們走過的時候，因為小徑左右上下都有草木，所以走起路來斷崖並沒有讓人懼高害怕，但現在所有的草木都沒有了，然後想像我能不能走時，還來不及想像就已經雞皮疙瘩。我們還是在保報瀑布那裡停下來，並坐在瀑布旁休息，內心覺得可能是我們的最後，於是我們又舉杯相敬說：「或許我們還有機會，也或許永不再……但我們還是為這一條路，歷史以來是我們與西方世界的樞紐，而以這一杯表示敬意與告別而乾杯吧！」

　　我們在那裡久久坐著，看著下方斷崖以西直到平原碧海深藍處是山嵐一抹，不說也知道，大地正披上了孝布。此後，我們與保報瀑布說一聲：「永恆再會！」便轉頭朝原路回家，心

裡想著，從平地上來回家的路越來越遠了。前幾天在我經過這裡回家的時候，想像裡我總是保留一絲希望說：「在我們整個古茶部安人包括早已在他鄉的人，說不定可能還有一些像我一樣在他鄉不得志或一無是處，到時候我會鼓勵他們回來同住。」但是看到這個現象，便對祖先說：「您們的後裔子孫回來的可能性越來越遙遠了，只剩下孤獨留給您們。」

我們在回家的路上，從高處看著大地，處處都是斷崖，縱然是如此，但是草木以不尋常的生命力仍然在生長，並且樹葉依然茂盛，使我想到是什麼力量使它們長出呢？我突然想起沙漠裡的民族，在無邊際的沙漠裡當看不到一棵樹木的時候是什麼感覺呢？或當看不到水的時候又是什麼感覺呢？縱然在我們所住的環境都是斷崖峭壁，但總是覺得還充滿著生命的氣息，因為處處還可以看到草木，還可以聽到水聲。於是我自己說：「雖然在祖先的國度很辛苦，但我們的生命仍然還有綠色和水聲，我好有福氣呀！」

我從高處看著下面南隘寮溪的水流悠悠地正流向西方地平線不知處，使我沉浸在水的性質和概念裡，它很像女人的個性永遠是難以捉摸。她不僅是如此，還在我身體占大多數，使我的生命才能運作存活，我每天時時刻刻永不能沒有她。所以即使在惡劣的環境，我總是想辦法找到她，並且想親近她，可是又害怕在她深邃的奧妙裡溺死。

又當我想到在前幾天當莫拉克還沒有來襲以前，聽說是一位從舊古茶部安嫁到三地門村之屬逼那巫喇部落的婦人所生的孩子。據說：「他帶著一群要好的朋友們，去往新古茶部安的

路上之獅子橋那裡游泳，很不幸地，他潛水之後再也沒浮上來。」告訴我的人進而解釋說：「他主要的死因並不清楚。」但是在我諸多的想像一個可能性，他們可能是在岸邊因喝了酒而太興奮，當一進入冰涼的水中時，溫熱的身體承受不住即時冷卻於剎那，於是抽筋休克。而在岸邊的人沒有及時發現並幫他浮出水面，因過時缺氧而死亡的，因此留下令人感到非常遺憾的慘劇。我雖然沒有參加他的告別葬禮，在無能挽回之下，在心裡默默的祈禱說：

孩子啊！
溪水本來是生命
而你在生命水中。
願你的靈魂昇華
變成水中魚
並在那永恆生命的水中
無憂無慮地游來游去
直到永遠。

我對水系之難以捉摸的神祕，總是在心裡諸多的疑惑說：「親近妳也不是，遠離妳也不是，那怎麼是最好？」

不久之後，又聽到有一種聲音說：「奧崴尼！你試試看做上帝，給你下雨也不是，不給你下雨也不是，」

「且慢，發生了什麼事？」我說。

「我創造者已經受不了……」祂說：「你們的禱告都是罵人

的。」

「那要怎麼辦？」

「最好是要保持距離。」

「怎麼個保持距離？」

「因為每年夏天，我創造者終究要讓大地洗把臉，所以必須下很多雨……。」

「為什麼大地要洗把臉？」

「因為人類製造的灰塵太多。」

「所以要淹水？」我說：「祢也應該要警告！」

「警告要多少次？」

「我明白了。」

在我們回家的路上，上天替水說的話「要警告多少次？」以及「保持距離」始終在心頭縈繞。我們到了滋伯滋伯溪時，雖然口渴了，我心裡帶著對水有一份渴求，但又有一股敬而遠之的敬畏。我喝了水但只是喝一點點，當在爬坡的路上，又忘了剛才的害怕又想著還要再喝的念頭。

以前的人比較單純，只有夏日之狂風豪雨時，才有為再度氾濫的可能性而恐慌；但是我們現代的人所要面臨的，已經不單純是大水氾濫而已。後面還有因為人為的因素而造成北極即將冰融而造成海平面漲高的危機，那時，所有住在海邊的住家，就必須逃往高處。再來是台灣小小的島嶼，在狹小的平原上的人口，在資本主義的狂風浪潮下，將掀起種種新的社會問題。

我還記得以前，當我們要遷下來之前，大表哥卜依靈說：

「我們想遷下去只是想要解決當下我們現在的問題。其實我們下到平地靠撿穗度日會比現在好多嗎？」現在已經是機械時代，哪裡還有稻穗可以撿呢？再來，以前當我從山上下來平地，坐公共汽車去屏東時，從車窗可以看到在電線上停著無數的麻雀，使我不得不哼唱起我們還在國小時的兒歌：「小小鳥叫，小小鳥叫，唱歌呀！講故事，隨談話。何而談得啊！」但如今，麻雀，牠們現在又在哪裡呢？

可想而知將來的災難不僅是以上剛才提出的那兩項因素，有毒的風正在肆虐了。據老一輩的人說：「那時當發生的當下，不必恐懼，也不必哭嚎，而是應該更要冷靜地應對！」

我們回到家，等待溪谷的水退到可以涉過的那幾天，雖然天氣天天晴朗得萬里無雲，但是日子不好過，因為我們所想到的是在平地的家人，以及我們的同胞和族人，從舊古茶部安往平地的第一條路因斷崖小徑已經明確不能過了。於是只有等待所有的溪谷的水都退去之後才能走出去。在此同時，我們才獲得有關嗚咕撒尼的消息說：「他已經回來了。」我們才鬆一口氣。

第十五章　哎～依！我故鄉

　　8 月 21 日，一大清早起來，家屋上方啦啦依（山紅頭）的鳴笛隨著清風傳來，內心感染得惺忪的眼神情不自禁地轉頭望著窗外，一線透明絲綢般的朝陽正在趕走山影，於是智高頭目說：「今天是好天氣，我們應該可以下去了。」因此，我們趕緊煮早餐，為了要在路上能夠有體力，我們不僅多吃一點填飽肚子以外，還製作幾個飯糰和多帶幾個罐頭，另外還多帶四碗白米，因為我們不知道能否順利地下到平地，萬一在路上多待幾天，在心裡都已經準備好了。

　　在我把門窗關起來的同時，又是一股對老家之不勝離情。但又想到在山下的家人以及族人，而不得不背起背包步入遠行之途。

　　我們要沿著日本古道繞路下去水門，但因為路已多年沒有人經過且又是夏日多雨，所有的草木都掩沒整個原來的路跡。我們一路上一面砍樹一面尋找路跡，當稍稍累了也隨時休息。

　　還記得我最後走在這一條路上，那時是在民國 82 年的春節，帶著一行六人上來古茶部安。早上帶他們從巴拉里巫魯到登山口，再從登山口朝西北方沿著從巴拉里巫魯地段的稜線爬到上方日本古道，再從那裡沿著古道來到古茶部安的。而那時的路面已經慢慢被草木所掩蓋，但是路跡還很明顯。而現在走在已經失修三十年後的今天，又經歷十一、二年的光景年年強

風豪雨，使上方的土石滑落到路面，路上邊緣的路基也已經被沖毀，即使如果還有路面，杜鵑颱風來襲時的倒樹幾乎覆蓋整個路面，因此，再怎麼告訴智高頭目說：「以前當 8 月獵人祭之後還有運動會，跑馬拉松的人在這個路段比較寬闊的路上，往往是長跑速度快的人會對跑步慢的人說：『莎保！我即將要跨越你……』之後，就從邊緣跨過去。」但是，看到智高頭目在前面為我領路又一面砍樹時，他偶爾轉頭帶著懷疑的眼神看著我一下，我就知道我所說的話，對他而言好像是神話般。

在路上我又說：「在達瀏覽休息區還設有涼亭提供休息的地方，在特伯德思也有涼亭，在舊達拉達來的古陸孤隆那裡也設有一亭，」我又再說：「所以當唱起『長亭外，古道邊』時，心裡自然地別有一番滋味。」可是，當我看來，一切都已經消失了，剩下在我回憶裡的，只是那過往的煙影，就如同古茶部安部落消失一樣，再怎麼描述給不曾住過的孫子們來說，也只是神話中的情景罷了。

我們好不容易走過曲折蜿蜒又崎嶇的古道來到特伯德思地段。看著陽光已經傾斜，而前面的路竟然是斷崖崩塌地，而且還在繼續崩塌。這裡是啦刮撕大峽谷的上方了，讓我訝異的發現前面，有個像大爆炸產生的大窟窿，任誰也無法相信是土石流的源頭。於是我對智高頭目說：「我們要從斷崖走下去嗎？或許你可以，我可不行。」

我們已經累了，而且又餓又渴，於是我們暫時休息一下，在這時我指出前面可能是原來涼亭的位置，我說：「假如以前的古道還在，並且還有涼亭的話，我相信你一定是不捨離去，

而且那時，你可能已經編織了許多你的生命故事，並且包含你在這裡發生過的一些不可告人的甜美回憶！」

他轉頭看一下我們一路走來的路段，卻已掩沒於草木中，然後他以茫然的眼神說：「如果以前是真的像你所說的，我可能會在這裡留戀得忘返便在這裡過夜了！」

我們打消了冒險走過崩塌地，向左側轉個彎沿著稜線下去，用目測看著有樹林的地方並穿梭其間，盡量避免穿越有野藤的地方。但是，完全沒有野藤是不可能的。我常常被野藤纏繞得動彈不得，不然就是樹枝多而又低的擋在要穿越的動物小徑。還有時候，我為要趕得上智高頭目而忘了上面粗大的倒樹，「碰！」一聲而暈眩地轉。

當看著智高頭目他矮性身材來去自如，還有一隻白娃娃麗在他前面領路，讓我深深感覺上帝當創造他時，必定對他有特別的計畫和意義。看著他在我前面領路，一面尋找比較稀疏的樹林和野藤，又一面砍那連動物甚少選擇穿越且又密不透氣如堅固堡壘的樹藤設法開出一條小洞。對智高頭目而言都難不倒他，因此我默默地抱怨說：「在這一條路上，祢實在對我不公平。」

我們穿越樹林從高處的日本古道慢慢來到底處，偶爾我們找到樹藤比較少的地方，便坐下來休息一邊欣賞左側聳立的斷崖中分別是兩條瀑布，上面這一條名叫阿隆阿尼瀑布，下面一條也就是從下面的路要回家時常看到的達部滴阿刊瀑布。上面這一條瀑布遠遠看去，從它流暢的水流，宛如是一位美麗的女子的頭髮被清風吹時那種令人陶醉的髮瀑，尤其在那永無止境

溫柔地淹瀉裡，似乎隱藏著難以言語的神祕感。而下面的達部滴阿刊瀑布遠遠看來，如同是一位壯碩、魁梧、雄偉的男性，但在不是夏日雨季裡，淹瀉的水是那麼樣的稀少可憐，連美麗的獼猴女子再渴看了也完全沒興趣。但因為他的上頭，也就是我們早上在前一段路上穿越一處最嚴重的巴啦魯素廊崩塌地，大量的土石流經瀑布上方之狹小噴出口，然後在瞬間彈炸，把他下方左側整個山頭那裡剝下他整個外衣和短裙，使他赤裸裸地毫無尊嚴地嘆息。

我們在陡峭的地形連走帶滾地下去，發覺自己越來越沒有體力，在前面領路的智高頭目離我越來越遠，於是我不得不向他呼救說：「等我一下下。」他便坐在那裡等我到他身邊稍微休息。

看著天色正在逐漸地變暗，報時鳥大彎嘴畫眉正在唱著黃昏之歌，使我們已經顧不得彼此，連跑帶滾地下去，終於找到阿拉優慕從她的工寮到野芙蓉水源地那裡的老路才安心地鬆一口氣。我們已經來到達部滴阿刊瀑布正下方了，便先去溪谷喝水順便洗淨一身泥巴和汗，然後藉著還有晚霞的餘暉趕著上路，心裡正在打算摸索尋找洞穴一宿。

最後我們選擇嘉瑪爾‧達魯拉落幕老人家在岩壁喇登休息區下方的工寮，當我們離開從岩壁喇登休息區下來時，天空只剩一絲幽光照耀我們，又渴又餓地已不勝疲憊地走路搖搖擺擺，才幾步路而已卻倒地又起才到達的。

我們來到工寮暫時休息，等恢復體力之後，很幸運地找到裝在寶特瓶的清水，讓我們有水先煮咖啡之外又夠煮一餐白米

粥。兩人吃飽之後帶著一身疲憊地分別相繼倒下去睡著，暫時忘了明天要面臨的問題。

　　次日早上，我們開始起身往啦刮撕大峽谷。發現大峽谷竟然完全變了樣，當聖帕颱風（八一三水災）之後嘟給廊和啦刮撕大峽谷兩條溪中間還有一塊綠洲，但如今完全沒有了。

　　我們順著啦刮撕大峽谷一面眺望寬闊的大峽谷，心想必定是龐大難以想像的土石流，從昨天曾經走過的日本古道之上方崩塌的源頭卡達達蔓地段那裡，在瞬間一洪而下，將兩岸的耕地硬刮成剩下地殼底下堅硬的地層，一根草木都不留地沖到隘寮溪對岸山壁之後彈回來瞬間形成堰塞湖。再來是從上游不遠處是主流南隘寮溪和從西大武山支流所帶來的山洪流下的土石流匯合之後，積成大洪水使堰塞湖無法承受之後，又在瞬間潰堤而形成更大的沖積破壞力。這樣看來，其實沒有人告訴我們下方在嘟啦勒歌樂的滋歌樂之情形，便可以想像它會完全消失了。

　　昨天我們耗盡了體力，因此今天走路很慢，終於來到南隘寮溪，也就是已經潰堤的堰塞湖。我們站在邊緣遠遠看溪流好像可以涉得過，但是來到近處水邊面對著凶怒般的急流時，才知道那可不一定能涉得過。而且身邊的智高頭目，他嬌小精緻的身材，其生命如琉璃般昂貴的價值，在我心裡我不敢保證說，我可以安全地帶他越過急流。因此我們總是選擇疏散的水流一條接一條涉過，過幾個水道後，便來到我們原來的新故鄉。故鄉嘟啦勒歌樂的滋歌樂就如我們想像中的情形一樣，雖然並不感到意外，但是我們總是流著眼淚。

想到我們在這幾近三十年的歲月裡投入不少財力和精神，造化一個精緻的滋歌樂，但就在一夕之間消失了，使我們內心黯然中對神明的信仰，蒙上了一層層的懷疑與問號。

　　我們望著在沙灘邊緣角落之紅色屋頂的教會。在三十年歲月裡，每當夏日水災的時候，祂是我們的避難所，也是我們心靈尋找救贖的聖壇，更是對永恆指望的所在而日夜祈禱，但如今，紅色的屋頂遠遠看去，如同是染紅了救贖血液的羔羊躺臥在祭壇上，但是，獻祭的祭司和被救贖的人們都已經不在了。

　　當走過教會，又頻頻回首，從淒涼的十字架，又一幕幻影閃過似的深層留戀，我似乎看到那一位來到世上拯救我們貧窮部落之耶穌基督，當祂死的那一黃昏裡，被祂拯救的人都早已紛紛離棄了，剩下孤寂隨著冷風吁吁地吹著，使那教會建築物格外地使人感到淒涼與心酸。偶爾是啦啦依在四周哀淒地呻吟，如同救贖主的母親在不遠的地方，是斷斷續續一句句為她愛子做最後的悼念。

　　想起於 5 日當晚月光下，我在空城故鄉之寂靜裡漫遊的情景，走在街道小巷看著每家一幕幕，內心裡引發諸多想像和感觸，沒有料想到竟成我在部落的最後一夜。尤其當要離開的那一個早上，我還在那教會上方轉彎處，留戀地又再轉頭眺望著整個滋歌樂。而現在如同是昨日看完了一本以三十年寫完的生命歷史就送進永恆的檔案。

　　我又想到經常留在滋歌樂的那十幾個人。自從聖帕颱風（八一三水災）之後，這幾個人始終是固守著家園。尤其古阿勒和大頭目老祖兩家幾乎所有的家產都沒有搬遷過，因此，他

們的財產之損失應該不輕。但比較讓我們納悶又疑問的是他們平時常常留在家裡，又是什麼力量說服他們早一點離開呢？最後守著部落的嗚咕撒尼又是怎麼逃過一劫的？

尤其特別讓人感慨的是在前一些日子，表弟古阿勒和弟媳倆總是帶著他們的外孫老么在家裡照顧，在八一三水災之後的這一年，古阿勒表弟頑固的個性依舊固守著家園。但前幾天他突然地生起病來並緊急送醫掛急診，醫生始終查不出病因並一再地拖延時間不讓他離開醫院。但誰也無能意料到，竟是神明的另一隻手挽著他，使他才逃過一劫。使人感慨地內心說：「雖然我們失去了一切，但我仍然感覺神明還是愛我們這一家。」

我們站在南隘寮溪的大溪谷，想起最早當剛下來的時候之大溪谷的模樣，是一處深谷一潭清澈的自然游泳池，每一夏日是我們整個部落之浸泡消暑的地方。自從賀伯之後，土石年年增多，而現在連滋歌樂都已經淹沒在土石中而形成大面積的沙灘。

住過將近三十年的回憶，就整個部落的造型，在陽光之下，十字交錯的街道，以及家家排列整齊的形貌，每一個家的陽台都種有檳榔樹和芒果樹。這一切還深刻地烙印在腦海裡立刻浮現。甚至 8 月 5、6 日我還在這裡，但隨著由南隘寮溪吹來的夏日風，使我彷彿是不曾住過似的陌生人，竟是在想像的國度。又使我不得不想起往日三十年前的那歲月，曾經在那原始蔓荒台地，從來不曾想過會有一個美麗的村落，而現在，我彷彿是站在歷史的海邊觀望海市蜃樓，一切都不切實際。於是

我強忍著悲痛與傷心的眼淚以表示悼念說：

故鄉啊！永別了
你的離去
從此
我們要寄人籬下了。
故鄉啊！訣別了
您的消失
從此
我們即將開始漂泊了。
剩下在我們的回憶
是您那一度溫馨的擁抱
和您那深情依依的別意
故鄉啊！哎～依～

之後，我們按捺不住內心的哀傷不勝離情，又再轉頭看著
這一切，無奈地緩緩移動腳步離開。

我們來到一處有一條流自瓦陸魯地段且較清澈的山泉，把
一身汗水和汙泥衣著給脫下來，讓整個身體浸泡在清涼的水
中。當在水中憋氣久久內心對水的感慨說：「水啊！我們應該
是很恨妳，但又愛妳到情不自禁地投懷。」

從水中上來後，換上乾淨的衣服，然後把自己原來的髒衣
服埋在沙土裡，然後說：「妳帶走我們的故鄉，順便也帶走我
們厄運，包括我這個髒衣服。」

智高頭目說：「我們可否沖泡咖啡以舒心？」可是我們又怎麼能夠有心靜下來呢？我們又再轉頭一瞥，遠遠看到紅色視同紅色墳墓隱隱約約地露在沙河中，墓碑還有十字架，即將告訴以後的子子孫孫說：「人間一度有過一個村落……」之永恆的見證。

　　莫拉克水災帶走我們的家鄉，也帶走我們的心靈國度──故鄉，剩下的只是一段彷彿是昨夜夢中的回憶。莫拉克水災早已遠去，溪流依然在低沉鳴吟，但我們失去家園的痛心，依然像夏日洪水仍在奔騰，而我們心靈傷痛的哀聲即將永無休止。

2015.03.4

第十六章　我們要往何處？

一、我們的心情

　　當聖帕颱風之八一三水災之後，我們的意識彷彿是在深夜裡，突然不尋常的狂風吹襲而來，使睡夢中的雛鳥紛紛從樹上鳥巢中打落下來。我們措手不及思考發生的經過，卻在樹底下哀怨鳴啼聲聲中。又似在夢遊中，不時地望著樹上已經支離破碎的家園，想飛上去再看一看擁有過且築夢過之溫暖的鳥巢，又是翅膀尙嫩芽般地毫無招架之力。我們似乎是在夢中，卻不知不覺已經是在別人的地盤，當照顧我們的大社會再怎麼對待，彷彿還是在夢中那樣的非常不實在。連關心我們的人在講話時，又好像是才剛剛從夢中醒來那惺忪的眼神似的，整個思想都無法理清。

　　地方政府舉辦多次會議，當問我們說：「你們到底要往何處？」時，我們又彷如是那尙未枯死的漂流木，在一處湍急的水道岸邊暫時擱淺，即使知道在這一溪流當中還尙有意識知道還活著，但依然帶著生命的本質，即便知道明年還有急流，仍然爲一線生存之頑強的抵抗。我們差不多都已經忘了說過什麼話？所以當地方政府任何一個官員，都無法從我們的思緒找到方向感，也是這個原因。或許政府的官員會以爲我們不尊重他

們，那是對我們命運的不幸而產生的無奈，也是對我們所有整個屬古茶部安人的老一輩無知而產生自責的一種惱羞成怒吧！

在我們部落裡也的確缺少一位智者。我們現代人的認知再怎麼的高，都是別人的文化，缺少一位像古代祖先那樣地直接受過自然傳統的經驗累積的認知。所以當我們用別人文化的視窗看事物時，只會用廣角鏡頭，缺乏用望遠鏡，或顯微鏡頭的視窗，所以無法看到遙遠的未來。

我們在安置中心已經整整兩年了，從多個遷移地點濃縮成只有兩個地點，也就是現在的百合部落所在地和原先計畫好的瑪家農場。在莫拉克颱風之前，我們的故鄉還存留著的大部分建築物，當家主人雖然把所有的東西都搬走了，但是，始終還保留一個可能性，心裡想：「我們的故鄉嘟啦勒歌樂是否還有重建的可能性？」因為當時政府正在清理，使原來部落的容貌慢慢重現。

也有人心想：「當想念故鄉時，可以隨時回來看一看老家或住個幾天也好，再重新回憶在這三十年來所留下的點點滴滴。」另一個想法是說：「當我想繼續在這個地方發展，或許還可以把老家當工寮。」在安置中心裡，因每個人的心情和想法不同，使大家無能找出一個共識要往哪裡？造成部落遷移的計畫停頓不前。當莫拉克颱風帶來的八八水災把部落全部淹沒之後，反對的聲浪才宣告平息。我們對八八水災所帶來的負面損失並不輕，因為原來整個部落全部淹沒在沙土深層地底處。但就正面意義，有可能是上天的旨意說「不要再留戀了」的意思，所以上天故意把我們的部落隱藏在最深的地方。

這一、兩年來在瑪家農場搬遷的所有計畫，原來是單純的是為八一三水災之受災的專案，魯凱族屬古茶部安部落的預定地。但當八八水災來襲之後，受災的其他部落又增加，於是地方政府不得不把該預定地變更為除了我們古茶部安部落之外，還有巴哩啦雅和瑪卡啦啦雅[70]兩個部落要住進去的場所，所以就更複雜了。原先該地單純是為古茶部安部落原來的設計，還含蓋每一家還有一小塊菜園，但現在變成要濃縮為只是村落。但不管如何？我們古茶部安已經沒有退路，只有搬遷才能解決當今住的問題。

　　突如其來的天災，大家有難之下，在僅有的餅乾才能活下去，本來就應該分配給每一個受災者都有一份。但問題在於當初對我們屬古茶部安人的居民的承諾，當要變更專案之前，一定要解釋清楚之外，對於只有給予建地村落而少了菜園，對這個也要說明清楚為什麼？

　　瑪卡啦啦雅、巴哩啦雅，還有我們屬古茶部安三個村落擠在禮納里。但兩個部落仍然擁有他們的舊部落，政府仍然在維護疏通往他們舊部落的道路。當然他們仍然上上下下，繼續為他們的現實生活和將來努力工作。我們非常羨慕的在內心裡默默地說：「他們為什麼這麼好，而我們竟落到這種地步？」但地方政府對我們古茶部安人將來要如何活下去？或若我們想如何回到自己原有的土地領域，有沒有可行的方案？這些問題從來不被提起。

　　我們屬古茶部安的滋歌樂社會內部，最近又產生激烈的變化。從政治面來看我們屬古茶部安人永遠是霧台鄉境內的邊緣

70 瑪卡啦啦雅（Makadrad-
ratha）：是指現在瑪家村
之原來的部落名稱。

人，只有在當選舉的日子，想要做官的人前來拉票的時候，各個像老鷹飛舞在井步山上空，歌聲像魔影般的計畫。但選舉結束之後，在自己的寶座安逸時，慢慢淡忘了當初的承諾。從宗教面，每一個教會都已經形成派系，自己各自獨立一個社會體系，因為他們已經不相信部落社會的結構和內部的文化倫理習俗，還會有誰能來領導部落的走向？

其實從政治面而言，自日據時代到國民政府時代，部落的兩個頭目之社會權力早已轉移了。假如還有能力挽回的餘地，是在他們內心裡還有心靈的沃土，並播下「愛」的種子，也就是說「以愛來治理部落」，這才是永恆的力量，也是唯一為社會部落治理的最後根本。

一位相當有知名度且有權威的學者，當在林口長庚大學演講時，我正好在那裡聽他的演說，他說：「日本時代是以殖民地的形式來管裡山中原住民，而現在他們因自然災害而受傷時，我們文明人又以威權和隱形的手段形式，在割斷他們原來與土地聯繫的生命線……」我本來不曉得他所說的重話「隱形的手段割斷……」，後來我很注意他後續說：「只要離開他們原來的住地，分明這個民族就要準備滅亡了。當你不給歸路，這就很明顯是在割斷……」這一句話是一位人道精神相當濃厚的漢人學者所說的話。

從以上的一段話，使我們不得不想起國民政府在早期的執政時，以威權之口號說「造林保林」，而背後正在以「隱形的手段割斷我們賴以維生的土地」。然後把傳統領域以掠奪的行為劃定為國有林地之外，甚至於侵犯到我們僅有賴以維生之有

限的墾地，無緣無故地沒收後造林。

　　之後，當宣告登記放領所有地之前，在僅有的墾地又再加以「坡度限制」，然後登記的地契上分類為旱地或林地。但是，魯凱族本來就是住在高山峻嶺的環境，哪裡還有較緩平的地方呢？因此這個政令一執行，幾乎所有的地都是林地。政令一劃定為林地，也就擺明永遠不能動。最後，在最近幾年來，再以水土保護法將所有溪谷凡是屬於水域並設定兩旁一百五十公尺之內不宜開墾，然後每年僅是補貼一點點慰藉。即使有一天我們能夠再回家，也只能在這個範圍以外靠露水生存，也就是說，已經無法在這裡生存了。

　　緊接著是邊緣地區的學校廢校，使我們不得不跟著濃縮政策。意思是說為孩子的學業，家長就必須離開故鄉來到有學校的地方居住。最後，僅僅是一條疏通我們跟自己的傳統領域之通路，但天災也使橋梁和路段都已經柔腸寸斷，政府不打算修復，是否也是一種又神祕且隱形的殺手呢？

　　聖帕和莫拉克兩個颱風帶來的水災，使每一個村落有鬆動的危機，於是地方政府以「撤村」之權威性的命令。我們以為只是為夏日雨季暫時避難，等待有一天，當天象恢復以往的常態之後，到那時，我們就可以回家。

　　當我們最軟弱時而落入圈套之後，聽到一位因不小心而說溜了嘴的人說：「我們要你們離開並放棄山上的土地，然後下來住的原因，是希望山上能有喘息的機會……」這一句話從某個角度是正確的，但是，對我們山中人來說，已經擺明是把我們生命的價值貶低到比動物還不值錢。他們要我們離開以後，

就不能再回到自己的家鄉居住了。當然我們也能理解讓山能夠休息更好，但是，若要我們永遠離開那裡，對我們而言已經不單純是愛護自然，而是隱藏著陰謀讓這個民族自然癱瘓後慢慢枯萎然後徹底消失。

我們永不指望有一條公路疏通我們回家，但我們仍然指望能夠自行開一條健行步道，能夠把家人的骨灰送回家的路。或許對已經死亡的家屬而言，他們對於地域概念早已解脫。但還活著的人需要有一條路疏通心靈重新找回有個安定的歸宿之外，至少我們做人也要學習把家人的骨灰送回到他們原先所指望的「死後回到祖先的永恆」的願望。

當我們已經敲定要遷至瑪家農場之後，有一天，當我和巴魯・伕廊相遇。

「孩子！我很感謝你。」我情不自禁地說。

「要感謝我什麼？」

「我們部落有那麼多意見，但在你的領導下，終究已經塵埃落定了。我們將來的住處即是瑪家農場，而且我聽說是永久屋喔！」

「叔！人間沒有永久這一回事。」

「怎麼說呢？」

「因為您生命不可能永久。」

「雖然我不可能活著永久，但是在我握中的紙張必然寫著『永久』嗎？」

「連你想要種一棵生命樹的位置都沒有，這個還算是永久嗎？」

他要我更懂他的意思，於是他又說：「住在永久屋裡頭的人沒有耕地，又怎麼能活下去？連一塊可以種菜的地方都沒有，其實給我們住永久屋有什麼用？」他繼續說：「所謂永久是有一寬闊的土地山嶺和叢林，然後族人在其中自己蓋房子，自己開墾耕作，這個才算是永久的意義。」

經他一番說明之後，我才知他的思維裡還有那麼深層的詮釋，此外，使我連想起我們還在嘟啦勒歌樂時，我們的家鄉是扎根在永久之大地的基礎上。於是我慢慢醒悟，我們不僅失去了家園，更失去了穩固的心靈基礎的國度。想到這裡時，讓人覺得那要給我們的「永久屋」，彷彿是在舊古茶部安的水源地岸邊岩壁山，看著萬年松，在那乾涸中挨年生存，連飢餓的病蟲害也無以過問過的植物長相。於是在內心裡只默默地賦予「永久屋」的意義說：「夏日雨季暫時避難的地方。」

我們的祖先留下給我們之永久的國度，仍然存在，而且我們仍然還可以回去。但我們所憂慮的，並不比自然災害來得輕。尤其是如何生存的問題？老家鄉所有墾地又離我們那麼遙遠，又如何滿足我們最起碼的生計？在未來連帶要來的社會問題，又要如何防範？

我們即將面對新住的地方，擁有房子是別人的恩惠，但是，當籬笆以外瓜藤不小心蔓延到我們的牆角，即使結出果實卻只能看不能採。即使是一棵長在牆外的芒果樹延伸到牆內的樹枝掉落的芒果，能否容許我們去撿以餬口？即使是走在一條路上，兩旁的野菜能否像以前能夠從容地伸手採下來？

我們又怎麼能夠預估未來並且能夠預期並知道，我們的孩

子再怎麼強壯，是否能夠順利地被別人所接受然後有工作？我們又何能把一家的生命繫在只是一條很軟弱的生命細藤？在嚴謹的時間買賣的資本主義形式裡，生命又怎麼能夠保證他永不會感冒或生命斷裂呢？

　　除此之外，還有另一個問題。我記得以前的老人家說：「千萬不可以和有錢人家作爲鄰居，因爲你的孩子會羨慕並且夜垂涎而受苦。」其實政府如果有良心的話，在評估的時候，應該不只是解決住的問題，連將來有可能面臨的種種問題都要一一說清楚，讓族人有所反省和思考的機會，最後讓族人自己決定要怎麼走或要往何處？

　　傾聽族人的心聲，當別人說是永久屋而不提供墾地時，在我們來說是中繼站或說是暫時安頓的地方，因爲只是在夏日雨季時臨時避難的地方而已。我們對未來的計畫，新住地可能只是把老弱婦孺安頓的地方，然後是有本事的年輕人走向平地資本大社會靠時間和勞力換取以苟活，而尙有能力的老人家，縱然有意想回家繼續開墾生產以自養，然而路已經中斷了，所以我們必須靠自己開一條路才能到達遙遠的老故鄉。

　　這個倒也不害怕，因爲我們的祖先已經走過了。昨天之前，我們也是走過，何以今天又變成問題呢？我們生命的尊嚴在哪裡？

　　假如族人能醒來的話，連死人埋葬的空間，爲祖先每年放煙火祭祖的地方都沒有的話，就不適合作爲永久的部落。絕對永不可以只是有一棟房子，而忘了祖先靈魂的位置或我們死亡之後要到哪裡？假如我們只是意味著逃難，而又給子子孫孫日

後帶來更多的問題。例如：將來的孩子，必須思考兩方父母將來照顧的問題，倘若如平地人一樣送到安養院或養老院又是那麼昂貴？連死亡也是一筆不便宜的開支。縱使我們有一老故鄉永遠是免費，但沒有路回家，即便對有心的人仍然不是問題，但老弱婦孺呢？

　　若不得已就要回老家——古茶部安。其實那裡我們既有的老問題仍然存在，但至少我們還有尊嚴。倘若我們跟著祖先一起死了，至少我們會覺得仍然是還在祖先的懷抱，靈魂適得其所躺在祖先爲我們留下之永恆的搖籃。因爲這個理念使我們想：無論如何一定要尋找回家的路的原因。

　　我們對政府給予我們那麼多協助，內心已不勝感激。但假如能在良知的星空中，人道精神若還有機會閃爍，至少也要給我們一條生路。古人祖先有一句名言：「將要去狩獵的忠狗，也要有靈魂的便當。」古人所謂「將要去狩獵的忠狗」是指已經即將要死的狗，當要派人去找一處洞穴安頓時，即使知道狗已經不能吃了，但仍然把牠最喜歡的食物擱在牠旁邊，這是一種對狗的生命之崇高尊重的習俗。

二、在他鄉的豐年祭

　　當莫拉克颱風過後的仲夏，夏日燦爛的朝陽，曾經以無限個歲月照耀著我們祖先，也曾經陪伴過我們當年還在古茶部安和在新古茶部安的歲月。如今，我們已經在別人的地盤上，但那一道朝陽仍然還在照耀著我們。

他彷彿是一位慈祥的父親帶著悲情以異樣的眼神凝視、疑惑地想要說：「孩子！怎麼了？」當他看我們心神不寧，便知道他的婦人，也就是我們的大地母親正在情緒化，而他只能遠遠觀看不知道要以什麼方式傳達他的訊息。

　　我們離開故鄉以來，數一數夏日時光，被安置在麟洛已經整整兩年了。這一年是我們整個南台灣受災最為嚴重的。我們整個霧台鄉的結構完全解體之外，最令我們感到震撼的是在咕勒哦儿社區對面之卡哩阿哇尼那裡，我們失去了六位族人。那裡是我們要去鄉公所辦事或下來的路上之休息站。而最讓我們懷念的是那一位名叫喇哦喇ㄅ的弟兄。他是屬中排灣族的人，他入贅至我們魯凱族之屬卡巴勒啦丹的女子之後，將他的一生完全投入在我們霧台鄉境內的發展的事業上。他雖然是大忙人，但只要是我們在悲情喪禮的場合，他一定是放下他手中的工作，然後陪在我們身旁。另外在那瑪夏（原來高雄縣的三民鄉）鄉境內之三個村落、桃源鄉、尤其是甲仙鄉的小林村僅僅是一個村落，幾近五百位的同胞隨著村落幾乎全部毀滅。

　　他們都是我們原住民的同胞，跟我們霧台鄉境內失去了六位族人一樣，所以這一年理應是守喪的一年。但聽說：「我們在安置中心要舉行的豐年祭，是為屏東台灣原住民文化園區的需要，所以仍然要舉行豐年祭。對這一點耆老們對整個受災的同胞感到非常的不好意思。」

　　當天所演的獵人祭主題、過程，以及所代表的意義，在榕樹下的瑪斯格斯格‧巴沙克尼和藍豹‧利依魯陸兩兄弟則幽默地說：「因我們不是獵人，所以沒有被邀請參加。」

據說：「演戲的人是事先去二號橋舉行獵人祭之營火儀式。你們兩兄弟是資深的老獵人，怎麼不邀請你們去呢？又有誰還比您們兩位兄弟更有資格祭拜祖先呢？」

　　「因為我們不會演戲。」他們兩兄弟異口同聲說。

　　當我們正在談話中，演獵人祭的一群人正好來到營區，開始演獵人進場的戲碼。我好奇地請問他們兩兄弟說：

　　「這樣的獵人祭對不對？」

　　「我從來沒有看過古代的人以演戲舉行的。」大哥瑪斯格斯格說：「以前的人是真的與神明溝通，根本不是演戲。」

　　「他們有可能已經改編了。」藍豹說

　　「怎麼改編的？」瑪斯格斯格問。

　　「就你目前所看到的戲碼。」藍豹說。

　　「假如能演出真實的精神層面有何不可？」我說。

　　「現在不談這個。」瑪斯格斯格又感嘆地說。

　　「這個時刻，往日還在故鄉時，應該是在做什麼？」

　　「應該是挨家挨戶地拜訪對所有舉行各項生命禮俗的家族表示祝賀之外，順便享用他們所準備的酒和阿派。」藍豹說。

　　「我們只能回憶了，」我又說：「因為回憶是美好的。」

　　「回憶裡，我始終是在古茶部安那燦爛的朝陽下，不遠郊外許許多多各種不同鳥兒的歌聲。」瑪斯格斯格說。

　　我看到他們兩兄弟仍然戴著他們身為獵人的榮冠，但他們不僅沒有被邀請參加，更沒有地方為自己的生命史歌唱。

　　「哎依～！當想起我們在山上時……」藍豹哀傷地說。

　　「比如呢？」

「我們就像孤阿嗚，」瑪斯格斯格。

「您的意思是說您們必定是在歌唱。」

「但現在你歌唱，沒有人在聽了……」藍豹說。

「兩位大哥！您們仍然是在我們的心靈是藍海中翱翔飛舞歌唱的孤阿嗚，只是現代的人不認識您們罷了！」

「想當年！還在古茶部安時八月節，整個部落男性挨家挨戶地走到所有舉行生命禮俗的家族。」

「最令人難忘的，清一色都是男性低沉、悠揚、雄壯而和諧的歌聲。」

「兩位大哥！您們所看到今天所舉行的祭典如何？」

「我們在新古茶部安也沒有看過，在古茶部安時更沒有看過。」

「我們的後代子孫……」瑪斯格斯格感慨地說。

「我們已經失去了國度，且又寄宿在別人的屋簷下，我們再偉大的過去，還有什麼可以榮耀的呢？」藍豹說。

我們在那裡仍然只有官方氣息，無從有一時屬於我們的時光，更讓我們無從感覺其神聖性之外，又何能有時間靜下來，好好思考我們的下一步該怎麼走？

瑪斯格斯格・巴沙克尼說：「文化是說明一個民族的認知深度，有深度的文化也說明我們生命的內在價值。而當我們在演獵人進場時……」他又說：「我們正在演傀儡戲吧！」

教會對於今天屬部落之原始生命禮俗，例如：女孩之配戴百合、背嬰孩之禮、男性的成年禮，以及獵人之戴冠禮等項目，雖然是對生命賦予的意義，與基督教教義有所牴觸，但我

們的傳道者仍然很虔誠的禱告祝福。最後是大頭目以現代的形式頒發華冠。

「我們文化形式正在崩盤之外，我們完全看不到祖先所留給我們之最基本精神倫理文化，且都已經忘光光了。」瑪斯格斯格很嚴肅地說。

在此同時，藍豹指著對我說：「看著在外圍的人，都是那些沒有信仰的人，遠遠坐在邊陲地帶。只有陽光、清風，以及孤寂陪伴著他們。」

最寂寞的獵人兩兄弟，已經無心回憶過往的歲月，但又情不自禁繼續說：

「那在我們東方巴拉都達尼之『我們的老奶奶』，雖然她特別照顧她的二孫子阿迭爾部落，但她始終不會忘記她的大孫子古茶部安部落。」藍豹幽默地說。

「但是，」瑪斯格斯格笑著說：「再怎麼疼愛我們的老祖母，但她的孫子已經久久不回家了。」

「還有我們部落南方之『我們的老祖父』威嚴雄壯地永遠聳立的達卡勞素，他獨獨將他慈祥的風采和容貌對著我們，使我們感到溫暖之外，我們得天獨厚地被他注目與關照著，因此內心永不會孤單。」瑪斯格斯格說。

「我們想到的是，從井步山那永流不息的水源，使我們再怎麼漂泊流離失所，在我們心中的靈魂，永遠有那瀑布的潺潺聲，使我們在心裡永不口渴。」我說：「那才令我們畢生難忘。」

「在那亙古為我們打造搖籃的古人祖先，是以一片片的石塊編織起來的，尤其祖先打造的滋歌樂，我們從來沒有憂慮過

地震、延燒和狂風暴雨，」藍豹感嘆地說：「尤其，那宛如以一針一線編織的襁褓（這裡是指石板屋），使我們永不憂慮於寒風刺骨。」

「在那一望無際的叢林，還有那山嶺綠海，裡頭的各種走獸是祖先賜給你當玩偶和寵兒。我們特別懷念的是那曾經在這一國度的祖先，他們以永恆的歷史接力方式在打造。而如今，我們卻在別人地盤的隅角裡等待別人施恩。」

「兩位老哥！或許有人會說：『國家已經拿走了我們的家園。』但是我們這樣想是錯的，應該是說：『國家幫我們保護、守望和管理家園。』因為只要是古人的歷史存在，就有他們靈魂的寶座，而只要是有古人靈魂寶座的地方，它必然是永遠在那裡，當然也必然是永遠是我們的。」我安慰他們而說。

還有我們還特別懷念那些以熱血流汗與我們在新古茶部安一起打拚的親朋好友，現在他們以靈魂永遠守望著我們新古茶部安的故鄉。那帶領我們從古茶部安遷下來的耆老祖先們，尤其是我們的大頭目貴依·卡喇依廊，從他的夢中他早已預言必有今天的結果，但他老人家仍然帶領著上一輩的耆老們說：「我們已經說完了該說的話，但孩子們已經品味出文明的蜜糖，還能怎樣……？」於是他們帶著無奈的心情仍然送我們一程。

還有，在是海棠颱風之前一年，我們是在古茶部安老故鄉那裡舉行獵人祭，那時還有嘉瑪爾老獵人為我們主司，之後，我們從原來的獵人祭場那裡取得祖先的煙火下來，然後是部落的大頭目老祖和長老古喇希哩親自為我們點火獵人祭場。這一段往事我們又何能忘記呢？

第十七章　尋找回家的路

一、一線曙光

西元 2009 年莫拉克颱風（八八水災）期間，我人正好在山上度過。於當月 21 日從山上下來，因為古道老路斷崖小徑那裡全面已經被沖毀，所以只好沿著往馬兒部落的日本古道下山。

當我們安全地來到平地之後，我想到在美國的劉可強教授，因此寫了一封 E-mail 告訴他說：「回家的路 —— 古道小徑已經完全被沖毀了……」想告訴他這個壞消息的原因，是因為台大城鄉基金會自從於西元 1994 年以來，負責古茶部安二級古蹟、文化景觀的規畫、測繪以及古蹟認定之外，劉教授是最關心那裡將來的發展的人。他對古蹟的認定的工作上，永不放棄「整個屬古茶部安的人有可能還會再回去」。

他也以簡短的信回我說：「順其自然走……」但信尾又問說：「有沒有再打通的可能？」雖然是簡短的訊息，但裡頭還有問號，使我內心有一股微晞的希望光照下來。後來我們再見面時，他才告訴我說：「城鄉基金會正在向大陸的基金會募一筆錢想要用來修路，但還不知道能不能募得到？」聽了他有這麼一個計畫，雖然很高興，但總是不抱太大的指望。因自從

西元 1991 年設定爲二級古蹟以來，中央政府只是紙上談兵，並沒眞正的執行落實過。於是在我內心說：「中央政府近在咫尺，卻看不見我們的價值，遠在對岸的大陸又何能？又是以什麼動機和力量伸出援手呢？」

後來我和劉老師在一次會議上見面，他很明確地透露好消息時，使我猶如是在古茶部安深夜黎明，似乎已經看到了曙光似的喜悅，心裡說：「我們即將有路可以回家了。」雖然錢還沒有撥下來，但我們總是迫不及待地想立即開始自行探勘了。

二、第一次自行探勘

當八八水災把原來經過紅櫸木的古道沖走之後，我們首要考量的是暫時替代道路能夠回家，就是第一條達吶戈峻古道。我們才下來一個禮拜，甥女阿拉優慕和白浪問我說：「舅舅，帶我們去探勘路，看看要怎麼回家？」作爲他們舅舅的我當然義不容辭地答應。因爲我們長住在山上的幾戶人家，終究要想辦法找出暫時的替代路線。

次日，我們在日新家集合，甥女阿拉優慕、潘小俠、古樂樂，以及智高和他的天使白娃娃麗；另外還有中天新聞台的兩位一男一女的記者，包括我在內一行共八個人準備回古茶部安老聚落。

車子送我們一程到輪子可行的盡頭，大夥兒便開始各背自己的背包沿著南隘寮溪溯溪而上，走路約一個半小時來到已經徹底被淹沒的新古茶部安村落。我們在那裡休息一下之後，又

繼續走上去大約一個鐘頭的時程，越過一條來自西大武山的支流，再走上去大約半鐘頭，就來到主水道南隘寮溪和支流啦刮撕大峽谷的匯流處。但是夏天的陽光逼得大家在寬廣的堰塞湖無處可躲的情況下，只能繼續走上去尋求岸邊找到一棵樹休息。直到來自西大武山的匯流處，才找到被土石流遺留的一棵樹而停下腳步休息。之後，我們又開始動身挺進一段路，我們來到旗鹽山下方，也就是卡巴待依吶尼發祥地下方休息補充體力，又繼續往上游一支流是從北方古茶部安水源地流下來的溪流。我們便在那裡休息一下，我也順便指出右側支流上方稜線上的黑點給兩位記者說：「古茶部安就在那裡。」

　　後來我們沿著支流開始入山。才剛入山就遇到兩個瀑布擋在前面，所以只好爬著旁邊的岩壁繞過兩個瀑布。當看到兩位記者爬峭壁非常吃力又緊張時，便曉得他們是不擅長於蠻荒野地山路。於是考量他們的安全，使我不得不另行考慮改變原先要走的稜線回家，而改行眼前最近一條乾涸的溪谷走上去。但因為不是路而必須以目測然後穿梭在陡峭的原始叢林。我們的目的是走上去銜接從紅櫸木的古道之後回家。以前只要一個小時爬上去就可以到達的距離，但因為兩位記者不曾走過野外，所以不得不一面砍前面的草木和野藤，一面看著地形為將來如何改道計畫？不知不覺我們竟以四個小時才到達老路小徑，而且已經天黑了。銜接古道小徑的路段又是荒煙蔓草，對我們山中人來說輕輕鬆鬆就可以走過，但對他們兩位記者來說可就很難了。直到晚上七點鐘大夥兒才到達古茶部安，看著兩位記者疲憊的樣子，尤其是背著攝影機的男記者，幾乎攝影機狼狽得

已經不像一個昂貴的獵槍了。

　　次日早上起床，兩位記者因不勝朝原路回家的壓力，只好請直升機先將他們帶下山。而我們在山上則以一天的時光，待在家裡休息準備爲明天探路的體力。

　　第三天，吃過早餐之後，大家從部落下方開始走下去。我們並沒有照原定計畫沿著部落下方的稜線下去走到我們昨天的起點，而是選擇偏向東南方原來要走到巴待嬰部落的古道。雖然是下坡的，但是我仍然感覺到累，因此常常對他們說：「休息，休息一下！」在休息的交談下，不外乎總是在談論著：「我們的老故鄉將來會不會崩塌的可能？」但看著在地上長出的樹，再察看有否斷層下陷的現象？倒是沒有看到讓我們憂慮的，於是稍感安慰地說：「祖先打造的國度，絕對永不會……」

　　不久之後就來到部落下方的溪谷。想起以前這個溪旁一層一層梯田似的水芋田，梯田的外圍還有林立的檳榔樹，但現在都已經被八八水災沖毀了，而且從泊勒泊廊瀑布下來的水還汙濁濁的。

　　我往右側不遠的地方，去找一處由部落地底下流出來而形成的小水潭，因爲水不曾曬過太陽所以是清涼的。我全身脫光衣服把整個身體浸泡在水中久久，心中又不時地浮現這幾天來繞來繞去的辛苦，內心裡說：「水啊！帶走我們的煩惱和眼淚吧！」倒是不敢想像將來，萬一找不到回家的路，就必須繞路經過這裡再往上才能回到家。

　　沖涼過後，看著對面原來還有一條路橫過那裡到對面另一處山脊。但被莫拉克颱風吹得橫七豎八的倒樹與交錯濃密的野

藤覆蓋著，使原來的地形已經看不出模樣。於是我目測尋找目標對他們說：「我們就以輕鬆的心情走過去，不管地形如何，除了要盡量避開斷崖之外，就以那山脊中的一棵大樹為目標吧！」於是大夥兒開始上路。以前當走在這個地方時，只要半個小時的路程，但看著時間已經是正午十二點，而我們已經筋疲力盡且還沒有走到山脊那裡。

我們走到一處長有濃密的蔓藤覆蓋著，在我們似是迷路的同時，智高頭目轉頭看到上面，發現原來是老路的路基，於是大家很辛苦地克服眼前的蔓藤爬上到原來的老路才走到稜線，我才鬆一口氣地向他們說：「這一條路是往巴待嬰的古道，可是已經很久沒有人走過了。」

我又轉頭看一下在我們背後上方的家鄉，而現在正朝向部落的東南方，越來越遠離前天在南隘寮溪上來的起點。我心裡在想：「萬一所有的路都已經不能通了，而唯一這一條是可行的通路，又是何種心情呢？也許可以，但是就必須有心理準備，一上來就永遠不要下去平地了。因為路途十分遙遠，兩段式的爬坡路段再加上我們從溪底爬上來的路段，很難有喘息的機會。」於是在我心裡萌生「試著從霧台古道」的計畫。我們繼續走下去到南隘寮溪上來另一條支流喇巴魯巴魯地段後銜接大溪流後沿溪行下來。於是我想：假如只是為暫代路線回家，最後的決定，還是要從達吶歌崚地段上去，再經特ㄦ巴尼溪流衝上去銜接稜線直接上到老部落是最好的替代路線。

從古茶部安部落下方溪底之回家的路。

八八水災之後羊腸小徑之崩塌地。

頭目智高遙望著往古茶部安的路。

三、第一次從霧台往羊腸小徑

　　若要避開夏日雨季，也就是一年四季隨時都可以回家的路，因此我們先考量由霧台往古茶部安的柏盛古道。若由霧台至古茶部安能通的話，將成爲永久最好的路線。因爲可以避開每年夏日雨季河道被漲水堵住時回家的路之外，且霧台村已經是在海拔七、八百公尺高，與古茶部安的一千公尺之落差比較小，路上還保有原來的原始森林，當人行在其間可以一路學習生態之外，文化景觀的可看性也非常多，而且人文也很豐富。

　　若從霧台開始走路，經日本古道來到岔路朝左側一條小路上去，經過雀榕（原始古代遺址）、孤喇迷靈、瑪魯巴崚、咕啦孤喇丹後上到稜線之卡哦樂安鞍部。再從那裡走微緩下坡路段來到底哦勒崚之後，下到卡達達曼平台。在這個地方的左側不遠處是屬古茶部安部落之古代犯人隔離地查茲巴廊。之後下去銜接從舊瓦陸魯村之日本古道，沿著平路大約有兩公里的路程就可以走到古茶部安。從霧台至古茶部安的路段，只有一處是斷崖路段名叫咕啦孤喇丹，而且以前本來常常有落石，但只要能夠克服那裡，其他的路段都應該沒有問題。

　　有一天清晨，我和大頭目智高決定先去探勘。我們從日新村的家開車往霧台，經過他大哥安貴家休息不久，又繼續開車到霧台上方的日本古道再挺進到岔路，我們把車子留在這裡便開始上路。在路上一面回想當年年輕時，曾在這一條路上往來其間不知道多少次的心路歷程。此外，我們一路上交談著將來以後，若改行繞道走這一條路上的各種心情。

從霧台到古茶部安的整個路段，前面遙遠第一稜線瑪魯巴崚，即古代唯一的出口之意。這個稜線是我們屬古茶部安和霧台的界線。來到這個地段，遙望前面就是卡哦樂安鞍部，正好是整個路段的中心點。那裡附近不遠處，據他所記憶，那裡是智高父母的開墾地，山徑小路的旁邊還有泉水。智高頭目說：「我對那裡的印象，是我們要離開古茶部安移民至霧台時，那時我還只是個國小一年級的學生。父母親帶我去那裡倒是機會不多，雖然僅僅是幾趟而已，卻始終難以忘懷。」

　　我回答說：「假如有一天能打通這一條路，我還想在山頂鞍部那裡興建一處涼亭。」我摻一點蜂蜜的玩笑說：「那時，我可以想像你是一個人孤獨地上來，經過這一條路到涼亭那裡，那時，你可能很渴，便去附近原來是你們家的泉水解渴，然後又回到涼亭休息，便閉著眼睛，雖然只是想瞇一下，卻不知不覺在另一個夢中，看到你多麼想念的父母……」

　　我們一面述說又走走停停，不知不覺已來到羊腸小徑。發現這一段路況才剛崩塌的地方，看來還會繼續崩塌下來。故看起來開路並不難，重要的是假如崩落還在繼續的話就很難施工。我們拍攝之後，再逗留一點時間目視山頂那裡的鞍部，然後想像未來的情景。

　　我和智高頭目帶著這樣的信息折返下來，所以當城鄉所的劉老師和陳執行長南下時，我們在初步規畫的會議上，我拿出照片告訴他們，開路的可行性並以照片舉證說明。因此我們通過由霧台到古茶部安的路線之所謂柏盛古道作為初步規畫的依據。

四、第二次從霧台往羊腸小徑

　　第二次探勘又是往霧台古道。於 2008 年的春夏，我帶著已經懷孕八個月的娥默去霧台古道。我很關心他們兩母子將來有一天也會走在這一條路上回家，於是我想要讓她走走看。那一天是晴空萬里，我們開車往霧台，在公路上一面想像有一天肚子裡的孩子已經長大了。他跟著許多的山林小學的學生們，來到此地，他的內心又會是何種心情呢？我們深入開到岔路口，便開始沿路走古道，並又一面述說著我一生中走在這一條路上的點點滴滴。但我帶她來這裡探勘最重要的目的是想：如果將來的長榮百合小學生要從這裡走到古茶部安，作為小學生的母親能否安心？

　　我又想起他現在的大哥和姊姊，與他相差三十五歲，於是我又內心說：「看著這一條路，並想像那時老爸僅僅是為了『愛』，又不曾計算過有多遙遠的路，走在這一條路上風雨無阻……」我想了一下，又繼續說：「還有時候在深夜裡，還帶著火把孤獨地走在這一條陰森森的路上。」為了尋找他的母親。

　　我們來到雀榕休息區也就是古代遺址。我讓她坐下來休息一面眺望著山頭並指出說：「翻過那山頂再走一段相當於你目前所看到的距離，就可以到家了。」她對我說：「好想家……」

　　我之所以迂迴於阿魯阿尼呢尋尋覓覓希望找到一條回家的路，不僅是為了我，也是為了他們兩母子。也不僅是為了長住在上面之幾戶人家，也為了將來的整個古茶部安人。

五、第一次從新古茶部安往斷崖小徑

又過了一年，凡那比颱風過後，我們一行五個人包括白
浪、阿拉優慕、喇撒樂，和一位叫秀萍的朋友。我們是帶著玩
的性質來到啦刮撕大峽谷，發現已經不是八八水災之後原來的
樣貌，而是凡那比颱風之後新的造化。去年原來的啦刮撕大峽
谷也已經不是去年的大峽谷，而是被新的土石流填谷造景。我
們走在凡那比颱風帶來的雨水剛流過不久的地表，所以還是泥
濘的。經過大峽谷後我們來到啦登地段，正走向嘉瑪爾·達魯
拉陸幕的工寮，白浪在雨中帶領我們在荒原蔓草中一面砍草木
尋路，僅僅是從啦刮撕大峽谷走到嘉瑪爾的墾地，以前至多走
半小時的路程，而現在竟花了兩個多小時的時光。

當我們來到工寮後，在雨中夜幕來臨前，大家趕著清理過
夜的場地開始起火。在那晚上圍爐交談著水災之後的種種，心
裡準備次日到第二溪谷底郎廊溪實地探勘颱風之後的路況。

次日早上，白浪和阿拉優慕帶領我們，從嘉瑪爾的工寮上
去喇登岩壁休息區，再沿著古道往第二溪谷。在第二溪谷之前
的小山脊遙望著整個大斷崖小徑，發現八八水災時本來被沖毀
的面貌又是新的改變。以前的溪谷尚有大量的泥土不見原來的
溪底，當凡那比颱風之後，不僅把大斷崖的泥土再沖刷得乾乾
淨淨，而且還把溪谷的泥土帶走，所以溪底現在又露出原來的
面貌了。

我在大斷崖的對面藉著早晨的光輝，從上面順著斜面側翼
照下來時，目測透視光陰間尋找築路的可能性，但是我還是拿

從霧台之回家的路。

不定方向和決意。

　　之後，我走到第二溪谷時，發現以前的面貌和老路都已不存在了。在這同時，讓人想起過往歷史歲月，祖先的老路是怎麼打造的？又想起族人在這一條路上上下下的情景。以及台大城鄉所的人員，爲了二級古蹟帶著工作和使命，在這二十年來的辛苦，和劉老師帶著師母在這一條斷崖小徑，一前一後溫馨地前往他們素來不曾認識的地方。

　　之後，我一面望著前面光禿禿的大斷崖，努力以目測尋找老路的痕跡，但除了上面微緩的路段橫跨峭壁斷崖的樹梢尚有老路的痕跡，下來陡峭的路段再怎麼找老路總是找不到以前的路跡，甚至於無法與回憶中的路跡相連接。於是我感嘆地說：「甥女啊！我終於在內心眞正的降服了……」我情不自禁地流出淚水說：「這一條祖先的老路，也是我們後裔子孫唯一與祖先相連接的臍帶，終於就在此一段路要宣告永恆隔絕了。」

　　我們帶著失望歸途中，讓人萌生去年八八水災之後在霧台古道之所見的路況。我心裡想：「或許可以考慮從霧台順著三條最原始古代獵路回家。」但是，又想到大孩子喇阿祿和他剛出生的弟弟庫奇祿說：「如何回家？」以及對將來對整個古茶部安人，心裡說：「我又怎麼能夠以孩子們之昂貴的生命作賭注？」

　　我回到日新的家裡，仍然照平時的步調，在《山居歲月》的長篇小說中漫步想著「如何回家？」的問題。

　　有一天，我的弟弟喇撒樂一身穿著髒兮兮回來對我說：「老哥！我又一個人去探路了……」

八八水災之後的保報大斷崖。

我們紮營的地方。

「你的看法呢？」

「應該可以開路……」

「凡那比颱風來襲之後，反而是好的，因為把八八水災剩下的殘留餘泥全部帶走了，所剩下的是堅固而緊密的碎石。」他傲然地催促我說：「你不開路，讓我以永恆的能耐自己開路吧！」

「虧你的能耐那麼雄厚，當我不在你身旁拭擦你辛苦的汗水和孤獨的淚水時，你又能怎樣？」我們以玩笑交談中，注定要開這一條古道的決心又重新點燃。

六、第二次從新古茶部安往斷崖小徑

又有一天早上，第二次往斷崖小徑探勘。古茶部安部落發展協會理事長古阿勒（杜多振）先生說：「屏東休閒家的老闆徐秉正先生有捐給我們五千元為修護古道……」並掏出募來的款項給我說：「你們自己去探路看怎麼走或怎麼做？」我就去找白浪和阿拉優慕說：「我們有了這麼多的便當，」便給甥女阿拉優慕說：「請你採購我們路上所需。」

「舅舅！你不是說城鄉所有一筆錢要修路嗎？」

「我們不必等，其實沒有錢，我們還是要回家。」我再加強語氣說：「我們必須學習祖先的精神，永遠不等從天上降下來的恩惠。」

我們三個人上了車，還帶一隻黃褐色名叫喇部的狗。我們往新古茶部安方向在二號橋停車，便開始走溪流涉水到新古茶

部安。正好有一些同村的年輕人也正在那裡緬懷的徘徊，於是我們大家一起攝影留念，不僅表示我們是失去家園的同路人之外，我們難得在一起的意味更濃。

我們再從新古茶部安沿著老路步行到登山口，然後進入啦刮撕大峽谷，我站在西岸眺望著東邊的啦登地段說：「除了我們常走的這一條古道，此外還有另一條是從上面，經過你們的墾地，然後到達部滴阿刊瀑布之後，銜接原來從下面的這一條古道。」我又說：「今天我們先把從啦刮撕大峽谷到你們的墾地的路打通，然後再繼續從你們的墾地到瀑布那裡打通之後，斷崖小徑到時候再行研究如何突破？」我又指出在啦刮撕大峽谷的上方對岸向他們說：「看著那一棵大雀榕，正好是第二層那一條原來的古道，再看一下在你們墾地邊緣山脊的撒哦阿樹為目標。」

他們聽了並不吭聲地只有隨著我的指示，開始往大雀榕那裡作為起點。我們到了那裡已經是日正當中，於是大家休息吃午餐。下午我們開始砍草，一面交談著日後當這一條路修護之後，即便從瀑布那裡若無能突破也罷，至少我們還可以來到第二溪谷重新沐浴熟悉的溪流。沿路幾乎都是白浪一個人砍草砍樹在打開老路，因為說實在話，我再怎麼努力，已經大不如從前年輕時的臂力，再怎麼努力揮刀，已經遠遠不如白浪的一揮。甥女阿拉優慕不僅要調和我們的生活能夠產生能量，並且拍攝記錄我們每時刻的勤奮和努力。再來是我們想要保留探勘和開路的過程，希望能夠取信於協助我們便當之有心人們。

我們花了半天的工夫沿著老路砍出草木把老路弄明顯，一

天也就近黃昏了。我們折返走到啦刮撕大峽谷附近小溪流紮營，為了生活取水方便所以選擇水邊過夜。夜幕即將要落下來之前，他們在忙著撿木柴起火煮晚餐，我卻找一處比較緩平的地方，稍微整平鋪了雨布和睡袋就躺下休息，我和喇部在不知不覺中睡著了。等到甥女說：「舅舅！起來吃晚餐了……」我才懶洋洋地起來吃晚餐。

那一天晚上，竟然還有豐富的晚餐，於是覺得我兩個孩子，雖然我們只是一種探路的心情，但是對我們的生活所需，從來不草率或馬虎。當吃完晚餐後，甥女還取出能緩和疲勞的小米酒，三個人以荒涼的啦刮撕大峽谷為床以星空為屋，在那裡以小米酒紓解心情，一面望著滿天星星疑問著祖先說：「祖先啊！您們應該是知道我們的孤寂，我帶著兩個孩子想要回老家，但不知道路在哪裡？」我在一絲絲星光照耀下來的幽光裡情不自禁地掉眼淚，還好孩子們並沒有看到我那麼軟弱。後來我已不勝疲憊的身心只好向兩個孩子道聲：「晚安！」

第二天，我們吃過早餐後，又繼續趕路來到昨天最後的終點。於是我們又繼續一面砍草一面找路，當我們以為已經快到山脊時，卻發現原來在岩壁上的走道，已經被八八水災震裂出大大的窟窿，所以只好大失所望地折返回到啦刮撕大峽谷昨夜紮營的地點。我們吃午餐之後，看著陽光還有半天，我仍然不死心地對兩個孩子說：「上面還有一條是從咳哩希地段越過啦刮撕大峽谷，然後爬到低啦啦山脊，經過阿隆安瀑布、阿魯阿陸地段，最後，在勒巴樂巴ㄢ地段銜接在上方從瓦陸魯部落的日本古道。」於是他們兩背著我們的炊具沿著大峽谷溯溪而

姪女正在尋找回家的通路。

上，但是整個大峽谷的地形已經是大變動了，想從當年還是少年時回憶中的老路去找，卻已經變樣的蕩然無存。

我們偏左翼咳哩希地段上來，意外地發現一塊大約有一噸重的喳碌[71]。我情不自禁地向甥女阿拉優慕說：「我們祖先嚼檳榔用的石灰岩竟然在這裡。」我繼續解釋說：「以前只有在上方的日本古道之名叫特柏得斯的地方才能採取到的……」

之後，我們來到咳哩希地段被土石流淹沒過的台地，並選擇高處望著走向低啦啦山脊的古道小徑。發現不僅已經是大壕溝之外，連走到山脊稜線的地形也已經崩塌下來而認不出來，當然老路也就不可能還存在。我很失望地不知如何告訴兩個孩子。白浪對我說：「其實那一條路我也曾經走過……」但現在我們所看到的這個情形，就已經擺明從哪一條路都已經行不通的困窘。最後，我們三個人在那裡拍個照留念，並帶著失望地走下來，一面想著我們用了徐秉正先生捐的 5000 元，真不知道如何向他解釋？

71 **喳碌**：一種礦石，古代魯凱人把它燒熱之後浸在水中使其溶解成粉狀的石灰，專用來滲進檳榔中，使之咀嚼變紅。

意外發現古人包檳榔之石灰原料。

第十八章　探勘羊腸小徑

　　古茶部安發展協會的理事長古阿勒（杜冬振）先生說：「城鄉基金會已經撥款進來了……」於是我們開始籌備工作並決定再一次從霧台部落往古茶部安途中的咕啦孤喇丹路段方向探路，就連上兩次來探勘共已三次了。咕啦孤喇丹路段從魯凱語言之概念是形容那一段路，因為那裡是矗立的斷崖，而橫越斷崖的路就像長鬃山羊之細細的腸子，因此我套用這個概念稱呼為「羊腸小徑」。

　　我們一大清早先在日新村的住處集合，一行十一個人當中，其中真正為探路被指派的人其實只有八個人，包括部落發展協會古阿勒理事長、藍豹·利依魯陸、白浪、安貴、咳哩瑪勞、古樂樂·卡喇依廊、巴叉克、古樂樂·巴哩默戴。另外還有城鄉基金會指派的是安貴的大兒子老祖和稫吶溜兩位，以及一位老祖的屬霧台村的朋友祿唵禮（Lungalhy）。其他是我甥女阿拉優慕和白浪的大哥達哦達爾，兩位是因在古茶部安舊部落另有其事，因此隨著探路一行人想直接沿古道回到古茶部安老家。

　　大家都到齊之後上車，在清爽的早晨，車子行經三和村、水門小鎮之後，離開平地通往山區，經三地門、新達拉達來社區。車子行駛不遠的路就來到檢查哨，但警察先生說：「因為咕勒哦儿部落上面在修路，所以那裡通車在管制。」因此我們

只好繞道經卡哇達吶尼部落的方向。在曲折蜿蜒又顛簸的路面，一面觀望著右側下方的咕勒哦ㄦ社區，他們也和我們屬古茶部安人一樣離開故鄉了，但村路仍然還在，所以他們還可以回家。

不久之後車子來到卡哇達吶尼部落，從這裡可以望見卡啦慕得思部落就在我們眼前不遠處。而我們是在朝著經卡巴勒啦丹往霧台方向，所以車子沿著產業道路下到北隘寮溪谷。從車上看路的樣子已經不是以前的老路，完全變了樣。

當初是為長榮百合小學選擇從霧台回到古茶部安的計畫，是因為台 24 線是屬於省道，我們都以為不僅會架橋而且一定會維持暢通的。但安貴說：「原來要以六億的經費架設高空弓橋，因地勢尚未穩定所以取消了，只能每年保持暢通而已了。」縱然是如此，在霧台仍然還沒有被宣告屬危險區之前，政府終究不可能讓他們孤立起來，因台 24 線是省道，所以不可能不修路。

車子橫越北隘寮溪谷便道之後，便開始攀繞山脊之如相連的 Z 形來到卡巴勒啦丹部落。車子在行進中瞥見族人仍然是依如昔日的生活步調，但霧台鄉公所看起來，猶如是大頭目仍然還在他的寶座，但擁戴的人民包括屬古茶部安、阿迭爾、吉努啦尼、咕勒哦ㄦ，以及卡啦慕得思五個部落都已經走光了，使我們看起來格外地淒涼又落寞。車子繼續往上爬來到上霧台的最上方安貴的家，車子便停下來。我們在這裡下了車並吃午餐。看著三層樓房又豪華的建築，我便對老祖的父親安貴說：「以後，萬一往古茶部安古道打通的話，你的家即將是長榮百

合小學的起點……」我們吃完了午餐之後，古阿勒理事長請大家上車，並指出說：「到上面才開始走路。」大家都上了車再行駛一個大彎道便來到一處別具原始風味的野地石板屋，車子便停止讓我們一個個下車。

從這裡的陽台可以居高臨下鳥瞰整個霧台部落的景色。午後冷風慣常徐徐地吹來，還帶著視如山嵐但又不是的感覺。後來旁邊的藍豹說：「因為他們是屬『霧』部落，所以現在的簾幕應該是薄霧……」我才醒悟並慚愧地說：「您不愧是我們這一群的耆老……」

我們從石板屋那裡陸續離開再走到上面名叫龐哦達爾的日本古道，來到以前的休息區。正好陽光露出來，於是我們各自尋找自己的位置。古阿勒理事長說：「讓我們留下這一幕，或許我們還有機會，也或許是僅有這一次，因為前面的路況，還不曉得能不能通到我們的故鄉？」

我們拍完照作留念，開始朝岔路口啟程。我們才走幾步便走過一處土堆，這是從上方崩坍下來擋在途中的。「當日本人開闢這個路段，犧牲了不少我們的祖先，因為是炸藥而震動落磐時……」我還補充說：「還有一些人是罹患了厭世症，常常在這斷崖中自己解決。所以這一段路是想不開的人之『地獄之門』。」

說了這些話後，有一些孩子們好奇地走到邊緣想一窺探究，但還好濃霧覆蓋著整個大斷崖，但我仍然替他們緊張說：「千萬不要開玩笑，那裡比天空雲彩處還深，斷崖的深邃，只有對死亡的夢者才能體會。」

龐哦達爾斷崖的休息區。

我們再走一段路來到岔路，是原來的日本古道直走是往水門，也是霧台、吉努啦尼和阿迭爾三個部落共同走向文明的道路。而上方的小路是往古茶部安的柏盛古道。因卡巴勒啦丹和霧台的飲用水是沿著這一條路，所以路段是完好的。

　　我站著對他們說：「當天氣晴朗的時候，從這裡還可以看到我們後面右邊，是我們魯凱族人的領域嘟咕嗚魯、京達魯彎和達屬排彎三個小部落……只可惜今天你們沒有這個福氣，因在這裡守望的祖先似乎不太善意，所以留待以後有機會，當行走在這一條路上時，才讓你們欣賞吧！」

　　當走在這一條路上，我們兩個老人家沿途想著我們的歲月往事，有時停下來看著路上下方整個地段的生態，還保有原來自然原始森林的原貌。於是想到將來當小學生走過這裡，也是他們學習的課程。我指出路旁的特殊的草木作一番解說，但發現不僅是現代的孩子們已經完全不認識自然界的植物，連我們兩個老人家因不常走在森林，有很多植物的名稱已經慢慢的從我們的記憶裡遺忘。但我們又怎麼能怪他們呢？因為我們老人家並沒有好好教育下一代，使我們過去始終是在盲目地意味著在讓他們受教育，希望讀一點書增加知識，卻反而忘了眼前最靠近且最直接的知識。並套用在原始祖先的文化如何使用這個東西？孩子們才慢慢領悟，祖先能帶領一個族群從永遠的歷史活到現在，是憑藉著智慧一面摸索累積的經驗。

　　藍豹老人家指出長有竹子的地方說：「我們已經快到了霧台祖先的老聚落……」一位孩子問說：「怎麼看？」看這個地形和一些路旁遺留下砌起來的石頭，總是有著濃濃古老的痕跡

和人文的氣息，但是我不能替藍豹回答。我是希望他們能親自感覺出氣息和歷史的信息，然後孩子們能提出更多的疑問詢問藍豹老人家。

我們來到雀榕休息區，我試著不說或指明，盡量要讓大家感覺出每一個座位和設施。大家自然地坐下來後，藍豹老人家娓娓道來說：「古人說……」但在這個同時我打腔地說：「我們可不要忘了，先把你們的禮物拿下來供奉給我們這裡的祖先。」阿拉優慕聽了後便取出預藏的高粱酒提給我說：「舅舅，請祭給祖先吧！」在我供奉的同時娓娓道出內心誠懇的祈求說：「祖先啊！除了需要您們的庇祐之外，更需要您們為我們打開回家的路……」祭完之後，我讓孩子們學習與祖先品出內心與共的經驗。

之後，藍豹老人家開始述說：「從這個古老的遺址發生的悠久故事。一位屬這裡的村婦人，當看到日本人在隔一個大峽谷的對面山脊一條稜線上，被荷蘭毛瑟槍射死的故事。」但是我看著孩子們疑惑的眼神，於是我說：「再屬害的槍，也不可能射到那麼遙遠吧！」於是我轉向他老人家疑問說：「是否是您擬造的？」孩子們才哄堂大笑起來，使霧濛濛且寧靜中的叢林氣息被劃開了人味氣息。

最後我跟他們說：「當天氣晴朗的日子裡，從這裡還可以眺望著瑪魯巴崚山脊，翻過那裡便是我們要去的咕啦孤喇丹（羊腸小徑）。」可是，我可以看得出孩子們感到很遺憾，因為他們並沒有能夠看到這個美景。

我們從雀榕休息區往前面的溪谷，除了一點點泉水，溪谷

雀榕休息區。

幾乎是乾涸的。於是我說：「古代住在這裡的人，這裡應該是取得飲用水的地方，但為什麼離開這裡是可以理解的，因為水源流出水的量太小。」

我們繼續前進再跨越一處杉木林便來到另一條小溪，小溪的水比前面小溪豐富多了。而且路口還設置不鏽鋼蓄水槽，這顯然是霧台人當夏日雨季時還可以從這一條溪水取得補充。還記得上一回我和頭目智高來這裡探路時還是完好的，但現在的狀況看來是凡那比颱風帶來的雨水所造成的改變。

我們繼續往前走，因路段是水源的緣故所以是很好走。我們越走越感覺到已經來到翁鬱茂盛的原始叢林，便來到孤喇迷靈。我們看著小溪因為是霧台的水源，所以銜接水流處已經設大水管埋設在岩石縫裡。所以已經失去了以前陰森森的神祕感。但我想：「要不是為了這個水源，然後有人往返其間，我們一路走來的路基差不多已經消失了。」

還記得於民國 81 年，我還帶人走過這一條古道，孤喇迷靈還是完好的。我心想：我們所走過之比較好走的路，大概就到此。以後要走的路是獵路，所以應該比較不好走。

我站著對他們述說：「這個溪的名稱魯凱語叫孤喇迷靈，即『失魂谷』之意。」繼而描述說：「以前來這裡是陰森森的溪澗，但現在已經改變了。」我加以述說這個失魂谷的由來說：「據說在很久很久以前，我們屬古茶部安部落裡有一位年輕的大頭目，他的容貌很難讓人理解，所以不得當地女人的好感和喜愛。他內心又像濃霧難以捉摸，所以讓女人更難以理解。他生命的春天已經過了，而生命中當年春天的百合也都陸續凋

謝。一代又一代新的百合又來了，越來越對不上他已經像枯木般的長相，因此連最平凡的女人，都無法喜歡上他。雖然他的名分像達卡勞素山頂上的鐵杉那樣雄偉，但連已經過時、且再生發芽的中年婦人，都會怕到說：『那裡一定很冷……』於是他的父母為他緊張得不得不向別的地方尋求愛情，為求得他生命永續。世事難料，有一回他經過這一條溪谷時，他望著那瀑布，在剎那間越過陰陽界來到夢幻國度。

「那裡是另一個燦爛的陽光，他正在越過一個人家，石板屋外面榕樹下，有兩位美麗的姑娘是他在這一生中從來不曾看過的。她們正在窗邊刺繡，其中一位抬起頭來看他並微微笑意對他示好，使他被吸引得莫名留戀，也使他站在那裡癡情凝住並疑惑地對她回以微笑。在這個同時，便遺失他的靈魂，永遠再也沒有機會回家了。此後，他託夢給他的父母說：『我已經愛上了一個人……所以我永不回來了。』

「所以我們以前當經過這裡時，我們必先以喉嚨哼出『哦嚇！』出聲音表示『我人在』之後，然後以心說出『我正在越過，若往返其間無心之過和打擾，恕請諒解。』」

我說完了之後，便請他們先一個個的越過孤喇迷靈溪到安全的地方。因為我感覺到下方深淵的斷崖覆蓋著神祕的薄霧，因此擔心孩子們會吵吵嚷嚷干擾這裡的寧靜。當我們離開孤喇迷靈瀑布開始爬上時，看到他們很吃力，所以我又擔憂萬一失足，即便只有影子一閃即逝，根本沒有機會營救。因此我從他們後面不斷地說：「小心！」

我再轉眼一瞥，看到瀑布上方的出口是光滑的，那是溪水

孤喇迷靈溪。

在一定的流量以永恆歲月磨成溝渠。我很想向孩子們指出那裡並解釋這個溪谷的時光深邃與奧妙，但是，我們已經正走在最危險的路段，我擔心他們分心，於是只好安靜。

我對古阿勒理事長說：「以前的老路並不是這樣的。」當我看了這個路段完全變了樣，於是我再說：「將來的小孩子走在這個路段很危險，如果整條路可行，勢必得花一點精神做安全設施。尤其是這裡……」

等到大家來到安全的地方並心平靜下來，老祖的父親才開口道：「我們遷來霧台之後，每當我經過這裡時，仍然還有一條『阿嗎尼』在這一條路上日夜守望者。」

我們繼續爬升來到比較陡峭的路段，之後便來到比較緩平的路段。看著前面是一處新的崩坍地，白浪在前領路順便挖出踏腳點，我才使出勇氣走過，當我正在走過時，稍微轉頭看著下方是一處不見底的深谷，只有死亡之黑色的嫁紗在微風舞動著。於是在內心默默地禱告說：「希望你們的目光不要像我一樣亂看東西……」

越過崩坍地便來到另一條小溪，還記得當我還是少年時，經過這裡時還架設有精緻的木橋，且上方長有一棵名叫依慕（Imu）的樹，果樹小如樹豆但比樹豆稍微橢圓形。當走在木橋上時可以嗅出一種難以描述的特殊香味。在凡那比颱風前來這裡時，小溪兩邊原來的橋墩都還有，但現在看起來颱風帶來的破壞力也非比一般。

這裡都是蓊鬱茂盛的原始叢林，經過一條清澈冰涼的小水潭。但比前面孤喇迷靈還來得比較舒暢一些，因為沒有前面孤

喇迷靈那麼陰森森，更沒有歷史淵源。

　　我們繼續往前走便來到另一條小溪。以前當我和智高來探路時，還記得還有一棵茄苳樹，但現在看來可能也是被凡那比帶走了。我們在這裡放下背包，大家各取出背包裡的便當用餐的同時，古阿勒理事長說：「送你們一程，就在此向你們說明天見了。你們若能順利的話，或許我們就要在古茶部安見面，若不是……」

　　我們離開那裡一面想到古阿勒理事雖然是成年了，但總是擔心他能否順利地越過層層斷崖，尤其是小溪路滑，又是濃霧瀰漫整個叢林幾乎看不到路。

　　從這裡再走一段路，來到我們古茶部安地段和霧台地段的界線瑪魯巴峻稜線，在那裡讓大家休息，並且順便告訴一夥人這裡為今天紮營的預定地。我們在那裡休息的同時，有的人砍草稍微清理紮營地，有的人撿木柴準備煮飯，而年輕一點的則去取水。之後，白浪和安貴兩人帶著幾個年輕人，藉著下午尚有時光時進行初步探勘羊腸小徑，其他人員則留在營地準備晚餐。我們一面砍路上的草以接近探勘路段，但發現崩坍地的面積已非八八水災之後的小面積，之後又增加了崩坍的路段大約兩百公尺長，而且上方尚不穩定。

　　白浪和安貴兩個人繼續深入到崩塌地的中央，實地探勘能否打通的可行性，我也隨在他們後面。他們的解釋是說：「沒有一條路是打不通的，但崩塌地還在不穩定中，且要打通是需要時光。我們藉著從濃霧中還有一絲霞光時趕緊折返回到紮營地，幾個年輕人早已架起帆布，而阿拉優慕也已經煮好了晚

餐。

當吃過晚餐之後，有的人去試著打獵，有的人躺著休息。老祖和巴叉克帶一瓶高粱酒來到我們的休息的地方對藍豹老人家說：「給我們述說這裡的故事吧！」於是他老人家起來開始準備說故事。

當兩位年輕人正在倒酒時，藍豹開口對巴叉克說：「假如今天你父親在，應該他自己的故事比我多。因他個人有他的生命故事。」我知道兩位孩子們想要聽的，是在這一條柏盛古道的故事，我鼓勵他述說更古老的故事。

「柏盛古道最早在拓展的開始，據老一輩的人說：『是從古茶部安部落北方之滋歌山地段翻越稜線來到喇勒格啦哇尼[72]。』也有的人說：『是從舊古茶部安部落後面之達爾畔上去經哩希安地段後再經過陸百雅地段那裡翻越來到喇勒格啦哇尼地段之霧台最早的發祥地。』」

「我比較贊成從哩希安地段之稜線的說法。」我說。

「什麼時候改道經過羊腸小徑？」巴叉克問。

「當我出生之前，早已是古茶部安和霧台的通路，日據時代，當我已經是教育所畢業之後，日本人正好在加以修正的。」

從他所提起的日據時代……古茶部安地段之阿魯阿陸溪的岔路上來的路上，我還記得日據時代開闢的道路往霧台。但在羊腸小徑卻看不到以炸藥築路的痕跡。於是我自己這樣想：「可能只是初步的規畫……」

我們一面喝高粱酒以抵禦寒夜，於是我開口引開令人疑惑的問題說：「在歷史上因這一條路，多少人為姻緣成親呢？」

72 喇勒格啦哇尼（Lalegera-vane）：霧台部落最早的發祥地。也就是說：當柏盛帶著他的弟弟離開古茶部安時，他們就是在此地落腳。等到發達之後，又移至現在霧台的前身卡峨達丹。

我加以指出老祖說：「你的祖父也是藉著這一條路來古茶部安尋找你祖母，才有今天的你。」他笑哈哈地再倒兩杯後提給我們兩位老人家以表示賞賜，而我已情不自禁地喝時，看他雖尚年輕，但他還懂得滴酒給他祖父的靈魂。

「當我娶泰喇部安部落的女子，也是從這一條路上。」我說了自己人生的經驗，當想繼續說下去，因自己的愛人已經不在人間，怕可能會陷入情感的渦流，所以我只好轉移話題說：「我最佩服的是有一位女子從舊的泰喇部安部落，趁著她父母不注意時離開那裡，花半天的路，下到屬達拉瑪郡部落在那裡過一夜。第二天，又繼續走過德烙小部落之後上來經過霧台，然後走在這一條陰森森的叢林往古茶部安。」我繼續說：「假如是從舊泰喇部安部落直接以當天想到達古茶部安也是可以的，但是走路也要非比一般的步伐。照女人平常的走法，當她走在這一條路上時，應該已經是晚上了。所以我自己想不通的，是一個女人當在這一條路上的種種……」

「難道說她不怕嗎？」老祖驚訝地問。

「之所以我們都無法體會，因為我們沒有真正愛過一個人。」

「我還聽說那一位古代女人，深夜凌晨才到達古茶部安……」藍豹說：「我倒是驚訝，那被愛上的男人到底又是什麼樣的男人？又說了什麼話？使那女人不僅忘了父母日夜灌輸身為女人之百合的精神，也竟忘了遙遠的路途，更是忘了路上的孤寂和恐懼呢？」

「現在我們正坐在祖先走過的途中，我無法想像一個女

人，在深夜裡走在這一條路上。而在歷史上，不只是她而已⋯⋯」

黑夜越深，冷風淒淒，使我們不敢躺著休息。打獵的人也已經回來了但沒有收穫，於是我們感覺這裡的祖先似乎正在發出暗示說「你們這一趟探路，沒有結果」的意思。獵人老祖的父親安貴在我們旁邊起個火，當溫暖的火隨著寒風吹過來，我們才慢慢進入睡意。

第二天早上，當阿拉優慕在煮早餐時，安貴和白浪又帶領我們沿著獵路前進，我們一面砍草又一面探勘，希望能找到一條能夠繞道通過崩坍地的上方到對面的卡哦勒安鞍部，可是全是斷崖之外，連走獸橫越走過的痕跡都找不到。安貴對我說：「順著這一條獵路走到上面的稜線，再沿著稜線下到對面的鞍部那裡。」看著地形想也應該是這樣的走法，但羊腸小徑原來只是不到半小時的路徑到卡哦勒安鞍部，如果現在照這個地勢繞路，大概也要花上將近一天的時光。於是我對他說：「對我們一般大人，繞道行是可以的，但是，我們所要考慮的是將來是為小朋友要準備走的路，其實再怎麼繞路，已經失去了當初我們對這一條路的實質意義，」

於是我們看著正在朝陽下之近在不遠的卡哦勒安鞍部，遙寄我們對故鄉的懷念與留戀說：「我們對妳的懷念仍然濃厚，但這一段崩塌地總是不讓我們通過⋯⋯恕我們的無能與無奈！」

我們折返下來要吃早餐時，一面拍攝對面的「達那慕陸」地段，一面懷念以前在這裡開墾的人家，一面想起童年往事，

不知多少次經過這一條羊腸小徑。尤其當我二十九歲結婚的時候，帶著部落所有的親朋好友去泰喇部安部落迎親，把愛人從那裡背上來經過霧台，然後沿著這一條古道，再越過那稜線上的卡哦勒安鞍部，然後下來到阿魯阿陸小溪之通到舊瓦陸魯部落的日本古道要回家的情景，總是縈繞在我腦海。在我腦海深遠的回憶裡，她的影子在我深層濃厚的記憶裡像一道幽光照耀進來。於是我默默地奉上內心一分祈禱說：「感恩妳的照耀，使我的智慧敲開回家的路。」

我們回紮營地吃過早餐之後，又再一次帶原班人馬前行至咕啦孤喇丹崩坍地，希望能找到縫隙強行通過，因為卡哦勒安鞍部正發出早晨燦爛的陽光，彷彿是我們的祖先在召喚我們似的。尤其是安貴，當看到他們在卡哦勒安鞍部附近的地段，彷彿是他父母在那裡已經看到他，然後在那裡站著觀望等他似的。我可以感覺和體會安貴隨著他父母在那裡開墾的歲月，這個大環境和其間鳴啼的所有走獸和鳥類，都是他所熟悉的聲音。尤其當他看到卡哦勒安鞍部不遠的台地，那裡有他們田園中的小家園，在早晨的陽光下，是他母親的容貌，觀望著等待她大兒子安貴正在歸途中。但安貴沿崩塌地上下往返搜尋探勘，希望找到能夠跨越深谷，只要找出可以走過的縫隙，就可以走到他夜以繼日想念的童年國度。最後，他流著眼淚地站著遙望，默默地祈禱說：「我的依吶和阿瑪！我讓您們失望了，孩兒更失望。」

白浪再一次去昨天所到之處，想盡辦法強行通過，但在兩位都是相當有能力的人進行探勘之後對我們說：「找不到通

路。」最後我跟大家說：「我們折返吧！」

　　我們從崩塌地回程中，在我腦海中始終是卡哦勒安鞍部。翻過那裡是一條緩平有崛曲的路，路上兩旁都是野杜鵑。路旁下方還有楓樹林，當微風徐徐吹來時，楓樹的香味不時地隨風而來。走不遠後便來到底哦勒崚，即居高臨下之意。在這裡所有天下最美麗的景色，似乎全都在此可以得到詮釋。但就已經在眼前，只是差一步而已的距離，內心帶著遺憾與失望沒有看到畢生難得的美景。

　　當初規畫由此古道回家，是希望無論是長住在山上的人抑或者山林小學，能整年無論風雨季節都可以安全回到古茶部安的如意算盤，看來已經是無法打通，只好另找其他暫時替代道路。於是我們又折返回到紮營地進行討論。大家決定暫時不考慮從柏盛古道回到古茶部安的計畫。於是我們離開那裡走到有水的小溪清洗我們臉上的淚水，煮午餐吃過之後帶著遺憾的心情與無奈回程。

　　我們折返來到雀榕休息區，孩子們還是坐下來休息，耿耿於懷地有意再向我們的祖先柏盛，也是對這一條古道說一聲：「哎依！」阿拉優慕取出最後一瓶酒，還有一些小菜。我說：「這一趟探勘，請大家盡量說出你們的感覺？」只有老祖的父親安貴說：「我對這一條路永不死心……」從他這一句話，就可以體會他想從這一條路回家的急迫性。大孩子老祖說：「我相信我們生命中仍然有祖先的精神，再怎麼難走或再怎遙遠，絕對難不到我們，只是時間早晚而已。」

　　由他們兩父子的對話，可知這一趟探勘已經明確是行不通

的。只好我們以僅有的酒同時舉杯向著祖先的老路說一聲：
「哎～依！」並趁還能看得到路時，趕緊回到起點，古阿勒理
事長正在那裡等我們，大家帶著微醺上車歸途。我們這一群人
往霧台之柏盛古道探勘的隊伍，雖然因失敗而折返，但覺得我
們因為這個探勘而相遇在一起，倒是讓人覺得在人生中增添難
能可貴的機緣。

令人留戀的卡哦勒安鞍部。

第十九章　探勘斷崖小徑

　　第三天，我們去霧台探勘的原班人馬又聚集在日新村的家，搭上原來帶我們去霧台古道的貨車送我們一程。我們經過水門、北葉、文化園區，然後朝著往嘟啦勒歌樂的路上。我們是從原來架有二號橋的途中停下來，然後沿著南隘寮溯溪大約有一個小時的路程便來到新古茶部安。

　　我們在教會的陽台小閣樓休息的當兒，突然是老祖的吉他聲像雨滴般地響起，而後是巴叉克的歌聲娓娓道來唱著：

　　路邊的野菊仍然開了
　　花叢裡的鳳蝶依然在飛舞
　　但是
　　回家的路變了。
　　幼時玩水的溪流也變了
　　心中萬般難捨的
　　是那幼年時的玩伴。
　　夢裡……
　　總是那一條回家的路上
　　追逐著飛舞中的彩蝶。
　　回憶總是溫馨和美好
　　卻也

激起往事失落和感傷。

親愛的朋友！

總是在回家的夢中

想重新找回

那一處沒有悲傷

也沒有孤單的家園。

親愛的朋友！

兒時的歡樂

竟只是夢中的影子

而如今

卻永不再重現。

親愛的朋友！

我竟在城市這一邊

已經疲憊於漂泊

當想起家鄉……

使我很想回家。

　　當聽到他們的歌聲時，我情不自禁地默默落淚。尤其當他們齊聲合唱著最末段一再重複「我要回家……」時，我已經動容地向在天之靈的祖先祈禱說：「祖先啊！有否在聽到您們的子孫的心靈之歌？」

　　之後，我們在南隘寮溪水流之低沉永鳴裡結束，帶著他們的歌聲，開始動身往登山口。一路上的路基已經被草所淹沒，因從八八水災之後甚少人走過。來到登山口看著啦刮撕大峽谷

老祖和巴叉克在歌唱時的深情。

已經不是八八水災之後原來的地形地貌。白浪仍然是我們大家的領路者。他一面目測尋找可行的地形前進，我們尾隨在後，大家越過大峽谷來到對岸休息。之後又繼續走到啦登岩壁休息區休息一下，不僅是因為路已經荒煙蔓草而實在不好走而感到加倍地疲憊之外，我們的心還因卡在大斷崖小徑而更加疲憊。

我們離開啦登岩壁休息區來到前面的小山脊，正前方便是保報大斷崖。我們所要探勘的目的，就是在前面之大斷崖之所謂斷崖小路。那時，我們看著斜陽慢慢西沉，於是只有趕緊直衝到第二溪谷底啦哦啦唵挺進，明天要進行實地探勘的地方，就在第二個溪谷上方，因是原來的老路，仍保有八八水災後的痕跡所以不需開路，而且因為野羊早已打探路線，所以只要順著牠們的走跡行走即可。但看著前面大斷崖，因凡那比颱風把原來被沖毀的區塊再一次沖刷得乾乾淨淨。讓人不禁在想像中，彷彿看到一位醜陋的男人，被無情的敵人剝去衣服，赤裸裸地被苦刑懲罰似的慘象。

我們來到第二水源底啦哦啦唵，我對大夥兒說：「我們就在原來第二水源的休息區……」但白浪說：「那裡不安全。」於是我們沿著溪谷上來找一處比較空曠的地方準備當晚紮營地。就在我們才剛到達時，「砰」然一聲槍響，有人說：「只看到一隻老野羊從我們的上方逃走了。」我以為白浪開槍的是另一隻，而只管跟緊前面的人溯溪往上面。等到白浪前來告訴我們「年輕人下來把獵物背上來」時，才明確知道他是從我們上方橫越我們所站的溪谷打到那一隻命運不太好的羊。當年輕人趕緊下去背那一隻大野羊上來時，夜幕開始漸漸地拉下來。

當阿拉優慕開始煮晚餐的時刻，大夥兒開始處理獵物，忙了一段時間之後，我們大夥兒圍著一鍋享用晚餐時，隨從探勘人員裡最老的藍豹說：「感恩這裡的神明賜予我們的晚禮餐。」又對白浪說：「也感恩真男性的本事和手段。」我默默地在心裡這樣說：「假如正如他所說的『晚禮餐』，我們的探勘可能會有所著落和結果。」我們在用餐的同時，年輕人陸續從他們的背包裡頭拿出早已隱藏的小米酒，大夥兒在興奮之餘，不知不覺下肚不少，使我們完全忘了從霧台古道探勘但敗興而歸的疲憊和沮喪。

　　我和藍豹提前休息睡覺，年輕人仍然在興奮的餘波裡，繼續聊天並把獵物用火烘乾，而當年輕人睡覺時，我們兩老人家早已在睡夢中了。

　　不知不覺已天亮了，阿拉優慕又開始忙碌煮早餐，並把昨夜吃剩的內臟熱一熱，當她呼喊說：「早餐了！」晚睡的孩子們才陸續起床吃早餐。等大家都吃完了早餐，白浪又把獵物一一分配給每一個人都有一份，我們才把睡袋收起來，重新整理背包之後，看著溪谷前面一段非常陡峭的瀑布，於是我們只好繞道來到剛才睡覺的地方之上一層古道。

　　當我們到達古道的時候，一潭清澈的溪水邊有野芙蓉正好盛開著花。右側是大雀榕蔭蓋整個台地，雀榕旁靠溪邊一凸小丘岩壁，上面還長出一棵巴啦希喜（**野生七里香**）。我們大夥兒休息的片刻，再看那一棵長在岩石凸出丘的巴啦希喜，而且是整個水道的邊緣。在它的生命的宿命裡，享有水邊日以續夜看到水流，也聽到水流的歌聲，但從來沒有親自喝過或享有

過。但它仍然聳立著，在它的長相和對水流嚮往的姿勢，可以理解它已經很享受得很滿意了。

　　從溪流乾脆的樣子來看，這就表示從昨夜在下方一層睡覺的地方，直到上方日本古道往瓦陸魯部落的地方，應該都沒有崩塌的現象。而巴啦希喜最讓人感動的，是它竟在完全沒有土壤的地方長出來。讓人無法想像在乾旱的季節裡，連微風中甚少有溼氣，它是怎麼取得水分。我好奇的走過看一看它旁邊的溪水有否它的細根，但完全沒有任何與水流接觸。讓我想起生在這個時代的我們，住在有錢人家旁邊，也必然像它一樣，活在有水的地方旁邊卻喝不得的困境和可憐相。但是，讓人覺得：「有沒有可能像巴啦希喜一樣完全看不出可憐相呢？」

　　「我們把背包留在這裡，朝舊路往瀑布那裡去探勘地形。」在前面領路的白浪說。於是我們大夥兒一個個地把背包放下來留在有野芙蓉的地方便開始探勘上路。雖然在記憶中原來是一條古道，但已經三十幾年沒有人走過的老路，因此難以辨認了。「在十幾年前當妳老爸還在的時候，其實他已開路過，而且我也走過幾趟。」我對甥女阿拉優慕說。白浪在前面探勘已經被雜草淹沒的老路，而我們只是在後面跟隨他，他砍掉部分的樹枝讓人能夠通過小徑，而我總是佩服他的判斷能力，即使已經認不出老路但他仍然是走正確的路徑，而我雖然對原來的老路總是記得，但地形已經改變。再來是自己年紀大了，原來還留在記憶的印象，多少也已經在薄弱的記憶裡確切地鬆動。還好白浪對山林的認識非常清楚，所以很準確地對準目標和找對可行的路徑，就像昨天一槍地神準獵物一樣。

我們來到達瀑滴阿刊瀑布的前面小山頭，看著前面直立的瀑布是那樣地雄偉，不免內心衍生出敬畏。又在心裡默念瀑布的名稱「達瀑滴阿刊」以尋找其名稱原來的概念，好像是說「噴擠而造成的……」。

　　我們走到達瀑滴阿刊瀑布的正下方再走到原來的斷崖小徑，然後是白浪進行實地探勘斷崖的地形是否有修路的可行性。當他行走在斷崖中，然後以鐵鍬仔細地敲出有否可能性築出路的同時，我們在斷崖邊緣在看他的人都會捏一把冷汗地為他緊張。因為整個斷崖完全是光禿禿，連一根草木都不存在，只要手腳稍有一差錯或不小心，就會像影子閃過得無聲無息。直等到他從斷崖回到我們身邊時才讓我們鬆一口氣。

　　從斷崖探勘回來之後，他對我們說：「因為已經沒有再崩坍的可能性，而且看來岩層是緊密的碎石，所以應該比較容易。換一句話說：『已經是很穩定了。』」而且整個斷崖是斜面且凹凸不平，只要細心的鑿出踏腳點，然後每一步先鑽出洞插鋼筋打繩做為安全設施就可以了。」他又繼續補充說明施工的技巧說：「必先鑿出一條路，每一步路下方以鐵欄杆設網子為安全設施，路的上方再以錨釘釘牢在岩壁上而架設繩子，這樣施工我想應該沒有問題。」我們聽了他所探勘的實際可行性，讓人不僅感覺：「終於有了希望從老路古道回家。」大家聽了這麼好的消息，使人滿滿的信心。大夥兒回到瀑布下方小溪水旁，坐著拍照作為留念之後，又回到另一條長有巴啦希喜和野芙蓉的溪谷，最後我們帶著興奮地心情緩緩歸途中。

　　我們當初是想要從霧台往古茶部安的路，因那一條不僅是

可以緩和爬升的落差，而且風景很美，但因為是羊腸小徑的問題，因此做了這樣的臨時改變是萬不得已的事。我是這樣的想法，這一兩年暫時以斷崖小徑往古茶部安，從霧台的羊腸小徑或許將來地形鬆動崩盤的地方，等待都崩光了而變得更穩定，我們可能就可以用某一種工具來突破並克服困難。

　　當我們下來平地之後，我向劉老師報告探勘的過程和所看到的狀況，是希望劉老師能夠再行協商或協助評估，如果可以的話，我們就把經費轉移至從新古茶部安至古茶部安的古道。

斷崖小徑之原來的地容貌。

斷崖中正在探勘的白浪。

後排左起：老祖、苦勒樂、達哦達爾、白浪、巴叉克。
前排：藍豹（我們探勘隊伍中年紀最高的長者）。

第二十章　斷崖小徑施工的情形

　　西元 2010 年 12 月 12 日（星期日）。那一天是晴朗的天氣，前一天的傍晚，我們買的工具包括最重要的發電機和穿石電鑽，終於呈現在眼前。但有了這些工具，若沒有峭壁原始山中的工程師就毫無意義，因此，等到看到最令人信賴的白浪、阿拉優慕，以及希吉安三位到達時，我才鬆一口氣地心裡說：「應該是差不多了。」但沒有想到甥女阿拉優慕說：「我的叔叔阿拉溜要跟我們……」時，我深感意外地想著：「是什麼力量使他能有這個決心，跟我們做他不愛做的事……」當看到他真的來參與我們出發之前的小小集會，我才稍感安慰但又有一點懷疑地心想說：「就看你的能耐吧！」

　　不久之後，古樂樂、達卡鬧，以及小喇阿祿後續來到，我才全然安心地說：「人力都已經有了。」看著聚集在一堆的工具包括發電機、油料，以及各種鐵鏈和槓桿，又看著他們的身材，一趟背完是有一點勉強，而且他們今天下午就要出發了。因為第二天我還有一點要事，於是我跟他們說：「明天還有重要的事，我先辦完事之後，明天下午才能尾隨跟你們後塵上來。」

　　我雖先離開他們去辦其他的事，心裡卻為他們要背負那麼重的工具憂心。所有要用來施工的工具，包括當施工時要在那裡生活所需的日常炊具，是由古阿勒理事長以貨車要送到新古

茶部安原來部落前面一點的溪流，但想起他們是要從那裡開始背負到工作地點是非常不容易且遙遠的路時，不僅感到羞愧沒有能夠陪同之外，因爲沒有在一旁親眼目睹他們的勞累和汗水而更感到歉意。

第二天，當我正要準備出發時，正好是甥女阿拉優慕打來的電話說：「舅舅，我們已經來到岩壁那裡，因明天部落所有的當家戶長，要爲禮納里的新家屋抽籤，所以我們爲這個事情必須下來。」於是我停下腳步。

12 月 15 日（星期三），我們一大清早大約六點鐘，我先來到古阿勒理事長的家等大家集合。除了原來的七位之外，還有城鄉基金會特派的專任攝影福吶溜和老祖兩位年輕學子，這樣算起來我們一共十位了。

我自己覺得因爲年紀大了，等他們到齊又分擔不了什麼？於是我自己想：「不如先走一步爲自己的行程負責吧！」所以提早離開上路了。當我才剛越過啦刮撕大峽谷的時候，他們就已經在對面了。我繼續走帶著非常愉快的心情心想：「等了三年的煎熬，終於今天要動工了。」但是，在心裡總是牽掛著能否成功？或說：「我是否太逞強？萬一我們這一群人出了問題怎麼辦？」於是在內心默默地對祖先說：「您們看到了我們歸心是那麼地迫切，大家有這樣的動機也無非是讓您們的後裔子孫，有路可以回家並且回到您們的懷抱。」

我來到喇登岩壁休息區，休息了一會兒便伸手拔一拔草，不久後小喇阿祿從後面趕上來。

「他們呢？」我問。

「還在後面。」

當他抽完了一支菸便對我說：「吾拇！我先走一步。」於是他背著一竹簍重重的公糧消失在轉彎處。

我也跟著尾隨在後，但我依舊按照我像烏龜般的步伐繼續前進。當來到小山脊開始爬一段陡坡，看著路上並沒有砍好草，便知道上一回他們背著發電器和工具上來時一定並不輕鬆，當來到甥女阿拉優慕她老爸的耕地，才開始走微緩的路段，發現他們已經做出初步的開路，使我感動得幾乎流下眼淚。

走在他們新開微緩的路上，一面遙望著對面不遠斷崖處。內心默默地祈禱著說：「希望有一天能打通。」並想像那一天打通之後的心情。當來到他們早已預設為工作據點之第二個溪谷時，遠遠看到小喇阿祿在煮飯，爐灶的炊煙裊裊使整條山谷瀰漫著人氣。走到休息據點時，看到早已搭起帆布做為工寮，且工具都在裡面了。我看了不禁感動地說：「我們回家的路終於要從這裡築夢了。」

才剛到後不久，看著斜陽從稀疏的樹冠投下無限的光絲，緩緩越過小溪流然後慢慢爬過對面的峭壁後消失於山脊。野芙蓉的花絮在清流潺潺聲中逐漸地闔眼準備築夢，但看著來路仍然沒有看到他們的人影。小喇阿祿看著他煮的麵都快要冷了，於是說：「他們怎麼那麼慢？」就在他說完不久後，就看到甥女阿拉優慕和白浪，以及其他三個人陸續來到。

「其他還有兩位呢？」我問說。

「他們可能還要等待黑夜，想看覓食的飛鼠吧！」白浪回

答說。

　　甥女阿拉優慕一夥人一到達便放下背負並說：「煮開水。」小喇阿祿一聽便知道他們吃完了晚餐之後需要喝咖啡。在大家吃完晚餐正要喝咖啡的同時，溪流中的滋克儿[73]正在開始和鳴邀約。可能我很久沒有來山上，或者說：我已經很久沒有在溪邊過夜，所以幾乎忘了天地間自然界天籟般的音樂，內心裡不疑由牠們的生活節奏。

　　我想可能是因為孩子們背的都很重，所以喝完了咖啡便躺著休息。突然在我們休息的時候，濃厚的霧雲從溪谷下方逐漸地飄上來，然後是霧雨下來的水珠不時地滴在帆布上。此時，後面的兩位想藉黑夜看一看正要覓食的飛鼠，可能是被雨趕著跑上來。我們以為只是霧雨，但滴水的節奏隨著黑夜越深，雨滴聲的節奏越來越緊湊。「我從來不曾遇過冬天還有陣雨，真是不尋常。」因為迫切地需要明天馬上開始動工，所以內心裡帶著情緒化而說。

　　晚上大家都比較早睡覺，偶爾半夜醒來總是聽到雨聲仍然在下著。但是在夜長晝短的冬天裡，我倒不適應睡那麼長，所以黎明時早已睡飽了，因此等待天亮是一項煎熬，只是躺著輾轉難再入眠。好不容易看到天色亮起來，我們一個個陸續地起床，看著天色不見放晴的意象擺明今天不能工作，因此大家不急著煮早餐，孩子們開始起火煮開水準備沖泡咖啡。

　　當大家在清醒的同時，我想到工作之前的心理建設，於是我說：「今天反正是下雨天，不如把咖啡加一點色彩，讓我們進入甦醒的王國裡吧！」我一這麼說，甥女阿拉優慕便馬上知

73 **滋克儿（Ckerr）**：是一種兩棲生物，因牠是比青蛙小，並以 ck……kerr……發出聲音而得名。

道我的意思。遂說：「要加什麼？自己感覺吧！」在自己的咖啡摻了一點稻香酒，於是就開始尋找幽默，讓大家進入興奮的國度，述說在這一條路上的回憶，再挺進往日時光的深度在這個大環境發生過的歷史。甚至於述說這裡的神話故事，使孩子們不知不覺忘了下雨天，也忘了一天三餐的生活時鐘。但就在我們正陶醉的午後時刻，老祖和稫吶溜兩位正好從下面上來。我們等他們放下負荷之後又加進來，使場面更加熱鬧起來。我覺得能跟晚輩在一起是難能可貴的機會，且又在雨天不能動工之時，雖然有一點感到遺憾，但我盡量拋開腦後，便開始拉開序幕介紹這個地段之神祕的面紗。

　　古人稱呼這地方叫咳啦芭散地段或溪流，因為在這個地段工作的人，夜裡在夢中所看到的人，總是穿著是以擋雨衣的咳拉芭絲[74]編織成的外套。而且人頭像水黽（Rangy）那麼大，耳朵像竹盆（Vacukulu）那麼大，一雙大而明亮的眼睛像家裡的天窗，身材又高大像構樹那麼高，所以這裡也稱呼為巨人谷。

　　從前有一悠久的故事。部落裡有一屬達巴阿郎家族的女子名叫姑啦娃絲的婦人，因她的祖先留給她一盒琉璃盒，裡頭滿滿的是各色各樣的琉璃飾物。有一天，因她深怕琉璃盒留在家裡可能會被人家偷走，因此她只好帶到部落後山名叫布卡勒地段的耕地。她到了那裡事先把琉璃盒藏在隱密處，因她覺得至少放在旁邊不遠處，若有不懷好意的人上來想要動歪腦筋，她一定會感覺得到。到了傍晚當她要回家的時候，她去原來藏匿的地方，要拿琉璃盒準備回家，但發現不見了。於是她緊張得

74 **咳啦巴絲（Karabase）**：魯凱人的擋雨衣，是先以細繩編的網衣形式，再以紗巴撕成細條後編在每一網口，形成很像茅屋頂的蓋法。紗巴是一種多年草本植物，稱呼叫大武蜘蛛抱蛋，學名：Aspidistra daibuensis。

到處尋找但始終找不到，但天已經快要暗了，因此她很無奈地只好帶著沮喪和恐懼回家。

那一天傍晚，她到處詢問說：「是否看到可疑的人往那裡的地段？」並懷疑不懷好意的人趁著她在忙碌的時候，把她的琉璃盒拿走了，但是沒有任何人能告訴她。當她想到琉璃盒裡頭滿滿的是她家族歷代以來其祖先累積的琉璃以及各種飾物，心情難過得不知道如何是好？

那一天晚上，她請了巫婆希望幫她尋找飾物，希望也能找到偷竊的人。但是巫婆只有如此告訴她說：「路過拿走的人是不尋常的……」

此後，她雖然無法入眠，但還是不知不覺打盹。她夢見一位陌生的婦人說：「姑啦娃絲！或許妳因失去了琉璃盒而恐慌，因為我們屬喇嗚阿丹[75]的女子，要嫁到咳啦芭散（指第二溪谷）那裡，所以我們正在舉辦婚禮，因此我們暫借你的琉璃盒，三天之後，我們一定會奉還給你……」

當她醒來時，一時錯愕地心裡希望是真的。三天的煎熬終於過去，於是那一天一大清早，她趕緊去部落的後山布卡勒耕地她原來隱藏的地方，琉璃盒果然在那裡。她拿到手中後打開一一清點，不僅所有的飾物都在，此外，還附加有三件東西。一件是 Vagisi ki Takurapange（蟾蜍的大腿），另外一件是圓形頁岩如肩帶的哩伊低哩（Lhingithili）的形狀，圓中還打洞並以 Liaruru 的細藤串洞之後打死結。第三件是一顆特別大且亮麗得不曾看過的 Thathuvukane（琉璃）。

在姑啦娃絲失而復得的故事裡，不僅僅是說明她是一位賢

75 喇嗚阿丹（Lauungathane）：位於舊古茶部安後方名叫達爾畔溪流之上方。

慧的女子之外，從此之後，在她夢裡所指出喇嗚阿丹和咳啦芭散這兩個地點，在這個地段工作的女人，或僅僅是越過這個地方，都要在頭上戴上草冠以遮蔭自己的容貌，以隱避祂的目光。若不戴上草冠，靈魂會莫名其妙地被吸引住而失魂後死亡，所以古人又稱呼失魂谷。

又因為是戴上草冠的區域，是從紅櫸木直到我們從啦登岩壁休息區出來的那小山脊翻過去才能拿掉頭上的草冠。因此，女人特別討厭這個地段，於是稱呼這一條整個溪谷叫底啦哦啦唵，即令人特別討厭的地方之意。因此對此地我們需對自然界的神祕加以尊重之外，當然地，連帶在這裡生活飲用水特別小心不宜汙染，也就在此。

在我說了那麼多這裡的事情之後，不知不覺第二個黑夜晚上又來到。他們繼續交談，而我不敵帶著微醺醉意而來的睡意，因此在他們旁邊躺著瞇一下。當我從沉睡中醒來時，雨滴聲的頻率正逐漸的在緩慢，走出帳棚仰天終於看到了星星，於是在內心裡的興奮和喜悅，隨著黎明冰涼的微風正在趕走昨天等待的煎熬。

黎明已至，在大家吃早餐的同時我說：「工作的第一天不宜太衝動，避免因衝動而累壞了心志。欲求走長遠的路，必須保留長久的體力。」

大家才剛用完早餐，就看到白浪進入開始的路段，因此我們陸續跟進。在動工的同時，我提醒著說：「我們開這一條路是為將來的小朋友。這樣講你們就知道怎麼做。」當發電機開始發動，劃破了咳啦芭散的寧靜，看到近三十幾年荒廢的古

道，一步步地被打開時，我似乎聽到祖先的生命曲調又開始奏鳴。難以言語的喜悅使我恨不得能即刻告訴劉可強老師說：「請聽！那美妙的序曲……」

從第一天開始修路，寒流帶來的濃霧隨著它遠離而漸去漸遠。由祖先之「靈魂的家鄉」那裡出升的朝陽，慢慢地溫暖我們，使大家的心神眉開眼笑。經過了三天半的工作後，我們已經做到瀑布的對面的小山脊，而這一趟上來已經讓我們知道還缺乏什麼了，最後半天也就在 18 日那一天下午當過午餐之後，我說：「孩子們！這剩下半天，我們下去順便在原先這一條路的前面山脊，沿著陡坡稜線那裡的路段再加強修護，以方便上來工作或搬運東西。」於是大家各自背著自己的竹簍往平地的路上，花了一個下午砍草木並拓寬上坡的路段，隨著時光消逝，夕陽正在向我們說：「哎依！」

當我們走下去越過啦刮撕大峽谷走到對岸休息時，甥女阿拉優慕說：「我們什麼時候再上來？」我說：「盡可能地把家務事做完了之後，當我們上來時，你們才不會憂慮。」因為我們都已經知道這一趟下去就要開始忙碌搬進入住禮納里新住處。於是我對他們說：「當我們要上來時，可能是元旦以後了。」

2011 年 1 月 4 日，這一趟是第二次要上去修路了。大家帶著古阿勒理事長買來的鋼筋，以及生活所需的用品來到屬瓦陸魯部落水溪，白浪把鋼筋一綑一綑地綁起來，剛好是一個人能夠背負的分量，而我們能背負的人只有四位，並將一綑綑鋼筋搬到原來的教會，當想到從新古茶部安搬到工地，是一項惱人和費力的工作。工作人員包括阿拉優慕、白浪、咳哩瑪勞、達

卡鬧，以及小喇阿祿五個人。這麼少的人不僅是要背負生活的糧食之外，還要多背負鋼筋的辛苦，但大家看起來好像毫不在乎的樣子，令人覺得他們是那麼急迫地需求能使這一條路希望早日打通。

　　大家搬完了所有的東西到原來的長老教會，在那裡用午餐。並把鋼筋藏起來，然後每一個人都背一綑鋼筋之外，還要外加公糧和自己生活的用具。

　　他們都很辛苦，因為原來的老路從八八水災之後，這一條路是被封閉的，如今，足足有三年的時光沒有人走過，所以雜草特別多。而從墳墓到登山口整條路段是鋪有柏油的路面，但早已被含羞草占有整個路面，且毫不客氣地割傷我們的雙腿。令人不禁的說：「你們的名字是含羞草，只知道你們表面有含羞的表情，但你們的手段真的毫不客氣，對女人更毫不留情，你們的名字也真實太諷刺了。」

　　傷人的含羞草大家都不砍就走過去，姑且是如此，基本上大家的心情是很快樂的。因當八八水災之前，每一個人在這一條路上，不知道曾經走過多少次，所以他們人生的歷史和回憶不時地浮現。但八八水災之後，因斷崖那裡的路段完全被沖毀，所以當我們已經絕望地心裡說「我們再也無能重新再走……」時，現在我們滿懷信心地想要很快地再重新出發。

　　因為大家背負太重，所以走路都很慢，還好時光足足照耀我們的路上，到了工地時正好祂即將要向我們道聲：「晚安！」我們還利用祂最後的霞光，煮晚餐及修正露宿的帆布，因為昨夜從電視新聞裡得知有寒流即將要來到。

1月5日吃完早餐，我們開始繼續搬運工具和材料到工地，繼續上一次斷崖未完成的路段，到了十二點多，我們唯一的鑽頭突然斷裂，因此我們順著中午也該回去吃午餐的時刻，回到工寮吃飯，並請小喇阿祿趕緊回到水門那裡採購鑽頭，順便把上一次帶下去修理的鏈鋸帶上來，而另外三個人則利用下午去搬運鋼筋。

　　1月6日早上，下去買鑽頭的小喇阿祿還沒有上來，但下午我們仍然去斷崖那裡工作，嘗試當沒有電鑽時能否繼續工作？我們在那裡進入斷崖的路段所談論的總是祖先的影子，在這一段路上「如何利用簡陋的工具打通？」或談論「祖先的心態又如何？」的話題。使我們內心感到羞愧。我們現在的人總是太仰賴文明，或者說太仰賴貨幣……後來，白浪可能知道我的意思，於是開口說：「老爸！您講的也對，但是，我們是靠勞力賣給別人才能有飯吃，而且雇我們的別人又把我們綁得死死的，何以還有剩餘的時間思考如何鑿開？」我可以理解現代的孩子們，顧名思義是為生活，並以貨幣化的生活模式，使生活不僅更豐富且更多元而充實，但是這個理想的背後，是不得不做別人之生產線的一員，更成為一個機械工具的一部重要的螺絲釘成員，又何能談起人性和自由呢？

　　中午回到工寮吃午餐之後，下去水門拿電鑽的小喇阿祿終於來到了。白浪興奮得忘了讓我們休息一下，使我們才剛嚥下去的午餐食物，差一點從喉道退回嘴巴說：「等我們一下嗎！可否讓我們先下去胃裡。」因鑽子利器使我們越來越看到輪廓，我們跟著白浪開過的岩壁，在每一段距離上就插一根鋼

筋，然後綁繩子以免大家若不小心掉落斷崖。

　　1月7日（星期五），寒流來襲並帶著雨水，使我們不得不停工。我一再地對他們說：「只要下起雨來，永不可以去冒險。」又對白浪加以強調說：「甚至於儘管是好日子，如果有任何誰的心情不是很如意，寧可讓他休息以避免因分心而造成可能性的意外發生。」

　　此後，因為我在平地還有其他的事，使我不得不向他們告別先離去。而他們正準備放晴之後，想利用週末留在這裡搬運鋼筋或繼續工作，因在他們內心深層的動力，驅使他們發自內心說：「祖先啊！我一定要回家」的堅定信念。

　　1月24 -26日我們又來到斷崖小徑繼續工作。這一趟是在大斷崖初步的階段。我們仍然是以白浪作為軸心，而他表弟咳哩瑪勞常在他後面負責鑽洞之後順便插下鋼筋作為安全設施，或當工作做了一段路，他負責背負發電機移動，然後找出最恰當的位置才放下來。再來是達卡鬧和小喇阿祿是專門負責拉電線或提供鋼筋的工作。白浪整日裡則一個人拿著鑽石機一面尋找可行的路，並尋找前面適宜築路的地方，且他從來不發一語抱怨的話。我則在他們後面心裡帶著對斷崖的恐懼和為他們的安全憂心。於是我說：

　　「或許你們的便當並不可能對你們的生活有所幫助，但是這一趟上來，以你們冒險和投入的精神，在你們每打下的台階，將是未來的人對你們是永恆的記憶與感謝。」

　　在斷崖的起初，本來我就有懼高症的毛病，隨著他們往高度的爬升前進越讓我不勝恐懼感。於是我不得不下來到安全的

搬運工具的情形。

地方尋求緩和緊張的心。從對岸看著他們在工作中，清涼的微
風從下面的溪谷一陣陣沿著斷崖吹過來，突有一種莫名的感覺
隨之而來，使人想到當初剛剛開始時，本來還有八個人非常熱
鬧。但如今看著他們只剩四位願意在最危險的地方工作，因此
內心裡對他們默默地奉獻心力說：「孩子們！我知道你們很孤
獨……」他們的孤獨是來自於別的人不敢冒險，另外是來自族
人都不知道他們在默默地奉獻。從這裡我不時地看著他們在斷
崖中的身影，然後一個個地想到他們家裡的背景，除了是大家
可能都不被家裡的人所諒解之外，還有咳哩瑪勞、達卡鬧和小
喇阿祿三位都已經沒有父母親了，所以遠遠看去他們的身影背

第一天開始動工的情形。

後，彷彿又有一層山嵐似的悲涼和心酸。思考著是什麼因素讓他們有這個冒險的精神？或許是他們都還沒有成家所以沒有後顧之憂，也有可能是像小喇阿祿是為了尋找他母親的影子，而咳哩瑪勞和達卡鬧兩位，自從部落遷下來新古茶部安之後他們常回家，尤其是咳哩瑪勞始終是不定期的回到古茶部安。

福吶溜正在攝影為歷史保留攻頂的時刻。

　　隔一段時日之後，我們回到工作崗位，每一趟上來都是以週為工作的單位，一週工作五天，週末我會鼓勵他們休息。因為我怕他們因太過勞累而精神恍惚，因在斷崖的地方工作是很危險的。

　　當他們攻頂後，並且插上鋼筋並綁繩子，我才使出勇氣上去看一看他們的成就。當白浪說「休息一下」時，大家看到我們後面下方竟然是雲海，使人覺得我們彷彿是在海邊之上觀浪的一群孩子。

底下的安全網──雲海。

　　我眺望雲海之上對岸的西大武山，看著原來在這一條支流的幾個部落包括嘟哩瑙鹿[76]、比攸瑪（舊平和），以及屬排灣等部落，都已經搬走了。想像那裡的人，有否還有年輕人像我的孩子們在尋找回家的路？我只知道在每一個舊部落仍然還有老人家在堅守著家園，但年輕一輩的可能就沒有。於是我默默地自傲說：「我是多麼幸福，擁有你們這些孩子們。」

　　還記得早期我們來這裡探路，因為始終拿不定主意而且已經絕望了。而我的弟弟喇撒樂一個人來這裡探勘後下來對我說：「若你不開路，讓我一個人以永恆的能耐自己開路吧！」因他的這一句話，使我萌生再來探勘的念頭。當他看我們已經在最高的地方築路時，非常高興地馬上投入參與開路的工作，

76 **嘟哩瑙鹿（Tulhinaulu）**：現在在瑪家鄉境內之巴待嬰部落。

因他不用獨自一人開路了，因此更加熱鬧起來。

　　白浪先以簡單的方式將路築好，他說：「事先打通，通了再說。等到我們非常明確這一條是可行的路時，我們再來修正。」看著白浪行走在岩壁上，後來喇撒樂弟弟又跟進，我真替他們捏一把冷汗地提醒說：「你們可不要玩命……」在這個同時，想起喇撒樂弟弟是小我十二年，當他還是國中時就已經在平地，直到現在他應該是五十三歲了。想起他成長的過程主要不是在山上，而是隨我們的母親在平地生活成長，但他在斷崖中跟著白浪探路，使我很驚訝地心裡問：「他怎麼還有山中的本能呢？」因此，所謂精神文化再次點醒我。精神文化是在生命中之血液裡，其實無論在哪裡長大，他永遠擁有這個本質。

　　我們繼續工作，一面看著斷崖的盡頭就是保報瀑布，並忙碌一段時間之後，夕陽西下，我們沿著已經開築完了的斷崖小徑回程中，透過腳底神經傳到平靜的腦海，彷彿是人在湖邊，一陣又一陣由湖面吹來的微風，吹動著湖面之後是一波一波的漣漪。

　　回到工寮後，大家在彩虹酒的迷惑下甦醒，已不知何時明月緩緩從東方升起照亮大地，照亮我們在三年來想回家的煎熬並說：「可以回到你夢中永恆的家園了。」突然喇撒樂的烏克麗麗琴聲像雨滴般地落在寧靜的深夜，伴隨著「夜留下一片寂寞……」接著大家隨著唱著說：「世上只有我們兩個……」之後，「你望著我，我望著你」時，在那寂靜的夜晚，在這些四個孤兒們的生命背後，特別讓人覺得格外的淒涼。

明月西移，烏克麗麗聲漸弱，我和喇撒樂往平地出發，其他的人在那裡又過一個晚上，準備次日早上下山。那一天築路快到盡頭的喜悅與在明月下的歡聚，永恆縈繞著腦海。

　　我們又再次上來，在晴空萬里中繼續上一次未完成的末段。白浪說：「其實以前的路是比較危險，但因為有草木擋在路旁下面，所以我們並沒有感覺到其危險性。」他提示將來要加強設施說：「我們現在在每一步都把鋼筋插在岩壁上，然後又綁安全繩最少三層，將來我們若能鋪上安全網，應該會比以前安全得多。」

　　以前走在這個路段，因為路下方長有草木和野藤，所以走起路來完全沒有恐懼的心，但現在是光禿禿了反而令人害怕。我不禁想起有時候，我還帶著醉意在深夜裡走上來，讓人不得不相信「因有神明在引領」的說法。即使是無神論者當在這裡走路時，也會在他內心深處仍然有信仰，但他們信仰的主名稱不叫上帝。就像我們在深夜裡仰觀天象宇宙，在那深邃的暗處，正是一切明亮星光的寶座。於是他們稱為「那一位」並在內心默默地信仰祂。

　　當我們要折返下來時，已即將要農曆過年了。我跟他們說：「或許最後那一段我可能不上來了。」但我還是提醒他們說：「當覺得工作快要做完了，而危機意識稍有疏忽是最危險，因此我不希望你們太興奮。」

　　我們下班回工寮再過一個晚上，次日吃過早餐之後我就先離開。從工寮下來的路上，流連著一面轉頭看他們在斷崖中的末段正在賣力工作，那時候的陽光正好開始照耀他們，於是

斷崖雲彩中工作的勇者。

我祈求祖先說：「祖先啊！您們永恆的愛，也必然地在庇祐他們。」

　　我仍在他們旁邊的那一段日子，他們完全打通了斷崖小徑之後，又從保報大斷崖上面的瀑布那裡繼續修路到相思樹，也就是整個大斷崖的頂端山頭那裡。第二階段我們是去古茶部安替文建會之二級古蹟砍草、維護一個半月之後，第三階段，又從古茶部安下來一面修路經過紅櫸木到相思樹，之後，再從那裡下來斷崖小徑再一次加強修補不甚理想的地方，並補強安全設施，再下來經過啦登岩壁那裡架橋。最後，從啦登岩壁休息區下來把整條路除草並修復原來的路直到登山口，他們才鬆一口氣說：「我們終於完成，而且回家的路終於疏通了。」

在斷崖中正在緩緩爬升的工程。

第二十一章　古道的價值意義

　　最後，我們選擇古茶部安古道之斷崖小徑做爲暫時替代道路的原因，是因爲咕勒哦儿大橋，那時還沒有定案要不要興建，所以經阿迭爾部落往古茶部安，或從卡霧達丹往古茶部安之兩條古道，會受阻於咕勒哦儿部落下方溪流，因此仍無法避開夏日風雨季。但不管是從那一條路，對我們而言已經習慣了從嘟啦勒歌樂到古茶部安之原始古道，因此對新生的路徑在心理上都是一項新的挑戰。這一條老路雖然也並不見得輕鬆，因爲從下面河道之海平面海拔三百五十公尺處，再直線上升至九百九十公尺的古茶部安老部落，將近七百公尺的落差，對任何人的體力和心理上來說都是一項挑戰，但我們始終是喜歡走這一條路的原因，不僅是已經習慣了沿著溪流後可以來到自己的土地領域嘟啦勒歌樂，也得到在這麼陡峭的路上尋求冉冉上升的成就感，也是遠古至今祖先的耕地，所以會覺得再怎麼軟弱，或不得已就要在途中露宿時，總是讓人覺得是被祖先的裸布所裹起來。也不僅是如此，在內心深處或在生命裡之難以自拔之莫名的吸引力，是這一條路之古人可能留下了層層深厚的足跡之外，也有古人有可能滴下太多的汗珠和淚水，況且我們還有許多美麗的回憶。

　　當我們還在古茶部安，從平地回到老家還有另外一條路。這一條路是經由部落的水源地起頭的日本古道，隨著錯綜的山

脊橫行於崎嶇蜿蜒的路。路旁上下左右還種有相思樹、樟樹、竹子，以及還有原生的各種樹等等林立著為行人遮蔭。日本工程師還藉由古人「遠行於路上的旅人可能差不多已經累了」之一定長度的路段，便選擇在凸現的山脊又是視野寬闊的地方設一涼亭供人休息。這一條路由日本古道經舊瓦陸魯和舊達拉達來兩個部落和地段之後，下到舊達拉達來下方跨越北隘寮溪的吊橋之後，進入屬三地門村之古代達爾哇又樂部落的領域。

這一條緩平、崎嶇蜿蜒又遙遠的路，對一位背著輕便行囊的旅人來說，是一種「別有一番滋味在心頭」的浪漫感覺。但是，對於我們始終是背著重重的負荷下去，又背著換來的物質上來，是一項非常大的挑戰與煎熬。所以以前的人為了縮短背負重荷的時間，寧可選擇下方的古道。雖然夏日雨季從 6 月底至 9 月初大約有四個月的光景總是難以避免，但是以前，因為沒有近來年的大洪流，所以了不起等一個禮拜當水位退下來之後，仍然可以上上下下毫無阻礙。因此，部落往返於這一條古道去最下方邊緣巴拉里巫魯地段，或對外聯繫尤其是走向文明，所以這是一條非常重要的古道。這一條路上不僅留下給我們太多的方便，還有太多美麗的回憶。

近年來氣象越來越不穩定，而且已經是超越於我們從以往經驗裡對天象的認知。天地以往的常態已經變得不尋常，使大地鬆動。祖先留下的路徑都已經崩塌了，所以從哪一條路都已經不是原來的路基和原貌。因此，我們內心裡感覺故鄉越來越遠離我們。

雖然如此，又是什麼能夠割斷我們與故鄉的連接與心緒？

誰能割斷我們對故鄉的情懷與思念？我們又怎麼能學習把她遺忘？或若我們已經學得遺忘，在我們生命裡源自祖先的血液溪流仍然在奔騰，還有誰已經學得假裝不在意？

　　而當我們回家的路完全被沖毀之後，我們的靈魂似乎已經在加護病房甚難呼吸。舉凡所有誕生在老故鄉的古茶部安的人，雖然不常常回家，但以前還有路通，所以我們的心牽繫著一個可能性隨時可以回家的信念，所以精神上是常常回家。當沒有路走回家之後，心思與精神信念因失去了一個唯一的可能性會回家時就截然不同了。雖然諸多的心思常常想回家，但因為沒有通路以及信念告訴我們說「永不可能」時，再偉大的精神，內心裡也會感到絕望了。因為這個原因，我們盡力想為族人打通一條靈魂呼吸唯一的管道——回家的路。

　　我們從一開始自行探勘，到基金會撥款後又去探勘兩處，要不是白浪親自出馬帶領，我們必然像盲人摸象般，而無能找出正確的方向與選擇。尤其當在斷崖小徑中探勘時，白浪為了明確打通的可行性，冒著生命的危險深入斷崖中探勘。

一、歷史的價值意義

　　保報大斷崖，是從南隘寮溪直到由井步山以西的一條稜線，是古代屬古茶部安人與屬巴拉里巫魯部落之間之分界線，也是古代非常重要的自然屏障。我們沒有被屬排灣族之巴拉里巫魯部落所毀滅，是因為這一條古道很窄所以很好守住。

　　又當我們占有了他們原來土地之後，因巴拉里巫魯和啦登

兩個地段是生產小米最好的地段。所以當我們下來這個地段工作生產，或我們背著收穫回家也是這一條唯一的路。

古人當發現西方平地有文明之並與他們接觸之後，學習懂得以物易物交換，使部落夠能有那麼多的陶器、鐵具和布料……甚至生活的知識和技術等等，也是這一條古道。

日本執政的時代，當還沒有開闢新的日本道路之前，在創辦學校和駐在所之所需要的工具搬運上來也是利用這一條古道。當開闢了新的日本道路之後，若要搬運重荷，祖先寧可選擇走這一條古道，是因為雖然路很陡峭而難行，但路程短背負的煎熬時光也短。

當國民政府執政的時代，改良建築物（學校和派出所）運水泥和工具、公教人員之日用的食物和教本，也都是這一條古道。甚至於新生活運動期間，我們需要那麼多東西要改善生活，也是經由此古道。尤其近代，當我們面臨饑荒時，把山上的東西賣到平地後取得補充食物，也是這一條一天可以來回的古道，以便我們很快地取得補充。而當孩子們要下去讀國中、高中時，抑或運送病人時，也是這一條古道，因為可以縮短長程的煎熬，最後當我們離開故鄉下來嘟啦勒歌樂時，也是這一條古道。

我們的祖先在早期發展時期，當發現文明之後，去平地而永不回來的靈魂，多得已經不知計數。或在日據時代去南洋打戰而戰死異域的，有十幾位菁英分子，也有在國民執政的時代去金門當兵而永不回來的人。雖然他們的靈魂再也不能回來，但大家對這一條古道留下許多深刻的感情和獨寵，對紅櫸木休

息區投下那麼多的回憶和留戀，是因爲有那麼多的靈魂元素注入在這一條古道。此外，這一條古道，是與故鄉古茶部安和整個傳統領域具直接的關係，是一條直接銜接的經濟脈絡之外，更是與祖先唯一心靈的輸送帶。所以就整個歷史與現代之未來發展的可能性都具有特殊的意義和價值。

就目前整個部落的精神面而言。現在我們已經是在平地，或許覺得過得還好，但將來有一天，當我們落魄到完全一無所有時，心裡仍然對故鄉有所仰賴與寄託，是因爲那裡不僅還有家鄉之外，還有每一家的私有土地，以及土地的傳統領域。因此當有了絕對把握可以回家的路時，即便我們在平地不得志或缺乏什麼的，仍然還有笑容也就在於此。

二、文化景觀

從現在的禮納里要回去古茶部安，首先要經過台灣原住民文化園區，沿著日本古道來到二號橋，然後沿溪行來到嘟啦勒歌樂（現在已經被淹沒了）。僅僅是這一段溪流兩岸生態是非常美麗的，也很多歷史的痕跡包含精采的故事。從新古茶部安走到巴拉里巫魯地段登山口之後，是在這一條路上方地段，在歷史上原來還有一村落，但如今已經不在了。巴拉里巫魯地段下方一處如大胃的形狀之寬闊的沙灘，是古代古茶部安人和屬排灣部落的古戰場。從登山口再跨越啦刮撕大峽谷，然後走來到啦登岩壁休息區。啦登休息區下方就有我們的祖先溜嗚珠‧魯陸安的要塞。

從這裡一路上去，在對面屬排灣族的地盤，風景非常豐富。此外，會讓人聯想起在對面有好幾個村落，包括：卡巴待呐呢發祥地，包括：嘟哩瑙鹿、叉哩西、比攸瑪、屬排灣、達那哇弓、瑪卡達達雅、巴魯爾、散散勒，以及瑪溪哩底等九個小部落，每一個部落與我們古茶部安部落的歷史，直接或間接都有密切的關係，所以故事特別多。

　　當在啦登岩壁休息區那裡就有美麗的景色，再沿著串連每一村落的緞帶路線，讓人想到住在這裡的人，也必然地像他們的自然景觀，整日裡甚少有霧雲的樂觀人生。

　　在下面正前方是一座小矮山，也就是視如噴門的隘口對岸。看來猶如是烏龜面向南隘寮溪對岸躺臥地面對著第二個溪流下游彩虹瀑布的模樣。

　　在那一凸出如鼻尖似的隘口，日據治台時期之大正年代，曾經興建過一座吊橋橫跨南隘寮溪谷到烏龜的左腳那裡。古人過吊橋之後走到牠的背脊沿著稜線，就可以走到由水門鎮再經瑪家鄉，翻過山脊的腰帶相連接之後，走到排灣族部落繼續前進就能到舊比攸瑪部落。從這裡繼續往西大武山之西方，經過越嶺道之後便是古人所稱「瑪卡哩咕魯[77]」的世界。

　　離開啦登岩壁翻過小山脊之後便是緩平的路上之後來到第二個溪谷，也就是保報大斷崖下方整條溪流。這一條溪流是由上方日本古道再上方一處名叫咳達達曼地段流下來，經過層層斷崖流經最下方之嘟哇哩烙烙瀑布之後流入南隘寮溪。在整條大斷崖中有阿隆阿尼、達部滴阿刊，以及嘟哇哩烙烙三條瀑布，當夏日雨季時，這三個瀑布會非常狀觀。

77 瑪卡哩咕魯（Makalhikud-ru）：我們屬古茶部安人對瑪家鄉背後的所有排灣族之稱。概念亦即屬那山的後面的人之意。

在前面也已經提起過，水系的脈絡應該是從大斷崖的上方末梢整條斷崖的下方，所以兩條瀑布的水系是支流。上方阿隆阿尼瀑布是來自於奇阿郎山下方喳茲巴廊地段匯聚而形成阿隆阿尼瀑布。而達部滴阿刊瀑布是由巴拉魯素廊地段匯集而成的瀑布。

　　我們決定要把斷崖小徑打通的原因，除了以上的人文歷史、精神文化，以及文化景觀等，還有在我們尋求回家的路上而正要探勘之前，聽到兩位孩子的心聲說：「我們要回家……」這個心聲已經不只是兩個人之內心的話而已，而是每一個孩子的心聲都有的念頭。感於今日我們這一輩的老人家，竟然守不住祖先留下給我們的大地古茶部安，就已經說明我們這一代人之懦弱與無情。於是覺得：「至少我們幫他們開路，讓他們自己回家吧！」

大胃沙灘⋯⋯古戰場。

巴特嬰發祥地

眺望西南方。

第二十二章　禮納里的時代來臨

一、住進永久屋

　　2011 年（民國 100 年）1 月中旬，我們在往古茶部安之斷崖小徑路段，正在打通被莫拉克水災沖毀的路段。我們接到訊息說「你們必有一份住處，請前來抽籤」時，使我想起上一次決定性的會議表決的情況，我望著後排每一個人的手都舉起來時，有的手是肥肥的，還有的是年輕有力的，但最令人動容的是那一些已經是瘦骨如柴之手的老人家們，他們以僅有的力氣舉起手來，唯恐在這個時代之所謂民主制度，是以多數的贊成票來決定一群的走向和命運。縱使他們已經知道未來的時日不多了，縱使也知道再也沒有機會有多一點的時光了。但他們爲子子孫孫的未來有更好又更安全之安身歇息的住處，於是倚著拐杖前來爲了舉手表示贊成。在他們一舉起手來便產生了「我存在」表示贊成之無可取代的力量。我們內心不由得感動說：「這個從天上降下來的嗎哪[78]，並非是以古代之銳利的刀槍以革命流血的手段得來的，也並非是貴族一群以說服力得來的，而是大家共同努力舉手得來的。」因爲平民階級比貴族階級多而又團結，經由他們的多數才能有此決定性表決，因此我們一致的走向，不得不歸功於他們而取得的，所以我們才有今天的

78 嗎哪（Mana）：以色列人出埃及之後，於西乃沙漠漂流四十年時，上帝賜給他們的便當（《聖經·出埃及記》第十六章第十三～三十節）。

結果。

在這個同時，使我特別想起那一天晚上我和巴魯（陳代書）所談的一切，於是心裡說：「孩子！要有一位智者為領導者是非常重要的，但假如沒有這一捆不論銳不銳利的箭，你又能怎樣？」於是我又說：「孩子！還好，你又做對了一件事，因為你親自領導才有這個結果。這樣加起來，在你這一生已經做了兩件對的事。而我呢？」我想一想後又問一問自己的良心，但我自己說不出來時，只有上天以微言細語在內心深處，說：「你還能說什麼呢？但也不必太自責了。」

在我們要抽籤之前，巴魯代書在前面說：「誰要先來抽籤？」在古茶部安時期卡喇依廊和魯陸安兩家原來是部落的大頭目，當然地首當其衝地舉起手來說：「我應該先⋯⋯」古茶部安原始最古老之射日的家族卡嗚隆家族也說：「我應該是最先，因為我是歷史上最早的家族。」管理原始傳統社會司法之倫理的巴滋歌樂家族也說：「我也有資格先。」於是陳代書不得不以民主的形式先表決誰先抽籤的問題以解決爭端。

但在古代部落社會利益分配的倫理，應該是孤兒寡女最優先，然後是鰥寡獨居老人。再來是兩家頭目，最後，才分配給大家。但現在完全聽不到有關這方面的聲音。眼前要分配的新家模式都一樣，而且名單上所有有登錄的人一定有份。但連提到這個祖先留給我們之最崇高的分配倫理道德全都被遺忘了。於是我們覺得非常遺憾也非常可惜，因為頭目階級的人應該表現出將被魯凱族人遺忘的倫理之時，但他們失去了這寶貴的機會。於是我們平民階級的人大感失望地說：「好懷念祖先的恩

德⋯⋯」

　　尤其當我們口口聲聲說：「要放棄祖先的傳統信仰，只有耶穌基督才是⋯⋯」但在這個重要的場合，於 2007 年之最嚴重的受災戶，完全聽不到也看不到耶穌基督祂留在人間最重要之博愛的精神。於是讓人感覺我們現代人把傳統倫理徹底遺棄了，並在新的信仰裡是那長不大的信者。

　　我們在安置中心進行抽籤，每一戶人當取得永久屋的號碼之後，我們終於有了永久的住處並陸續搬遷入住。看著新的住處在高台的地方，還可以居高臨下看著西方一望無際的平原——文明。尤其當夕陽西下之後，我們猶如是在古人神話中所說：「一天才剛夕陽西下，另一道朝陽又出現了」之自然的陽光和人類發明的電光，兩種光能輪換不息的情景。雖不盡然是神話中的情節，卻說明人類的造化之文明另一最迷人的景觀，也是我們被吸引得暈頭轉向，傷痕纍纍，頭破血流，也得要占上一腳之最重大的衝擊。

　　我們新的住處是經過世界展望會的謝英俊建築師之一番周詳的設計，在家與家之間留著寬廣的停車場，並且每一個家的形貌和格局都是一樣的。還有，我們入住以來，以前零落於平地隅角裡的族人，陸續地搬回來，讓我們重新熱絡起來。縱然這三十年來在多災多難中轉換不同環境，但新的一代之小生命，仍然是在神明之默默地照顧之下，盎然地突破沮喪的層層落葉，冒出新芽並茁壯成長。當看著還幼小嫩芽之小生命，在沒有斷崖或危險的地方嬉戲時，莫不使我們長輩們感到安慰地說：「我們宛如是在神話中的『嬰孩國度』。」

但是，當想起我們是在歷史上這一代人，因為我們不敵天災地變，不得不以這種方式移民，而接著被掛上「永久住在隔離地的災民」之名稱時，我們的內心已經不是滋味。

　　再來是自從我們入住以來，我始終是沒有沉眠過，因此我在想：「可能是還在學習適應新環境使然吧！」但是當追根究柢的思考，我自己的解釋，是因為環境不是像祖先自己選擇的，再來是自己所住的家並非是自己打造的，而是完全免費給我們的。不像自己打造的家，因為自己打造的家不僅是大輪廓是自己塑造的，每一道牆壁是自己以一片片石片砌起來的。每一根橫梁和一張張的木板是自己取來的，連野藤一條條也是自己找回的，沒有一樣材料和形成是不經過流汗而換取的。而當自己打造完成之後，總是在心裡有一種難以描述的成就感之外，又有一種撒嬌和依賴。於是每當一躺下去便馬上進入難以自拔的睡意。換句話說：「疲憊的身軀和自我沉醉的靈魂，自然地說：『擁抱我，我想歇息了。』」

　　但今天我們要搬遷入住的是政府帶著崇高的人道精神而完全免費給我們的，房子也是我們在台灣的慈善機構捐獻給我們的。當我們很有幸地取得時，讓人彷彿是在鞦韆盪漾，我驀然舉頭看一看鞦韆然後想一想，鞦韆的來頭，使我想起世界展望會，內心裡默默地疑問說：「這些龐大的財力是從哪裡來？」我倒是沒有這個意思追根究柢金錢的來頭，但我所能理解的，每一分錢並非是憑空掉下來的，而是從整個世界之每一個角落捐獻累積的成果，所以才有那麼多錢為我們蓋那麼多棟房子。況且，享用這個從天上降下來的恩惠，不只是我們屏東縣而

裡納里之永久屋的街道。

已，還有整個台灣受災的同胞。

　　最後，世界展望會還爲我們四個不同教派，在部落裡分別在不同地點興建教會。不僅讓我們能夠有安身立命的房子住，還爲我們的精神面有寄託和心靈安歇的地方。於是在內心這樣說：「從天降下來的恩惠——嗎哪，我們又怎麼可以不分享給我們的同胞呢？又怎麼可能還有被遺落的呢？」

　　當我們去教會做禮拜，每一位信徒除了是想聽永恆的眞理之外，總是帶著感恩的心情，或多或少帶一點工作賺錢所得的成果，以表達對上主神明所賜的恩惠。但假如在這個氛圍被要求必須更多時，信徒就很難理解並懷疑說：「當人去世了，棺材還是外面的慈善事業捐的。」於是我說：「捐了就不要再想捐款到哪裡？你當初想是捐給上帝，上帝就已經心領了。」我爲了讓他不必心裡那麼難過，於是我加以解釋說：「所有信徒所捐的，除了拿出一點要養育專管聖殿的祭司之外，聖殿的帳目裡頭還有一項是專屬慈善基金。這個慈善基金就會送到總會，總會就根據大社會哪裡最需要，就是從那裡撥款出去。」我加以用自然界的循環系統說：「就像溪流除了養育我們人類之外，其他都流進大海。之後，太陽曬到大海洋之後又蒸發成小水珠後形成霧雲，當雲多了之後，上帝又以雷電的手段從天上擊落下來使我們又再淋雨了。」部落的人最後說：「希望是如此。」最後，我跟他說：「比較重要的，是我們當如何學習不吝嗇奉獻一切……」

　　在此同時，使我們不得不想起在遷移的過程中，歷屆以來有五位任我們部落的村長。第一位是我們部落村長古喇希哩，

他是第十、十一屆任內從 1976-1982 年，他非常辛苦地帶領我們從古茶部安老故鄉遷下來至嘟啦勒歌樂，把我們安頓好之後，接著是我們最懷念的喇瑪邵‧阿部嘟阿尼村長。他擔任部落第十二、十三、十四屆村長，從 1982-1994 年長達十二年之久。他日夜費盡心思把我們部落帶到相當程度成長，最難能可貴的是他帶領我們在平靜中度過。又因他有思想也有理想把我們帶到相當程度的名望，且他很努力付出，使我們的故鄉能夠站起來。

接著是我們部落第十五屆（1994-1998）是瑪魯咳陸咕‧卡哦勒阿尼。他任內正好我們部落遭遇賀伯颱風，所以他雖然只有擔任一屆的村長，但是當我們在恐慌時期，他帶領我們的心靈掌舵，使我們能夠穩定地度過那艱苦歲月，所以他非常辛苦。

接著是喇瑪邵‧阿部嘟阿尼又擔任第十六屆村長。他從 1998-2002 年任內算是平靜中的四年，所以他除了帶領我們在平靜中成長之外，他錄製不少傳統歌謠包括：古謠、傳統情歌，以及古代童謠。我們還記得當他要宣告之前，總是先播放古謠，讓我們從惺忪中甦醒起來聆聽他的宣告聲。接著是巴哦勒池‧達嚕阿蓋，他擔任第十七屆從 2002-2006 年部落村長。他任內杜鵑和海棠兩個颱風相繼吹襲而來，所以他任內僅僅是四年當中，他也並不輕鬆。接著是咳哩瑪勞（Kadravathane），他擔任第十八、十九屆（2006-2014）的部落村長。

其實在此之前，於 1994 年（民國 83 年 7 月）他當過鄉代表，於 1996 年當部落遭遇賀伯期間，因為他擁有怪手，才把

當時我們部落的困境給化解掉。還記得於 2007 年也就是他才當一年多的村長，聖帕颱風來襲，因此他帶領我們離開故鄉來到安置中心，又接著帶領我們來到禮納里永久屋。他的命運是當我們部落遭遇災難時，總是在他任內期間，所以我們稱呼他是多災多難中永遠的代表和村長。

我們的鄉代也有六位包括：卜依靈（Dumalalhathe）任三屆代表從 1986-1990 年、撒卡勒（Savalhe）從 1986 年任一屆代表、伯崚（Rasudramane）是從 1982 年任代表副主席、蓋弩安（Madaralape）是從 1986-1994 年其間後一屆任代表主席、咳哩瑪勞（1994-1998），以及喇伯勒（Pakidavay，2002-2010）等六位鄉代表，先後在不同年代為我們部落代言說話。他們非常辛苦也努力以赴，希望能夠使我們更好。從以上部落的搬遷沿革歷程，僅僅只有二十九年的歷史，我們都看到我們的村長和鄉代都很優秀，我們也看到他們的努力和付出，但最後，還是不敵天災地變。

二、修護古蹟

於 1991 年（民國 80 年）5 月 24 日，內政部指定古茶部安舊社為二級古蹟以來，在 2010 年度修護古蹟之經費終於撥下來。在古茶部安被指定為二級古蹟以來，大約有十九年的時光歲月那麼久，才落實初步修護古蹟。在開工的那一天，除了有十二位部落裡的年輕人，我和內人還特地帶一位當我時年六十四歲之後所生的小男孩，那時候他才一歲半。我們雖然沒

有能力工作，自己覺得上去一趟然後在他們旁邊像畫眉鳥歌唱做啦啦隊也不錯。

　　當初要打通的計畫不僅是為我們現在的古茶部安人，也是為我們將來的子子孫孫要回家的路。路雖然已經打通了，但是若要更理想而且為小孩子準備要走回家的路，路面、台階和安全設施，如：安全網應該還要再加強之外，還要等待草木都長出來，以覆蓋為天然安全網，才能使人安心通過。而目前雖然可以通行，但因為斷崖還沒有完全長草木，所以有懼高症的人很難不害怕。

　　自從我們於1978年離開古茶部安遷下以來，有三十年的歲月老部落是深埋在荒煙蔓草中的，也就是說：我們的祖先躺在搖籃故鄉靜靜地沉眠，已經有那麼長的歲月時光。而當修護古蹟的工作人員把主要道路、公共場所，以及被指定的十幾項重要古蹟砍草清理之後，原來的容貌終於重現在陽光底下露臉。在我們大家的感覺裡，部落如同是一位長久被遺棄的老祖母，當她看到陽光之後，終於看到她原來容貌和興奮的笑靨，使我們也同時感覺到舒服和安慰。甚至於連還在這裡之祖先的靈魂，猶如是被遺棄在宇宙遙遠的邊際，在那深夜裡，我們彷彿看到他們靈魂的星星終於閃爍。也的確我們不僅把故鄉冷落，甚至於已經把他們完全遺忘了。而當孩子們在整理家鄉的同時，又彷彿是活起來似的，使郊野裡的鳥聲如同是祖先的歡呼。

　　居住在山上二十幾年來，每到清明節時，總有一些有心人會上來掃墓，但大部分的人仍不曾上山關心自己家裡的人。於

是在我心裡這樣想，我的族人可能太忙碌，或因為家境不太順利，所以分不出時間上來掃墓。但也希望是因為這個最合理的理由和解釋，否則，昧著良心於不顧，不僅是祖先會掉眼淚，連上帝當看到祂所創造的人是缺乏原來祂所賦予人性之崇高道德良知，祂也會覺得完美的作品裡，好像是少了什麼的遺憾。

當把我們的老部落全部整理之後，大夥兒們又從古茶部安部落朝西方紅櫸木方向修路，順便在打通過的斷崖小徑再加強。因為我們覺得如果有心人回來尋根，至少讓人安心之外，也至少讓族人走在路上時讓路勾起往昔那美麗的回憶。其實一直到喇登岩壁休息區的木橋修理完畢，三個十年不曾有過的修護路程與清理部落的容貌終於大功告成。

三、尋根之旅

部落發展協會的古阿勒理事長，也因為是念在祖先以及老部落，因而發起部落尋根之旅的活動，在 4 月 4、5 日兩天而已。雖然只有兩天但仍然部落裡有三十幾位想回家尋根的族人。只有兩天還能為家鄉做什麼呢？他們走在熟悉的老路，看一看他們一度住過的家鄉，而後以淚水滴在泥土上表示對祖先的懷念，也就已經很讓人感動了，而祖先也會更感動，當然的，上帝也會很滿意祂最偉大的作品 —— 人，不僅是會做人之外，還有人性「靈魂」，而感驕傲地說：「我所造的人真有人性的感染力。」

據我個人的經驗。回家路上步步品味每一寸土地的生命氣

息，看一看路上左右兩旁的樹木花草，聽一聽熟悉的蟲鳴鳥叫。然後從大地之各種脈絡回顧思源在這一塊土地開發的祖先。從這個據點引發想像之後，再從歷史面去回顧祖先一路走來的辛酸歲月裡的淚水。又會在心裡發生疑問：「祖先在這個最貧瘠的土地上，又以什麼樣的意志力，藉著這樣的土地——處處都是斷崖峭壁，以長期的歲月活下來？」最後，大自然會告訴你這一切的祕密和答案。

另一種尋根的方法，是在這一條路上艱苦中尋求人性之最根本且最寶貴的生命經驗。舉一個例子：一對夫婦雖然非常相愛，但是他們的生命樹彷彿是兩棵芒果樹，雖然每到春天總是開花但始終結不出芒果。於是當他們倆相互擁抱時，總是少了什麼似的。在他們內心中的渴望，雖然並不清楚但總是在他們內心深層裡有一種微小的聲音在呼喚。她的丈夫幾乎畢生走在叢林，在孤寂中尋尋覓覓一種可能性，找到有價值的山產可採下來變賣到平地。當累積到一定的程度之後，心想：「貨幣累積之後，有否可能轉換成可用來買別人的芒果？如果可能或許可以彌補我們倆內心裡的空虛。」

有一天，他們覺得可賣的東西已經差不多了。同時也把他們隱藏在竹筒已久的紙鈔拿出來，當在數算的時後，發現紙鈔因隱藏在竹筒中太久，所以有的已經發霉並開始脆化了。「還好我們早一點發現，不然……」於是他們倆再花個一天把紙鈔曬太陽或晾乾。第二天，除了這個紙鈔帶在身上之外，老公還背著已經處理了一大麻袋的愛玉。他們倆夫婦背著要賣的東西要下去，在這一條路上交談著當有了幾個錢之後，準備要買什

麼都不是的困窘。但因爲他們非常相愛，所以走在這一條路上的交談，如一對大彎嘴畫眉交錯歌唱的喜悅。

「你渴望已久的妝飾品是什麼？」

「除了擁有你的愛，還有什麼比這個更重要？」

「反正我們倆生不出芒果，我的辛苦不如換成是你的妝飾品。」

「我對你不好意思，因爲我生不出小孩爲你生命的永續。」

「不必那麼地自責，因爲生小孩是兩個人的命運。」

「有人提議說，可以用買的。」

「可是，這個也要有運，不是要就馬上可以得到。」

「雖然如此，在我內心裡總是有微小的聲音在呼喚。」

「我也是有這種感觸，當我在叢林找山產時，聖鳥總是在爲我歌唱。」

「那又是什麼意思呢？」

「其實是有意思，我們再多的累積又怎麼能買得了生命呢？」

「我們倒不必太強求，但也不能不禱告。」

他們是從這一條路下去水門，把他們背的山產賣了換取幾個錢之後，又去餐館吃了比平時稍微豐富一點的菜。之後，他們本來想買一些山上的補給品然後打道回府。但老公突然對她說：「我們難得下來，所以我想帶你去高雄海邊。」她一口答應說：「說的也是，尤其你那麼辛苦地在養我。那我們去散散心吧！」

之後他們帶著遊玩的心情往高雄碼頭，之後又去拜訪他們

的親戚。但就在他們這一趟旅行，出其不意之下，神祕的機運與緣分終於降臨在他們身上。在他們心中那微小的呼喚——小女嬰，有人奉送給他們。他們兩夫婦當懷抱著所獲得之昂貴的小生命時，看著小女嬰非常可愛。他們從高雄帶著可愛的小女嬰，回來經過水門開始忙碌準備小女嬰的生活所需之後，又繼續往山上要回家。

當走在這一條路歸途中的喜悅，外人何以能夠體會！他們一到了家，便舉行隆重的命名禮之後，便給她取名一種少有女子取過那麼昂貴的名稱叫「深夜裡的呼喚」。這個名稱就已經說明，他們兩夫婦在他們生命中和愛情暗夜裡毫無希望之下，卻聽到遙遠之微妙的呼聲。

當我們在尋根的路上，我看到她母親時總是雙眼是淚水，使我也能夠體會並解讀她內心。她已經是上了年紀的婦人，她的丈夫也已經不在人世了。而「深夜裡的呼喚」已經是為人母親了，而且已經為他們兩夫婦生了三個可愛的後裔。對她的母親來說，應該是非常滿意的結果。

但是，我們又何能解讀並徹底體會她人生最美的回憶，是當她在擁抱著從天上賜予的露珠般唯一的女兒時，又是她丈夫千辛萬苦在叢林間尋尋覓覓取得的果實。當今尋根之旅時，在她的回憶中，總是當她擁抱著那小女孩，在她最疼愛的丈夫前面，行走在這一條不尋常的路上。使她又覺得「他們一家人還只是三口」時的情景，在永恆的歲月裡，她的心裡始終是永遠停留在那一幕。

當我們要回來尋根的途中，當她看到我便說：「非常感謝

你們所開的路，使我能夠回家，尤其當我在這一條路上，使我重新回味……」以上的例子：「在路上尋求你人生最甜蜜的回憶。」就是這個意思。

在第一天尋根的路上很疲憊，晚上就應該多休息準備明天的活動。次日早上應該是隨心所欲地回到老家也好，走訪故鄉也好，去水源地游泳也可以，那時故鄉的景色和氣息自然會指引你，然後思故懷鄉的啓發，到時候你自然地會懷念往事甚至於懷念祖先。下午因為在故鄉取了充分的能量，詩意自然地像甘霖降雨般地來臨，於是狂歡舞會也會很自然地發出火陷熊熊般的歡樂之外，美麗的景色才會沾留在你柔嫩的心葉，難忘的經驗與回憶，也才會扎實地生根在心裡。

很多人去了只是在趕路後又趕吃飯，再不然就是連吃個飯也不要而只想趕回家。我相信每一個孩子都跟我一樣，往往是在趕來趕去而不知其所以然來。但是，最重要的原因，總歸一句話：帶領的人可能沒有好好籌畫使然，也可能是村人因太多的人間瑣事而無法配合。誠然如此，我們倒還不至於像《聖經》裡的話之所說：「牛羊還會記得曾經飲水過的水槽，但以色列人可能不記得……」

四、在禮納里的第一個豐年季

當 8 月份即將來到的時刻，內心總是帶著受傷的心靈說：「祖先啊！我們已經好幾年沒有好好過過八月節，祈求祢給我們施以憐憫，希望不再有颱風水災，希望是平靜和風的好日

子。」當 8 月 8 日的前夕，我總是在永久屋的外面走廊，眺望著東方的山嶺，或望一望附近的叢林有沒有起風和兆雨。當沒有看到風雨的徵兆，我便開始以心靈起舞說：「難得 8 月中沒有颱起風來。」直到 8 月 13 日那一天晚上，我以酒獻上最後的感恩舉杯說：「祖先！好幾年以來，真想念有這麼個平靜的 8 月了。」

晚上，部落發展協會的古阿勒理事長正在宣告說：「8 月 15 日我們要舉行獵人祭。」宣告中只說明了主軸「我們要烤餅」，但詳細的內容不用說明，村落裡要舉行一年一度之各項生命禮俗，早已準備這一天的來到。

但發展協會的古阿勒理事長可能覺得我們是剛來這裡的新興部落，戶數多人員也多，二來是還沒有一個完整的祭場，於是他請各鄰自行帶開獵人祭。我們第三鄰的鄰長尤連登先生召集我們開會，並宣布我們要舉行的各項內容。不僅是所有的男性都到齊，所有的婦女也都很踴躍的來參加會議。並建議各項事務的人員之外，還提供許多資源使我們即將舉行的獵人祭想必相當豐富。在 14 日整天是預備天，不僅是物質要準備得妥善，最重要是我們的心靈要準備迎接這特殊的日子。

8 月 15 日的早上，朝陽尚在山頭的背後，我們的暫代部落的長老古阿勒正在宣告說：「開始展開……」於是各鄉自行尋找合適的場地開始點起獵人祭的煙火，於是有了炊煙隨著早晨的落山清風慢慢地瀰漫整個新興部落。使我憶起往事還在老部落時的情景，那時我還是八、九歲時的情景。又憶起當我們還在新古茶部安時，我們也是以同樣的方式各鄉自行帶開的情

我們第三鄰在獵人祭場。

景。那時原班人馬從古茶部安下來的老人家都還在，所以當我們圍著祖先留下來的煙火時，我們內心是感到無比的溫暖。

　　每當我們舉行豐年祭時，縱使是同樣的形式。但不同的是當我們圍著煙火時，總是少了一些人，尤其當想起我們還在安置中心時，嘉瑪爾‧達魯拉陸幕、巴哦勒池‧撒派（1918－2000）兩位老人家，以及底爾賽‧達巴阿郎、勃勒樂散‧撒派兩位奶奶。接著是我們的前任村長喇瑪邵‧阿布都阿。這一次的水災毀了我們的村落，他應該是受傷最重的人，因為當我們還在嘟啦勒歌樂時，他當我們的村長長達十六年之久，所有部落的建設都有他的力量和付出。當我們被安置期間，他和他的婦人仍然不時地回家。但從他們的容貌，不難理解他不捨離開他親手打造的滋歌樂。而今天，他沒有這個福氣跟我們來新住處，使我們感到非常遺憾。另外是我們循理會的牧師又瑪克‧哩巴峨絡（1933－？），是一位最難得的牧師。前面也已經提到過他為部落架設鋼索吊橋之外，更可貴的是他雖然是循理會的牧師，但他整個一生是為整個部落當牧師。連我們這些從不到教會的人，他都認為是上帝所愛的人，只是像那些野羊還不懂得回家。這六位我們的長輩非常辛苦地從日本時代一路走來，又陪我們下來至嘟啦勒歌樂之新部落，並在這一段時光陪伴並帶領我們如何過生活。除此之外，藍豹‧巴哩默待和卜依靈‧利依魯陸兩位尚未邁入中年，就英年早逝，使我感到震撼與惋惜。最後，這八位族人，當我們還在安置中心時就這樣離去，連他們的靈魂又繼續流浪在別人所不認識的地方。

　　如今，當我們已經來到新的住處的第一個豐年祭展開的同

時，使人不得不想念他們。因為我們彷彿爐灶中少了那耐燒的柴薪，在內心裡少了很多溫暖。特別是我們的場景，因為大家都在漂流中度過獵人祭，又因為是在別人的領域，而始終感覺是別人的布袋戲或傀儡戲般地那樣很不實在之外，也對獵人祭之與古人祖先原先連接的深層意義失去了真實感。

於是我感於內心對我們屬哩咕烙民族之祖先的靈魂，自古以來帶領我們的生命血液，然後在祖先所打造的國度一度存在過。而我們又莫名其妙地來到這裡，在驀然中又再轉頭尋找我們以前的故鄉，祖先的朝陽依然正在照耀。於是內心感慨而默默地祈禱說：

Lhialeven ,Ckele nay！

麗阿樂溫，我們的故鄉！

Yakai nga nai kai, Ai

我們竟在這裡，而

Lu lhaolhao kui pasu alhao su,

您目送的曙光

Ani ka tilivare nga nay

必將是我們的火炬

Ku taupung ta ka lhikulao

我們的神犬哩咕烙

Ani kamani nga ka ma ililuku naiane

必繼續帶領指引我們

Pakela lu mammilhing.

直到永永遠遠。

第二十三章　祖先的巴哩屋也消失了

西元 2012 年 6 月夏日的開始，姪女阿拉優慕對我說：「阿瑪！因我是孤女，所以覺得我應該嫁給眞心愛我的人……」我最信賴且疼愛的孩子白浪，也對我說：「阿瑪！我雖然並不是您裡想中的女婿，但我生命中僅有一顆心中的愛，有意奉送給予您最疼愛的甥女阿拉優慕。」之後，當月 9 日那一天下午，我們整個家裡的人以及親朋好友，都下去水門一處婚姻禮堂爲他們倆祝福。

在此之前，從中午早已下起細雨來。當婚姻的晚宴禮成之後，雨勢不見減少反而越來越大。到了晚上雨勢眞的是夏日典型的雨季下起傾盆大雨來，使南隘寮溪水暴漲。但就在這個同時，我們在嘟啦勒歌樂部落之屬靈魂的巴哩屋（墓園），在深夜裡，下方被暴洪掏空之後，因地層下陷而持撐不住上方的壓力，使我們的墓園崩塌下來。最後是洪流趁著深夜，把我們的親人之靈魂最後的載體——骨骸，默默地帶走了。

翌日 6 月 10 日清晨，新婚夫婦白浪和阿拉優慕遇到了從瑪家村下來的粒粒吉（Dridriky）之所發現並描述道：「你們在嘟啦勒歌樂之墓園消失了」的消息。他們兩夫婦趕緊騎著摩托車上去往屬排灣部落途中之制高點，以眺望嘟啦勒歌樂的墓園，確認眞的已經消失之後，他們才把這個信息在部落裡傳開。他們不勝內心的痛心說：「我們已經失去了故鄉，連我們

親人的巴哩屋也消失了。」之後，他們兩夫婦又帶著幾位與他們同樣遭遇的至親和友人，再回到同一地點以遙望寄情悼念。當電視報導這一幕時，我們大家才知道故鄉最後的地標——親人靈魂的安歇處，也跟著我們的故鄉徹底消失了。

當這個壞消息一傳開之後，使大家的內心對故鄉一連串發生的事情深深感到傷痛之外，對往生的親人更深一層的震撼和痛心。我們想像當他們被一股洪流靜靜地帶走的那一剎那的光景，他們的靈魂是那麼樣地孤獨和寂寞之外，且又是在深夜裡發生的，使每一個人的心情倍感淒涼久久難以平靜。

這幾年來連續而來的水災，獨獨在我們部落受到非常嚴重的打擊，使大家的心靈一次又一次的受傷外，又添一椿連「親人的墳墓被沖走」之令人遺憾的事，連帶在大家的內心深處，又再一次受傷得顏面盡失和無以抬頭的羞愧。

其實對於所發生的事情，我們應該並不意外。因為自從我們離開之後這幾年來，可以看到地勢已經開始被掏空的現象，但是那麼長的時光，始終看不到有關單位有具體的動作。當要上山或下至平地的路上經過那裡，也不時地提醒孩子們說：「如果可能的話，自行把自己的親人盡早移走。」當事情發生了之後，才以亡羊補牢的形式以補救自己的疏忽就已經失去了意義。

對於墓園的規畫，從一開始有村落之後，我們總是以「臨時性」的心態而設定。其實上一輩的人，早期每當村民大會，總是提議必須遷移他處以安頓墓園，但是久久到現在總是沒有結果。最重要的理由是往部落的西方是屬於別人的土地領域，

再來是山林管理所之所管轄的範圍。

上一輩的卜依靈代表也多次反映「可否放在巴拉里巫魯地段」？但那時，我們擁有在這個地段的人，始終看不到整個部落的人之有心而有下一步的具體行動。就我們現在的墓地，是阿爾斯‧撒哩郎的所有地，但我們連對他感恩的心都完全沒有，反而我們想以外來政權的權威性和地政體系來斤斤計較。其實我們的孩子阿爾斯‧撒哩郎並不是吝嗇的人，最重要的是我們完全不尊重他所致。我直言地說：「我們只知道為自己活著，最後，大家的生命垃圾都丟在他的地盤。」

在嘟啦勒歌樂部落時一開始有人過世，就沒有好好設定位置。從來沒有正視為非常重要的事情，並以積極的態度為往生者的墓園安頓好，而那一條路其實是大家每一個人必經之路，只是早晚而已。

最讓我們心疼的是當墓園被沖毀的前一、兩年，有一工程是在原來新部落之羊舍上方。看來工程是為擋土牆的性質，但是使人完全無法理解是為什麼在這裡設擋土牆？是為柏油路擋土呢？還是為整個上方地表面呢？且這個工程右側不遠處是墳墓，在下方也已經被掏空，但工程看來也並不是為鞏固墓園。於是常常經過這個路段的人，非常納悶地疑問說：「這個工程真不知道是為了什麼？」

自從墓園被沖走的消息傳出之後，阿拉優慕說：「我們很心急著想過河回到現場看一看還有沒有自己的親人？但當我們來到原來的二號橋時，部落裡的兩位大男人都無法涉水過河之後，我們無奈地撤退等溪水退下來之後，才做進一步的考量如

何到達那裡？」

　　當天那一夜，巴魯代書來到我家對我說：「叔！我們在新占茶部安的墓園被沖走了。我現在深感痛心的是我的祖母和父親的墓園已經沒有了，又不知道如何處理？」我則以傳統的習俗說：「據我所知道，古人的習慣是把那裡的泥土象徵性地抓一把放在木盒子，之後，再找一個時辰帶回到古茶部安老家，安置在你祖父藍豹的墳墓旁以安魂。」

　　我也帶著替族人和家屬悲傷而反問他說：「孩子，當你遠遠觀望，又是何種心情呢？

　　他帶著非常無奈的心情對我說：

　　　　"Ay-i! Ama si Kaingu! Si kunumi makanaelhe ka saka cekele li, Kuiya, ala ka matuatuuase numi tu papalha ki sedreke si udale saka maaungu......, Saabau kai lhese numi, Ku lhika tubi numi si talhavane numi." La iyanana ku kai: "Lhi ikai nga numi rathurathudu ki saka Cekele ta, saniange kuidra lavavalake ku la lhedelhedeana, lhi ikai nga su saruburubu si alha ma ililuku nga numi mua kavi ki na Cekele ta, La kavai amani ku Kabalhivane ta." La iyanana ku kai: "Samalha nga numi ka lhi ki pibaibalhiu ku Umu."

　　「哀哉！爸，還有我祖母！以及所有我的族人啊！昨天當狂風驟雨中的深夜裡，卻然把您們悄悄地流走……當想起您們的淚水，還有您們的悲傷，讓我深深感到歉意與痛心。」我還特地對我老爸說：「爸！您即將拉攏我們所

有的族人，尤其是那還嫩芽的小孩。您和我的祖母，即將帶他們回到我們以前的滋歌樂，那裡才是我們永恆的家鄉。」我還說：「多羨慕您們，有我祖父會親自特別照顧您們。」

此後又過一段時日，當咳哩瑪勞村長宣告說「部落整個族人，我們要回家尋找被沖走的骨骸」時，已經拖延一段時光了，而宣告聲又不清楚，所以我並沒有參加。對這個沒有參加一事對族人和對往生者的親人，內心深深感到歉意和羞愧。但我覺得這個非常重要的事，除了宣告是重要的事情之外，應該再以公告張貼在公共場所，使整個部落明確知道是部落大家的要事。因為這個事情的發生，是整個部落每一個人都有份的不幸，所以是大家的責任，而非只有與往生者有直系關係的才有責任。

我從阿拉優慕聽到整個經過。她說：「當我們第一次去的時候，我們是兵分兩路分頭開始尋找的工作。一批是從二號橋往下沿著河道尋找，另外一批是從二號橋往上段河道一路尋找直到我們原來的墓園。」但她痛心地說：「我們尋尋覓覓除了找到一些些之外，只看到洪流遺落的許多陪葬物。」她又說：「第二次去時，咳哩瑪勞村長和峨德勒代表早已雇了一台挖土機到新古茶部安原來的墓園下方沖積地，開始開挖試著尋找被淹埋的骨骸。另一方面是那一些沒有被沖走的墓園，部落的村長、代表以及發展協會，已經和地方政府相關單位協商，請撿骨專家前來協助處理。」阿拉優慕描述當時的情景說：「撿骨的在撿

骨，我們找不到自己親人仍然繼續尋找，其實我們若能找到骨骸，也完全無法辨認是誰的，我們只有羨慕別人已經找到了自己的親人。」最後，她說：「我找到還尚完整的骨架和穿著，我認為是我的父親，因我的父親當時車禍時有驗屍過，所以當看到身上還纏繞著法醫驗屍後縫合復原的針線，但還需要基因（DNA）比對之後才能確認。」

「女兒！無須比對，只要你認定是你父親，他就已經是你父親了。即使不是，妳的父親在天之靈當看到妳的孝心時，他一定很安慰的。」我只能這樣說來安慰他們。

白浪接著說：「舅舅！在我內心裡，所有的人都是我們的祖先、親人，所以所有被我發現的，都心疼地撿起來。」他心疼地說：「我們撿到的，總是覺得是我父親或我二哥的。我太太阿拉優慕認為是我岳父的，從基因（DNA）比對若不是，我們心裡早已準備好要照顧到底。」他又說：「舅舅，因我這麼認為是自己的，也確實是自己的，因為在部落裡的任何人還有誰是別人呢？所以我們已經在妥善照顧他。所以請放心！」

當時我聽了，內心裡為他們所做的感到安慰。我只覺得下一步還有後續的動作，他們自然會告訴我。但事隔一段時間之後，他們才告訴我說，他們已經把父親送回到山上了。

他們兩夫婦帶這遺骸往山上的過程，阿拉優慕說：「我們為他買了一套衣服，然後告訴他：『我們要回到山上的家，您即將回到祖先永恆的歸宿。』之後，每到休息處，我們不時地與他交談，並告訴他我們已經在哪裡。」

他們兩夫婦到了山上之後，選擇離我們家不遠的地方，因

為覺得那裡是最安全。並安葬在一棵九芎木樹底下，因為我們想：「讓他的靈魂安逸地在有遮蔭樹下，並可以觀賞他所渴望的家鄉。」

當聽了他們兩夫婦之所作所為，便覺得他們很有心，但實在來說，我讓他們孤獨又寂寞。作為他們的舅舅深感安慰地，只有默默地為他們所做的事感到榮耀和驕傲說：「願上帝祝福你們。」

時光已在不自覺中流逝，一群人在不尋常的時段在老故鄉古茶部安相遇。除了白浪和阿拉優慕兩夫婦，還有達哦達爾‧哇魯咕嗚咕，和巫素‧阿拉哇郎，我們在屋外圓桌開聊。一、兩隻蜜蜂竟在我們的杯中飛舞，於是達哦達爾無意中提起墓園被沖走的事情，並回憶描述道：「當我們在嘟啦勒歌樂，把收集的骨骸安裝在袋子，扛著要運到二號橋時，突然有一群非比尋常多的蜜蜂飛過來纏繞著我們直到二號橋。無奈，我們都披著雨衣以避開蜜蜂的困擾。我隨在別人後面遠遠看去，我們如同披著孝衣在送葬。」

從他帶著幽默且帶有諷刺性的語氣，使我們不得不重新談起族人在那裡尋找親人骨骸的整個過程。接著他以當時的內心說：「我一路尋找一面內心裡說：『爸！還有我親愛的弟弟！您們在哪裡？』我內心是這麼呼喚的，但又怎麼能辨認已經分解零散的骨骸。內心裡只有一顆天真的心認為都是自己的人，並撿起來加以愛護，想像裡如果不這麼做，自己的親人會對我很失望。」

巫素‧阿拉哇郎則描述道：「我隨著在整個族人當中，內

心痛心得不停地流下眼淚，但身為一個非常軟弱又毫無能力的人能做什麼？看著散落的衣物，以及宛似人骨的石頭，猶如自己父母之有靈的遺骸，眼睛在看我並流著淚水似的。」她又說：「當我們來到二號橋正在延燒成灰的同時，所有的骨骸為了濃縮成可以容納安裝在骨灰罈，有的家屬自己以瓦斯罐將之燒成灰……還有的對陌生人的骨骸自行折斷後安裝。」她痛心地說：「在內心中無法忍受……」

達哦達爾接著說：「突然颳起不尋常的風一陣陣吹過來，所有已經空著的烤板都被吹走。但最奇妙的，是烤板上只要尚有一粒骨骸哪怕是一小粒的，卻不被風吹走。」

達哦達爾又說：「他們都已經處理好自己的親人之後，帶著親人的骨灰罈往平地的某處安置，並在那一天傍晚排桌設宴，而我們大部分沒有找到自己親人的人，彷如是陌生人被排斥在外。」

「最後一趟，我們仍然又死不甘心地再去尋找自己的親人。」智高‧魯路安說：「我們的族人只取骨骸走了，但到處都是死人的陪葬物，如：棉被和衣物等都散落一地。我們霧台鄉的巡山員把零亂的陪葬物收集起來集中燒毀。」他非常不高興地說：「我們巡山員也是人，難道要我們幫你們清理家務事嗎？」

巫素說：「我看了凌亂的樣子，內心對往生者感覺不好意思之外，對大自然和對神明更不好意思。於是我帶朋友低布魯‧巴滋歌樂去墳墓那裡再把衣物和棉被一一收集起來以火處理。」

「女兒！妳何以知道要這麼做？」我問。

「我們對親人最後的愛，就在那些零亂的衣服上，也是我父母靈魂的一部分，我何能忍心不顧？」巫素痛心地說。

當我聽他們這麼一說，非常慚愧地內心說：「神明哪！感謝祢，那一道良知的光輝，祢讓我看到在這幾位最平凡的人身上。」

在此之前，當我們部落為流失的墳墓舉行安魂禮拜之後，我帶著痛心地去找藍豹・利依魯陸。來他家時，他正在以少量的杯中物，尋求心靈的底尼外。

「您怎麼了？」我說。

「你還用問嗎？」

我們黃昏裡的相遇，猶如是在往山上的路上要回家，竟在底尼外休息區的感覺。

「今天的安魂禮拜您有什麼看法？」

「我們還能說什麼？但是……」他思考一下，遂說：「我對往生者深感歉意，對外面的人更不好意思。」

「比如說呢？」

「從霧台村那裡的族人，當聽到這個殘面之後，他們痛心地說：『我們屬古茶部安的族人難道沒有長者？』像這個遭遇，應該是有長者指引，朝著有一共同處理的方式和走向，這樣我們已經往生的族人才有尊嚴。這個話是從別人聽來的。」

「因為我也曾聽說過，他們還給我們機會說：『假如那裡的部落沒有能容納得下自己親人的骨骸，我們霧台村非常歡迎你們送過來。』所以當我們做得不好而有所批評，是必然的。」

我詳加解釋一番。

「我們部落所有生命的垃圾，更不應該放到別人家的地盤。我們又不是沒有山上老家的地，」已經重聽的長輩藍豹嚴厲地說：「部落的相關單位，總是在哀求政府能夠給予一塊地。永不可以每一樣都要向政府乞求，連我們生命的垃圾場都要別人幫我們。」他從激動中慢慢緩和下來，遂說：「我們不能再等了，所以我們應該以部落的名義向平地人購得一整塊地。這樣才合理……」

我沒有想到他有那麼好的點子，於是我倒了酒後向他一起乾杯以表示贊同。

「奧崴尼！」他說：「我們是屬哩咕烙的呢！」

「這個跟剛才我們所談的有什麼關係？」

「關係才大呢！」

「比如說呢？」

「你看過哩咕烙在乞求嗎，那是見不得人的事。還有……」他說：「你看過哩咕烙的糞便嗎？連家裡養的貓都懂得把自己的糞便埋葬。」

「這個還用說嗎？」我非常同意他的建言，於是我說：「連動物當要死的時候，都懂得自己隱藏，不讓人知道牠的位置。」

「我們永遠不能忘記我們是屬哩咕烙的民族。」

從以上所聽到的，對於墳墓流失的問題，不外乎：「*Kai ta pa ngia demele*。」直譯是說：「我們處理得並不夠體面。」於是我們不得不想起祖先是怎麼做的。

我在另一個太陽天，在阿拉六的雜貨店，巧遇表妹勒默樂

曼‧莎哇魯。她也跟一群人恰巧也在談論墳墓被流失的事情。

「妹，你有否找到我們的爸媽！」我問。

「我們花了很多時間找他們，但沒有著落。」她又說：「每次夜裡當夢到我們的母親，她總是指出我說：『我和你父親在山頭的後方……』當我和你的妹夫去那裡重新尋找一個可能性，但老哥啊！夢中的環境和現實人間地勢又完全不同，於是我和你的妹夫只有以淚水收場。」

當她說完的眼神，可以讓人感覺他們兩夫婦去那裡尋找父母已經不只是一兩趟而已，而是每一作夢一定是去那裡尋尋覓覓。最後，她反而安慰我說：「老哥啊！一切凡事都是在上帝的手中……」

她這一句話，應該是我說的，因為我是受過神學教育的。但我非常慚愧地只有向表妹表示說：「謝謝！你看得開。」

這一批人慢慢發現從軍並不如他們的預期和當初的想像，而紛紛逃兵上山回家。聽說我表叔因為在逃亡中搭火車，當他發現憲兵在火車上在追他時，他奮不顧身地從火車上跳出去而發生意外。在此我想說的，是我們的祖先仍然走到屏東市領取他的骨灰，然後把他帶回來。

另外是一位是勒格哎‧巴哩默戴。他是在金門八二三砲戰犧牲的。我還記得當所有霧台鄉跟他一起去金門的人，退伍時，他們還帶他的骨灰先送他一程回到舊古茶部安之後，才各自回到自己的家鄉。

還有我們現在的大頭目老祖的大哥喇阿祿‧卡喇依廊，他是在軍中病死的。我們的祖先仍然去屏東領取他的骨灰後帶回

來部落埋葬。

　　於西元 1955 年（民國 44 年）4 月，我們部落的村長巴力‧達巴阿郎（尤添盛）因任內病故之後，部落於當年 12 月以達哦達爾‧達哩瑪勞為補選村長。令我們最難忘的，是他為部落去高雄開會，在那裡因食物中毒而死亡，所以整個身體很快就腐敗。但部落的人仍然以平地人的棺木安置他，然後從水門沿著南隘寮溪扛他，經過嘟啦勒歌樂之後，又繼續沿著現在我們常走的古道把棺木扛上來。

　　那時候我已經是國小三年級。我還記得部落的人當來到紅櫸木休息區的時候，整個部落的婦女都帶著食物和水去迎接。又為避免經過部落西方之懷孕的婦人，又帶他繞路上來經達爾畔、水源地後出來。當我們看到他的棺木是那一種漢人式之龐然大物像恐龍般的模樣，再來想像裡頭的內容。令人恐怖得讓我們所有小孩子都害怕得遠遠觀看。

　　那一次整個部落的人全部出動，從遙遠的平地把他扛上來。最重要的信念，是祖先留下給他們對死者的觀念，「永不可以把自己的親人放在別人的土地，況且他還有一個家屬，以及他祖先還在家鄉那裡等待他。」

　　在前面也已經提到過，那六位在達拉達來吊橋因公安而發生意外的往生者，再怎麼遙遠的路，部落族人都帶回去安頓埋葬的事蹟。也都是因為自古以來祖先對在野外發生意外身亡的人之對生命所設下最崇高道德倫理是說：「*Sa matininu......*」或者說：「*Sa ki pulhivalhivale*。」意思是說：「沒有把自己族人的屍體（或遺骸包括遺物）領回，對他本人或對我們的祖先，我們

會感到歉意，對外圍的陌生人來說是一種非常可恥的事情。別人永不會直接對我們說，但他們會暗諷嘲笑。」因此，古人祖先為了避免或也是一種鼓勵年輕一輩的人，在這方面的志氣和熱忱，特別設定華冠上要安插一束低阿低巫 [79] 的羽毛，作為最高榮譽就是在此。

對於穿戴這一份榮耀的人，並非只是會長跑而已。而是祖先看在其人內在精神對生命的疼惜和態度，無論在多麼遙遠或惡劣的環境，或天災地變或風雨中，其實是最平凡的人，都以生命的態度來慎重處理。我們還在古茶部安時期，令我們小孩子最難忘的，是撒卡勒‧達魯拉陸幕（高紅秀）。在那個時代，屬古茶部安人在運動場上他本來是我們的偶像（Avava ta）。但就整個魯凱人來說或許他在運動場上並不是最快速的人，但每當有意外身亡的信息發出時，無論是在任何時段，他常常是領先的。他並非是貪得那一份榮耀，而是他心中對生命的態度。於是那時候的耆老和大頭目因受到感動而說：「孩子！你累了……」並頒發低阿低巫的羽毛說：「讓後人看到你的精神，並且向你學習。」

我還記的當我們還在嘟啦勒歌樂時，那一次的豐年祭我們是在嘟給郎那裡舉行獵人祭。那時，我才看到他一身穿著盛裝，以及穿戴頭上的最高榮耀──低阿低巫。使我聯想起他的一生為我們滋歌樂所付出的辛勞。因他本人不善於為自己說話，但他所表達的精神是永恆的，於是我藉著文字幫他說話，以保留讓後人知道我們部落裡有這麼一位不僅一度存在過，甚至於永遠存在於每一個屬舊古茶部安人心中之近代人。

79 低阿低巫（Thiathiu）：帝雉（雉科）。

連不一定崇信靈魂之說的考古學家們，但他們也留下崇高的人文道德精神說：「你可以開挖拿來研究，但千萬切記，永不可以破壞死屍之外，開挖的地方一定要完全復原如原來當初的地表面。」

從以上的見證，讓我們感覺現代的年輕一輩的人如果太草率，應該是可以理解的。但我們深感遺憾的是，村落裡似乎連一個懂事的耆老都不在場來主導，使我們的親人一而再地受到天災的傷害之外，因人為的無知、粗心、草率而加以傷害，於是我們的親人毫無尊嚴可言，連我們聽的人也深深感到痛心和遺憾。

這個時代的我們，給人的感覺似乎缺少了祖先留下給我們之最重要的課題，那就是對生命的倫理觀念。現在人應該是受過高等教育，但又好像缺乏人道精神之倫理常識；尤其對於我們受過高等神學和宗教教育的聖職人員來說，我們很會讓我們人格聖格化，但又讓人覺得我們好像缺少了人性處理的基本常識和對生命道德的態度。

我們的祖先對死亡的人，不僅把屍體埋葬在自己的家裡地底下永遠擁抱，連在野地裡斷氣的地方都會樹立石柱供後人憑弔。當我父親還健在的時候，他常帶我去打獵。從離開家直到中央山脈以東咳哩咕嗡之獵區，這一條往東方之遙遠的路上，自古以來有太多的祖先在這一條路上發生意外，而我老爸再怎麼忙碌，他總是停下腳步，把自己的心情靜下來之後，以非常嚴肅的心態行祭祖儀式之後才繼續走過去。他並非是崇拜死人，也並不是害怕死人。而是對其人的靈魂表示敬意說：「因

你以生命染紅這個地段，使我當經過這裡的時候，才懂得小心翼翼……」

在西元 1968 年 5 月底時，我的父親是那六位（兩女四男）死在北隘寮溪之達拉達來吊橋的其中之一。有一位巫師告訴我說：「你父親的靈魂有意回家，你為何不為他舉行引靈回家的儀式？」那時，我老爸之最緊密的朋友嘉瑪爾‧達魯拉陸幕還在，所以我向他請益。但他回答我說：「哲默樂賽是我最好的朋友，理應我帶你去做這個事情，但是永不可以只是為我的朋友接回家，應該是為六位整體靈魂一起帶回家。」他又再說：「因為他們是共同命運的人……」

因此，當我們在面對在嘟啦勒歌樂之遭沖走的墓園要處理時，為什麼不以這個祖先所留下之「生命共同體的理念，然後整體走向一致」的習俗呢？之後，我們帶著痛心往嘟啦勒歌樂老家，又看到我們親人的墓園都已經被沖走了，使我們倍感痛心的說：「情何以堪！」我們或許是缺少主導者，或許是我們內心情感作祟，因看來總是讓人覺得是一片零亂毫無章法和程序可言。因為我們好像只是「*Kia cimicimi*」，即見芽撿地瓜的意思。之後，並沒有把大地清理和復原的後續動作。

我們從已流失公墓之所有名單裡所列出的，不僅裡頭有很多沒有被列出來之外，還有很多人之出生年與死亡的日子都有錯誤。除此之外，所列出的名單，為什麼他們原來之魯凱名稱沒有登錄呢？我們是屬中華民國的國民沒有錯，但我們的血液和靈魂終究不是屬中華民族，因此，一定要寫他們原來的家名和個人的名稱，以及出生和死亡以西元記載，並以羅馬字拼音

詳細地記下來，這樣我們才對得起祖先和親人之外，對他本人的生命也是一種最崇高的敬意，他們的靈魂才有尊嚴。

或許已經死亡的人完全不知道，因為人死了就死了，還要計較什麼呢？但是，如果在天的上帝看祂所創造的人，是這樣完全沒有人性時，祂也會覺得：「在我所有生命藝術品中，這一群人是屬有一點瑕疵……」所謂「有一點瑕疵」是作品是非常完美，但沒有感染力。

我們安息日會的牧師巴哦勒池‧巴達哩怒古，當他來為流失公墓之追思禮拜時，他在講道之前，因他親眼目睹在那裡處理的方式而深感痛心地說：「毫無人性可言……」後來他在講道中也婉轉地說：「因為我們心中已經沒有真愛，所以導致我們屬古茶部安人連連發生這個結果。」最後，他特別呼籲我們在場的四個教會說：「我們應該是彼此相愛，以愛重新打造一個和諧的部落之外，我們的愛更是需要深層內化對生命觀的信仰。」

在他說這一句話的同時，使我回想起我們還在古茶部安時，若有人在野外發生意外被水沖走，即使他遺留得僅是一件衣服，祖先都會把它收集起來，然後為他的靈魂挖墳墓後把他所遺留的衣服埋葬，那個叫做衣冠塚。

我們從 Discovery 也看過有關鐵達尼號沉沒大海的實錄。一位神父和熱心人士一一把失蹤名單查出來。有的有名單但沒有找到人，還有的人有死屍但沒有家屬來認領。但最動人的地方是他們找到一位小女孩的一雙鞋子，但在登船的名單上也沒有這個人，但他們仍然把那小女孩的一雙鞋子，連同失蹤的人

把他們全部拿到自己的教會墓園個別爲他們埋葬，然後在墓碑上寫他們完整的名稱。連這一位只剩下一雙鞋子也獨獨爲她埋葬，並樹立墓碑，並刻上鐵達尼號沉沒的日子表示說：「你一度存在過這個世界，當然地也有你靈魂寶座和歸宿……」假如這個小女孩的在天之靈有知，我想她會覺得這個世界是多麼地溫馨而令她留戀。但我們處理的方式，連在場親眼目睹這個場面的人，或著只是聽到而已，都說：「我自己也不想死在自己的故鄉了，寧可死在野地沒有人知道還比較有尊嚴。」

還在嘟啦勒歌樂時，耆老們都說：「當我死時，希望能夠被帶回去與祖先在一起。」他們對以前的部落始終是在留戀，是因爲老部落瀰漫著愛的氣息。不僅是活在人間的每一個成員都被牽掛、思念，連已經離開人間的人都被懷念得在生活中隨時被歌唱以緬懷。這個也是我們魯凱族人跟別族的精神文化不同的地方，也就在此。祖先留下給我們那麼好的精神文化，來到這裡就消失殆盡，讓人覺得眞不可思議。

或許有人深感疑惑，我爲什麼提出來？最重要的是讓我們的後代子孫知道，不僅這裡是他們的祖先一度住過的地方之外，也要讓他們知道，連祖先靈魂一度住過的墓園也都一起消失的歷史事件。甚至於也要讓他們知道我們這一代人一度迷失過的憾事，讓他們重新找回我們人類最基本的精神倫理文化。尤其當我們正在融入社會大家庭時，假如我們這一群讓人覺得很可愛並被接納受歡迎，並非是要看我們的部落有多美麗，也並非是要看我們的學識有多高，更不是要問我們存款簿有多少，而是要看我們內在人性最核心的價值，然後內心必然會

說：「他們雖然歷經過多災多難的人生，但在他們即將枯萎的生命裡，人性的良知那微小的光輝仍然還在閃爍。」

我們永恆懷念的祖先。

祖先墓園被沖走之後的一幕。

結語

　　縱觀歷史而後想起我們的上一輩當在擬草遷移下來的起初，使我們深深體會並理解，是因威權帶來的衝擊使原來的生活模式而造成改變，使部落社會面臨生活困境之後帶來的問題與瓦解。所以我們的上一輩除了是爲了解決並減輕我們爲生活和爲就醫奔波長遠的路，避免將來再也不要像我們這一代人活得那麼辛苦。之外，最重要的是爲了將來的子子孫孫能夠有好的環境受教育。另一個考量又不想離開祖先的擁抱，所以於1978 年非常無奈地選擇嘟啦勒歌樂地段爲落腳處。

　　但僅僅是二十九年的歲月，又一波是文明大社會的衝擊，使我們部落的人口往外流得特別嚴重。最後，是我們不敵天災地變，使我們不得不離開我們在嘟啦勒歌樂的故鄉。

　　我們何以不掉眼淚？當想起我們一度相聚一起圍繞著歡樂歌唱，在祖先的國度裡竟是我們最後的告別。我們何以不哀傷？我們一度一起付出過的努力，爲下一代有遮陽避雨的家園，但不幸的，我們一再的被自然界所蹂躪而後是我們的故鄉徹底毀滅消失，使我們猶如是漂流木。又當我們獨獨承受那麼多的災難時，使我們感覺守護者祖先的神明似乎已經遠離我們，使我們猶如似棄兒。然而，若我們再軟弱下去，只有引來別人的譏笑，使我們下一輩的子孫們更會被別人欺凌。

　　又或許是我們的宿命，我們應該還記得，在我們老故鄉的

水源地。那是一條朝向西方的溪谷，沿著那永恆古老溝渠出來的生命水道。在滴水不漏的岩石層涎瀉下來。經過水源地稍微逗留幾回旋渦之後流出。又繞過我們滋歌樂後方低凹的溪流，再轉折朝西南方流入南隘寮溪與其他支流匯合。之後隨著越平灘越寬闊的河道，朝著曲折悠悠地流向西方落日，那薄霧山嵐中的地平線，在一處未知的彼岸一去永不回頭。

這個是我們在老故鄉的自然景觀，也是我們整個歷史的脈絡；而也可能是我們整個屬哩咕烙子民的宿命導向，最後，我們現在已經來到「禮納里」。但是縱觀歷史看著我們的祖先之變遷歷程，直到我們這一代人，這個地方應該是最後一站了。因為當夕陽西下遙望時，盡頭地平線那裡好像離我們已經不遠了。

我們諸多的理念裡，往往疑惑多過於恐懼，先看著以前我們走過的路，然後好好的從自身生命經驗裡來思考，我們如何選擇自己未來的路？我們應該從古人祖先的過往一路走來的生活經驗，其實再多的災難，從來不是逃避而是膽敢面對接受挑戰。從經驗中增長並且學會思考，如何朝永恆性的價值為導向和指標？

我們是為未來的子孫而離開故鄉遷下來，又因天災而被迫離開故鄉。但千萬記得當初我們離開的動機，是為我們生命中真正的產業和價值意義——那就是我們的孩子和子孫。應該是不遺餘力投入在孩子們的教育，將我們從生命經驗中累積的知識，好好傳給我們的下一代。其實我們過著粗茶淡飯和住的再簡陋，唯一將來的希望是我們的孩子。任何既可能阻礙這個大

前題，應該是盡量避免。

　　我們的老故鄉和生產耕地，又離我們多麼的遙遠，剩下帶在身上的是上天給我們的智慧，還有祖先留給我們僅有的生存本能。但儘管我們知道朝露並非沾留在已垂萎的枯葉，而是沾留在盎然生意的綠葉嫩芽。最大的問題是在於儘管我們想要靠勤奮和努力自己能夠活下去。但除了我們所擁有這一塊狹小的部落以外，外圍都是別人的土地領域。

　　但假如我們再不重新找回祖先的精神，拿出自己在山上生活的真本領，然後去突破尋找一條回家的路，重新掌握我們的國土，在這三個族群裡是最可憐的一群，而且更徹底的落魄得一點希望都沒有。千萬記得，路是我們與祖先連續的脈絡，有路我們就會產生生命內在能量和希望。祖先留給我們的國度，是我們現在活著的人之僅有靈魂的掛鉤，也是我們人死了之後，唯一能容納我們最後一塊容身之處。我們在這裡若不得志或不順利，祖先和大地山林仍然在等我們。當然在那裡也是一樣的操勞甚至於更辛苦，但至少以勞力所取得的成果，絕不會還滲有苦澀澀的滋味。

　　我們來這裡是艱苦歷史的結束，亦是我們重新再造一個和樂融融、祥和的社會。只有以愛來立國，才是我們內在精神再生能量的燃點，也是在政治體制內想要「自治」之最基本的基礎。我們諸多的理念，不如冷靜下來，先看著以前我們的祖先怎麼走過來，然後好好從自生生命經驗和內在能量來思考並衡量，明確地知道我們內在具有的能力，才知道我們當如何選擇自己未來的路。

我們似乎是在一處歷史的匝道，以前的歷史已經封閉了，而我們正在另一段歷史的開端，當前面的大門已經開啓之後。我們來這裡是艱苦歷史的結束，亦是重新找回我們的老奶奶娃娃嗚妮·陶卡睹（1903－2001）之最後的遺言，她說：

> *Ku kalhivili lini ki na sidrumane ku ubalhithi ta , ma kia libalibake turamuru si ka kadrua ku gleng. Ku bekace lini ku Cekele ku maki libalibakane mia ki sia lhamelhame ku salakilhipi ki duliipi kaValhivingane madu.*
>
> 古人祖先最大的特色，彼此之間只有濃厚的愛，且沒有互相說重話。他們所打造的滋歌樂（國度）人間人愛，彷彿是在夕陽染紅一層彩霞般地令人留戀。

這才是我們內在精神再生能量最後的火炬（Tilivare），也是我們的靈魂走向永恆的枴杖（Ukudru）和便當（Laulhi）。雖然這一條路非常遙遠，但比登門向別人乞求來的有尊嚴有人格。至少我們永不可以讓我們族人的靈魂和遺骨繼續流浪在外，不然我們的祖先會對我們非常失望。

然而，在平地也不是完全沒有災難。人口眾多得正在互相擠壓，糧食已經不夠分配；失業人口的比率不見減少反而逐年增加，使我們山中的孩子大多數應該是在這個暗潮洶湧裡掙扎。再來是文明連帶的影響，天象正在變色，海洋正在怒吼。而我們最大的危機，我們的生命生態正在妥協。其實有一天，我們若還能想逃亡或想回家，生命本身絕對已經失去了本能之

外，我們對山中生活的知識和祖先留下給我們的山中智慧、知
性文化，以及技術，到那時絕對已經是消失了，但又能奈何
呢！

　　祝

　　願祖先愛的光芒，必永恆照耀、庇佑我們的前程。

國家圖書館出版品預行編目資料

消失的國度 / 奧崴尼.卡勒盛著. -- 初版. -- 台北市：
　麥田，城邦文化出版：家庭傳媒城邦分公司發行，
　2015.10

　　面；　公分. --（大地原住民；8）

　　ISBN 978-986-344-276-9（平裝）

863.855　　　　　　　　　　　　　104018830

大地原住民 8

消失的國度

作　　　　者	奧崴尼・卡勒盛
主　　　　編	舞　鶴
責 任 編 輯	林秀梅

國 際 版 權	吳玲緯
行　　　　銷	陳麗雯　蘇莞婷
業　　　　務	李再星　陳玫潾　陳美燕　杻幸君
副 總 編 輯	林秀梅
副 總 經 理	陳瀅如
編 輯 總 監	劉麗眞
總 經 理	陳逸瑛
發 行 人	涂玉雲
出 版	麥田出版

城邦文化事業股份有限公司
104台北市民生東路二段141號5樓
電話：（886）2-2500-7696　傳眞：（886）2-2500-1966、2500-1967

發　行　英屬蓋曼群島商家庭傳媒股份有限公司城邦分公司
104台北市民生東路二段141號2樓
書虫客服服務專線：（886）2-2500-7718、2500-7719
24小時傳眞服務：（886）2-2500-1990、2500-1991
服務時間：週一至週五09:30-12:00・13:30-17:00
郵撥帳號：19863813　戶名：書虫股份有限公司
讀者服務信箱E-mail：service@readingclub.com.tw
麥田網址／http://ryefield.com.tw

香 港 發 行 所　城邦（香港）出版集團有限公司
香港灣仔駱克道193號東超商業中心1樓
電話：（852）2508-6231　傳眞：（852）2578-9337
E-mail：hkcite@biznetvigator.com

馬 新 發 行 所　城邦（馬新）出版集團【Cite（M）Sdn. Bhd.】
41, Jalan Radin Anum, Bandar Baru Sri Petaling,
57000 Kuala Lumpur, Malaysia.
電話：（603）9057-8822　傳眞：（603）9057-6622
E-mail：cite@cite.com.my

封 面 設 計	黃瑪琍
內 頁 插 畫	喇阿祿・卡勒盛Drangalhe Kadreseng
電 腦 排 版	宸遠彩藝有限公司
印　　　　刷	前進彩藝有限公司

初 版 一 刷　2015年10月6日

定價 420元
ISBN 978-986-344-276-9

城邦讀書花園
www.cite.com.tw